비연사애

悲緣四愛

비연사애 3

박찬규 新무협 판타지 소설

초판 1쇄 찍은 날 § 2002년 2월 4일
초판 1쇄 펴낸 날 § 2002년 2월 14일

지은이 § 박찬규
펴낸이 § 서경석

편집장 § 문혜영
편집책임 § 장상수
편집 § 박영주 · 김희정 · 권민정
마케팅 § 정필 · 강양원 · 김규진

펴낸곳 § 도서출판 청어람
등록번호 § 제1081-1-89호
등록일자 § 1999. 5. 31
어람번호 § 제2-0054호

주소 § 경기도 부천시 원미구 심곡1동 350-1 남성B/D 3F (우) 420-011
전화 § 032-656-4452 팩스 § 032-656-4453
http://www.chungeoram.com
E-mail § eoram99@chollian.net

ⓒ 박찬규, 2002

값 7,500원

ISBN 89-5505-285-5 (SET)
ISBN 89-5505-288-X 04810

비연사애

박찬규 新무협 판타지 소설

悲緣四愛

세 가지 이야기 3

도서출판
청어람

목차

제17장

오해, 그리고 이별

"스승님, 저도 돕는 게……."

"아니다. 여긴 내가 막을 테니 넌 어서 가서 이 사실을 알리거라."

경진 사태(俓診師太)는 구멍이 뚫려 있는 철문을 보며 이곳에 침입한 자가 매우 뛰어난 고수임을 직감하고 있었다. 해서 자신의 제자를 시켜 도움을 청하려 하고 있는 것이었다.

"…하면 어느 분에게 알려야 할까요?"

스승이 단호하게 말하자 범지(凡知)는 같이 싸우길 포기하고 누구에게 알려야 할지를 물었다.

"장문이 화산으로 떠나 있으니 사내의 책임자는 요진(要診)일 것이다. 그녀에게 알리거라. 그럼 될 것이다. 어서!"

"예, 알겠어요. 그리고… 조심하세요."

"후후, 걱정 말고 어서 가거라. 내가 그리 호락호락한 사람이더냐?"

　스승의 무공이 얼마나 대단한지 너무도 잘 알고 있는 범지이다. 장문조차도 그녀의 스승에겐 함부로 대하지 못하니까 말이다. 범지는 요진 사태가 거처하는 곳으로 달려가며 스승은 무사할 거라고 굳게 믿고 있었다. 제자가 떠나자 경진 사태는 다시 한 번 철문에 뚫린 구멍 언저리를 손가락으로 만져 보았다.

　'이 열기로 보아 침입자는 아직 저 안에 있을 것이다. 하지만 어떤 방법으로 이 두께가 세 치가 넘는 철문을 녹였단 말인가? 그가 아무리 양강무학의 고수라 해도 이것을 녹이기는 쉽지가 않았을 것이거늘……'

　그녀는 자다가 아주 희미한 비명 소리를 들었었다. 단 한 차례의 극히 미약한 소리였지만 그녀는 잠결에 잘못 들은 것이라 생각하지 않고 이렇게 이곳으로 와본 것이었다. 그녀가 제대로 들은 듯 이곳에서 그녀는 구멍이 뚫려 있는 철문을 발견할 수 있었다. 그래서 이렇게 침입자가 나오기를 기다리고 있는 것이다.

　'어쩌면 그자는 내가 상대할 수 없을 정도로 강한 자일 수도 있다. 내가 도움이 올 때까지 그자를 막아놓을 수 있으면 좋으련만……'

　경진 사태는 철문이 녹은 것 한 가지를 통해 상대가 양강의 무학을 익힌 고수라는 것과 그녀의 상상보다 더 무서운 고수라는 걸 짐작할 수 있었다. 그래서 일찍 승부를 내기보단 시간을 끌어 도움이 오기를 기다리기로 마음먹었다.

　사사사삭.

　희미하게 움직이는 소리가 났다. 동굴이라 소리가 울려 겨우 들리게 된 것이었다. 경진 사태는 더욱 경각심을 높이며 철문에서 열 발자국 정도 뒤로 물러섰다. 그리고 그녀의 무기인 불진을 오른손에 들었다.

이 불진은 그녀가 40년이 넘게 써온 것으로 이것을 든 그녀는 장문인이라 할지라도 함부로 상대하지 못한다. 그만큼 그녀의 손속은 날카롭고 정교했기에.

한편 철문 가까이 다가간 위문은 문 너머에서 강렬한 기운이 발산되고 있음을 느낄 수 있었다. 그는 문 쪽에 다가가 등에 업고 있던 비구니를 내려놓았다.

"무슨……."

위문의 얼굴이 굳어 있음을 본 비구니는 놀란 표정으로 무슨 일인지 물으려 했지만 위문이 손으로 그녀의 입을 막았다. 그리고 전음을 날렸다.

[여기 꼼짝 말고 있으시오. 곧 돌아오겠소.]

비구니는 바보가 아니었다. 밖에 이곳을 지키는 누군가가 와 있음을 직감하며 그녀는 떨리는 마음을 뒤로하고 조용히 철문 구석에 몸을 기댔다. 위문은 그녀를 한번 바라보았다가 천천히 구멍 밖으로 나갔다. 그의 예상대로 밖엔 한 명의 노승이 오른손에 불진을 들고 기운을 발산하고 있었다.

"그대는 누구를 데리고 나오는 것인가?"

경진 사태의 물음에 위문은 대답하지 않고 짧게, 그리고 단호하게 말했다.

"비키시오!"

"본 승은 경진이라 하네. 다시 한 번 묻지. 그대는 누구를 데리고 나오는 것인가?"

"비키시오. 그럼 조용히 떠나겠소."

위문이 기운을 조금 내뿜자 그 기운의 범상치 않음에 경진은 주춤하면서도 시간을 끌기 위해 다시 입을 열었다.

"으음, 알 것 같군. 자네의 나이가 많지 않은 걸 보니 철문 뒤편에 숨어 있는 건 의유(意幼)겠군. 내 말이 맞나?"

의유 외에 젊은 비구니는 저곳에 갇혀 있지 않으니 그녀의 예상은 정확할 것이다. 하지만 위문은 그런 것엔 별로 관심이 없었다. 그리고 더 이상 시간을 끌기는 싫었기에 마지막으로 단호하게 말했다.

"…마지막으로 말하겠소. 비키시오. 그럼 조용히 가겠소."

위문의 말에 경진 사태는 더 이상 말로 시간을 끌기는 어렵다 보고 손을 쓸 결심을 굳혔다.

"자네 혼자 가겠다면 그냥 보내주겠네. 하지만 의유는 데려갈 수 없네!"

뒤에서 누군가의 시선을 느낀 위문은 잠깐 뒤를 돌아보았다. 그곳엔 숨어 있는 줄만 알았던 의유라고 불린 비구니가 어느새 구멍 밖으로 고개를 내민 채 간절한 눈빛으로 그를 바라보고 있었다.

"날 원망하지 마시오!"

그는 다시 앞을 보며 경진 사태에게 말했고, 그와 동시에 몸을 날렸다.

"내 손속이 매섭다고 원망 말게나!"

경진 사태 역시 외치며 불진을 휘두르며 마주 달려갔다. 위문은 달려가며 오른손을 앞으로 뻗은 뒤 옆으로 휘두르며 그 탄력으로 몸을 재빨리 회전시켰다.

휘이이잉.

회전함에 따라 그의 주위에 내력이 깃든 바람이 휘몰아쳤고, 그 위력에 놀란 경진 사태는 재빨리 뒤로 몸을 날렸다. 하지만 위문의 회전하는 몸은 뒤로 피하는 경진에게 빠른 속도로 다가갔고 경진은 그 회오리의 영향권에 들어가 버리고 말았다. 다급해진 경진 사태는 재빨리 두 손을 앞으로 쭈욱 내밀었고 그녀의 장력과 위문의 회오리가 충돌하며 요란한 소리를 발했다.

퍼퍼퍼펑.

내력에 밀린 경진 사태는 충격을 이기지 못하고 저 멀리 튕겨 나가 버리고 말았다. 그런 그녀를 살펴보지 않고 위문은 뒤로 돌며 재빨리 말했다.

"어서 나오시오. 곧 다른 사람들이 들이닥칠 것이오."

그의 다급한 말에 의유는 있는 힘을 다해 구멍을 통과했고 위문은 그런 그녀에게 달려가 재빨리 그녀를 등에 업었다.

"꼭 붙드시오. 절대로 놓치면 안 되오."

그의 말에 의유는 두 팔로 위문의 목을 꽉 껴안았다. 그와 동시에 위문은 빠른 속도로 밖으로 달려나갔다. 동굴 바로 밖엔 튕겨 나간 경진 사태가 바닥에 엎어져 있었다. 의유는 그 모습에 그만 고개를 위문의 등에 파묻어 버렸고 위문은 재빨리 어둠 속으로 몸을 날렸다.

그로부터 반 시진 뒤, 저 멀리서 여러 개의 불빛들이 이곳으로 빠른 속도로 다가오고 있었다.

"아, 아니! 이럴 수가?!"

바닥에 엎어져 있는 경진 사태를 제일 처음 발견한 요진 사태는 경악을 금치 못했다. 범지의 말을 듣고 바로 달려왔건만 벌써 침입자는 사라지고 없다니… 더구나 그녀의 무공으로는 도저히 따라갈 수 없는 고수인 경진 사태가 이렇게 엎어져 있다니……. 그녀는 재빨리 경진 사태의 심맥을 확인해 보았다. 다행스럽게도 경진 사태는 그저 혼절한 것뿐이었다. 위문은 상대를 제압하려고만 했기에 손속에 사정을 두었던 것이다. 경진 사태가 그저 혼절해 있다는 사실에 요진 사태는 다시 한 번 놀랐다.

'세상에 누가 있어 경진을 혼절시킬 수 있단 말인가? 죽이기는 쉬워도 이렇게 혼절만 시키는 건 매우 어려운 일이거늘……'

그녀는 놀라면서도 같이 온 비구니들에게 크게 소리쳤다.

"윤진(允診)과 유진(遺診)은 본사로 달려가 전 제자들에게 비상경계령을 내려라! 그리고 나머지는 지금부터 세 명씩 짝을 지어 부근을 샅샅이 뒤지도록 한다! 침입자는 얼마 가지 못했을 것, 어서 서둘러라!"

그녀의 명령에 비구니들은 일사불란하게 움직이기 시작했다.

하지만 그 시각 위문은 이미 아미산을 내려와 마을로 들어서고 있었다.

"정말… 괜찮으시겠어요?"

"하하, 이미 도움을 주기로 하였으니 너무 개의치 마시지요."

의유는 산을 내려오자 그만 자신을 내려달라고 했었다. 그리고 구해 줘서 고맙다며 작별을 고하려고도 했었다. 하지만 위문은 그녀의 기력이 바닥났음을 그녀를 업었을 때부터 느끼고 있었다. 또한 그녀를 안 구했다면 모르되 구한 이상 그녀의 기력이 회복될 때까지는 곁에 있어 줘야 되는 게 도리라는 생각이 들었다. 해서 그는 보름 남은 시간 중에 며칠을 의유에게 쓰도록 마음을 굳힌 참이었다.

그들이 들어섰을 때 마을은 어둠이 지배하고 있었다. 위문은 마을 안으로 들어서서 빠른 속도로 어느 한곳으로 달려갔다. 그가 달려간 곳은 이 마을에 도착했을 때 한 번 스쳐 지나갔었던 의원 댁이었다.

〈소씨의원(蕭氏醫院)〉

　간판의 너머엔 다른 집들과 마찬가지로 어둠이 뒤덮고 있었다. 위문은 고개를 뒤로 돌려 의유의 상태를 한번 살피고는 그대로 담장을 뛰어넘어 집 안으로 들어갔다.
　그로부터 일각 뒤, 자그마한 의원을 경영하고 있는 소달지(蕭撻知)는 누군가가 툭툭 치는 바람에 잠에서 깨어나고 말았다.
　"아, 흡!"
　막 짜증 섞인 신음성을 터뜨리려 할 때 누군가가 그의 입을 막아버렸다. 그의 눈이 더 떠질 수 없을 만큼 떠지고, 전신에 공포가 엄습하기 시작했다. 이 시간에 올 사람이라곤 도둑밖에 없으니 그가 두려움에 떠는 것은 당연한 일이었다.
　"당신이 의원이오?"
　나지막한 음성.
　훽훽.
　소달지는 바람 소리가 나도록 고개를 끄덕였다. 그러자 그의 입을 막고 있던 손이 떨어지고 방 안에 불이 켜졌다. 드러난 일남 일녀의 모습에 소달지는 적잖이 안심이 되었다. 적어도 도둑은 아니란 생각이 들어서였다.
　"아응… 무슨 일……."
　불빛에 잠이 깼는지 소달지의 부인 역시 눈을 뜨기 시작했다. 하지만 그녀는 곧 다시 잠에 빠져들었다. 자의가 아니라 사내가 날린 지풍(指風)에 의해서. 소달지는 사내가 손을 들어 올리는 것을 보았다.

그와 동시에 그의 부인이 잠들자 놀란 마음에 부인에게 고개를 돌렸다. 그녀가 죽지는 않았나 해서였다. 그런 그의 심정을 느꼈는지 사내는 안심이 되는 말을 해주었다.

"부인은 잠이 든 것뿐이오. 그보다 이분의 맥을 한번 짚어봐 주시오."

사내의 말에 더욱 안심이 되는 그였다. 밤중에 무림인이 찾아와 상처를 봐달라고 한 적이 몇 번 있었던 것이다. 그 경험을 통해 그는 이들을 되도록 빨리 치료해서 이곳에서 내보내야 한다는 것과 누구에게도 이들의 존재를 발설하면 안 된다는 사실을 느끼고 있었다. 또한 만약 이들의 존재를 타인에게 밝히게 된다면 그와 그의 가족은 무사하지 못하리란 것도 말이다. 그는 급히 여인에게 다가가 그녀의 맥을 짚었다. 그리곤 다행스럽다는 말투로 말했다.

"그, 그저 기력이 바닥났을 뿐입니다. 아마 이삼 일만 약을 먹고 요양을 취하면 회복될 것입니다."

"정말이오?"

"그, 그렇습니다."

"하면 우린 그동안 이곳에서 머물겠소. 알겠소?"

"예."

"또한 우리가 여기 있단 건 누구에게도 비밀이오. 그것 또한 알겠소?"

"무, 물론입죠. 저, 절 따라오시죠."

소달지는 굽실거리며 사내와 여인을 뒤편에 위치한 별채로 데리고 갔다. 그곳은 그가 이런 일이 일어날 경우를 대비해 만들어놓은 곳으로 벌써 몇몇의 무림인들이 그곳에서 치료를 받은 적이 있었다.

"헤헤, 이곳에서 머무시면 될 겁니다. 그럼 전 이만."

소달지는 문 앞에서 남녀에게 인사를 건네고는 뒤돌아서서 재빨리 사라져 버렸다. 위문은 의유를 방 안으로 데리고 가 침상에 뉘이며 말했다.

"고단할 테니 한숨 푹 자두도록 하시지요."

"예… 한데, 상공께서 찾으시는 분은 누구인가요?"

침상에 누운 의유는 위문의 자상한 행동에 불현듯 그가 찾고 있는 여인이 누구인지가 궁금해졌다.

"하하, 한숨 자두지 않고 갑자기 그건 왜 물으십니까?"

멋쩍은 미소를 지으며 위문은 침상 곁으로 다가가 되물었다. 그러자 의유의 입가에 씁쓸한 미소가 걸렸다.

"그냥… 궁금해서요……."

속마음을 말하지 않고 그녀는 그저 궁금하다고만 했다. 그녀의 말에 위문은 침상 한 켠에 걸터앉으며 입을 열었다.

"예청, 아니, 의청이라고 해야 하겠군요. 제가 찾는 여인의 이름은 의청이랍니다."

"의청이라… 저와 같은 이대제자의 이름이군요. 의청… 의청……."

의유는 의청이란 이름을 계속 되뇌었다. 그러면서 뭔가를 생각해 내려고 애썼다. 위문 역시 그녀가 뭔가를 떠올리려 한다는 걸 느끼고 가만히 그녀의 입이 열리길 기다렸다. 그리고 의유의 입이 열렸다.

"의청… 의청… 아! 의청 사저! 은공께서 찾으시는 여인이 장문인의 마지막 제자인 의청 사저인가요?"

"그, 그렇습니다. 그녀에 대해 알고 있습니까?"

"그럼요, 아미에서 의청 사저를 모르면… 모르는 사람은 없답니다……."

그녀는 바보라고 말하려고 했다. 하지만 위문의 눈과 마주치자 바보란 말 대신 모르는 사람은 없다며 다소곳이 말했다. 그의 얼굴을 보며 바보라는 상스러운 단어를 말할 수는 없었던 것이다. 다행히 위문은 예청을 안다는 의유의 말에 흥분해 그것을 눈치 채지 못하였다. 다만 예청에 대해 말해 달라고 했을 뿐이었다.

"그녀는 어땠습니까? 그녀에 대해 제가 모르는 것을 알려주실 수는 없겠습니까?"

"전 의청 사저를 단 한 번밖에 보지 못했어요. 그것도 멀리서 잠깐 본 것뿐이죠. 전 의청 사저를 처음 본 순간 너무 아름다운 모습에 그만 넋을 잃고 말았답니다. 출가한 사람이고, 또 같은 여자인데도 너무 아름다워 보였지요……. 제가 넋을 잃고 쳐다보자 제 곁에 있던 친구가 의청 사저에 대해 말해 주었답니다. 듣기로 의청 사저는 모습을 잘 나타내지 않는다고 해요. 매일을 수련장이나 불당에서 보낸다고 들었지요. 전 그때까지만 해도 아미에 가끔씩 마차 가득 보물을 싣고 오는 사람들이 왜 그렇게 많은 돈을 가지고 오는지 몰랐어요. 시주를 한다고 하기엔 그 양이 너무도 많았으니까요. 하지만 의청 사저의 얼굴을 보고 친구의 이야기를 듣는 순간 깨닫게 되었지요. 그들은 의청 사저를 데려가… 고 싶어서 온다는 것을요."

말을 하며 그녀는 위문의 눈치를 한번 보았는데 위문의 표정에 아무런 변화가 없었다. 이미 예청에게 그녀의 어린 시절을 들었기에 그러려니 했을 뿐이었다.

"계속 이야기해 주시지요."

"예… 그들 때문에 의청 사저는 밖에 나오는 것을 싫어한다고 하더군요. 알고 보니 의청 사저는 아미에서 모르는 사람이 없을 정도로 유명하더군요. 그 미모와 찾아드는 불청객들 때문에요. 또한 의청 사저의 무공은 대단하다고 들었어요. 장문인께 직접 전수받은 데다 이해력이 빨라 같은 또래들 중 최고라고 하더군요… 그런 의청 사저가 은공의 연인이라니… 정말 놀라운 일이군요… 부러워요……."

마지막 말은 독백에 가까운 것이라 위문은 듣질 못했다. 의유는 정말 부러움을 느끼고 있었다. 연인을 찾기 위해 고수들이 우글대는 곳으로 찾아오다니… 죽을 수도 있는데 말이다. 더욱 그녀의 연인이 찾아오지 않은 것이 슬퍼지는 그녀였다. 의유의 얼굴이 급속도로 창백해지자 위문은 그녀가 말을 많이 해서 그런 것이라 생각했다. 해서 그녀에게 이불을 덮어주며 말했다.

"이만 눈을 붙이시지요. 그리고 의청에 대해 이야기해 주서서 고맙습니다."

"…아니에요. 그럼……."

그녀는 마지막 인사를 했고 위문은 고개를 한 번 끄덕여 보이고는 옆방으로 걸음을 옮겼다. 사라지는 위문의 등을 의유는 하염없이 바라보았다. 그리고 그가 사라지자 억눌러 왔던 울음을 터뜨렸다.

"으흐흐흑……."

'유 랑… 어떻게 된 건가요? 왜 절 찾으러 오시지 않았나요? 왜? 절 잊으신 건가요? 그런 건가요? 그런 거예요? 4년, 4년을 기다렸어요. 4년을… 흐흐흑, 유 랑이 오시기만을 손꼽아 기다리며 차디찬 감옥 안에서 4년을 기다렸다구요… 절 잊으신 건가요? 이미 다른 사랑을 찾으셨나요? 전 더 이상 유 랑의 사랑이 아닌가요? 두려워요… 정말 두려워요. 그러실 분이 아니란 것을 믿지만 점점 두려워요… 절 잊은 건 아닌가… 다른 사랑을 찾은 것은 아닌가… 두려워요… 유 랑… 두려워요…
두려워…….'

그녀의 생각은 더 이어지지 않았다. 쌓인 피로와 긴장이 풀려 버린
그녀는 곧 깊은 잠에 빠져들었다.

"하하, 다행이군요. 이렇게 빨리 회복이 되고 있으니 말입니다."

"다 은공의 덕분이지요……."

의유는 이틀 만에 기력을 되찾았다. 초췌하던 그녀의 얼굴엔 다시
핏기가 돌기 시작했고, 눈에도 힘이 들어가 있었다. 그리고 사흘째 되
는 날의 아침, 위문과 의유는 식사를 끝내고 방 안에서 차를 마시며 대
화를 하고 있었다.

"한데 한 가지 궁금한 일이 있습니다."

"뭔가요?"

"'의' 자는 이대제자에게 붙는 것이라고 들었습니다. 그리고 이대
제자가 죄를 범했을 경우 지하 감옥에 갇힌다고 들었는데 의유 소저
는……."

위문이 무엇을 궁금해하고 있는지 깨달은 의유는 한번 미소를 지어
보이며 천천히 입을 열었다.

"거기엔 그만한 사연이 있답니다… 무엇부터 말해야 할까요… 음…
먼저 제 어린 시절 이야기부터 해야 할 것 같군요."

이야기가 길어질 것을 느낀 위문은 천천히 차를 한 모금 마시고는
귀 기울여 듣겠다는 동작을 취했다. 그리고 의유의 입이 열렸다.

"전 이곳에서 20리 정도 떨어져 있는 석촌(石村)이란 곳에서 태어나
고 자랐답니다. 그리고 유 랑은 제 소꿉 친구였지요. 우린 어릴 때부터

함께 뛰어놀며 친분을 쌓아갔답니다. 전 유 랑을 볼 때면 너무 좋았어요. 계속 같이 있고 싶은 느낌이 들곤 했죠. 유 랑 또한 절 좋아하셨던 걸로 기억해요… 그렇게 우린 서로를 의식하며 성장하게 되었답니다. 그러던 어느 날 유 랑은 저를 불러내셨죠. 그리고 제게 청혼을 했답니다… 정말 기뻤어요. 뭐라고 해야 할까? 너무 기뻐서 눈물이 다 흘러내릴 정도였으니까요. 유 랑 또한 제가 고개를 끄덕이자 저를 안고 큰 웃음을 터뜨리셨죠. 그때 그분의 얼굴이란… 세상을 다 가진 듯한 모습이었어요. 전 더욱 기분이 좋았답니다… 그때가 제 생에 가장 행복한 순간이었어요. 한데… 한데 그 다음날이었어요. 유 랑이 제게 청혼한 그 다음날이요. 전 그날을 똑똑히 기억하고 있답니다. 한 스님이 저희 마을에 찾아오신 그날을요. 저희 마을은 모두 불교 신자들로 이루어진 마을이지요. 해서 그 스님은 환대를 받으셨답니다. 그리고 그 스님은 저희 집에 머물게 되었지요. 저희 집이 마을에서 가장 큰 데다 손님 접대용 방까지 있는 건 저희 집뿐이었거든요. 그 스님은 한 집씩 돌아다니며 액운을 물리쳐 주거나 악귀를 쫓아주셨어요. 그리고 마을 사람들에게 불법을 들려주셨지요. 그 스님은 불법이 깊으셨던 분이었어요. 해서 더욱 존경받게 되었답니다. 한데 그 스님은 가끔씩 알 수 없는 묘한 눈빛으로 저를 보곤 하셨어요. 이상한 눈빛으로요. 전 그때까지는 아무것도 몰랐답니다. 그 눈빛이 무엇을 뜻하고 있는지 말이에요… 그 눈빛이 무얼 뜻하고 있는 것인지. 어느 날인가? 그날도 전 밭에서 일하고 있는 유 랑을 위해 점심을 만들어 가지고 가서 유 랑과 함께 음식을 먹고 있었어요. 한데 제 오라버니가 절 찾으러 오셨어요. 부모님이 부르신다고요. 급한 일이니 빨리 집으로 가라고요. 전 불안한 마음에 유 랑과 함께 집으로 갔답니다. 거기서 전 하늘이 무너지는 말을 듣게 된 거예요. 하늘이 무너지는 말을요. 어머니는 제 짐을 싸고 있시더군요. 아버님은 절 불러 세우시고 말씀하셨죠. 저 스님을 따라 가라고요. 전 무슨 영문인지 몰랐답니다. 갑자기 저 스님을 따라가라 니 말이에요. 제가 무슨 뜻인지 몰라 멍한 표정으로 있으니까 자신의 짐을 챙기고 있던 스님이 제게 오셔서 말씀하시더군요. 자신이 우리 마을에 들른 이유가 저 때문이었다고요. 저 때문에 우리 마을에 오신 거라고요. 그리고 말하셨죠. 제 근골이 10년에 하나 나올까 말까 한 아 주 뛰어난 것이라고요. 무공을 익히기에 아주 적합한 육체라고 하셨 죠. 사실 전 제 또래 아이들에 비해 힘이 더 세고 몸도 날렵한 편이었 어요. 어릴 때 제가 골목대장을 했으니까요… 그 스님은 아미파의 장 로라고 하시더군요. 자신을 서진 사태(西診師太)라고 하셨고요. 전 안 된다고 했어요. 당연했죠. 조금 있으면 유 랑과 혼인할 것인데 제가 왜 그 행복을 버리겠어요? 유 랑 역시 펄펄 뛰며 반대하셨죠. 절대 절 보 낼 수 없다고 하셨죠. 하지만… 이미 얘기는 끝난 상태였더군요. 그 스 님은 절 데려가는 대가로 마을 전체에 액운을 없애주셨던 거예요. 그 리고 절 시주하면 공덕을 쌓는 거라고 하셨죠. 더구나 저희 집엔 저 외 에 오라버니 둘과 언니 둘이 있었어요. 그러니 저 하나쯤 없어진다고 해도 부모님은 서운하실 게 없었던 거죠. 공덕을 쌓는다는 말에 부모 님은 저를 줘버릴 결심을 하신 거예요. 전 안 가겠다고 울었어요. 정말 가기 싫었거든요. 하지만 그 스님은 제 손을 이끄셨고, 그 스님을 저지 하려던 유 랑은… 어느새 달려오신 유 랑의 부모님과 마을 어른들에게 잡혀 끌려가고 말았답니다… 전 그 스님에게 끌려 아미산으로 가게 되 었구요……"

여기까지 말한 의유는 숨이 찬지, 아니면 감정이 복받치는지 잠시 말을 멈추고 차를 한 모금 들이켰다. 위문은 이때 말을 걸면 안 된다는 사실을 안다. 그저 듣고만 있는 게 최선의 방법이란 것도. 숨을 돌리고 감정을 추스른 의유는 계속 이야기를 해 나갔다.

"전⋯ 머리를 깎고 의유란 이름을 받은 뒤 체념하고 살기 시작했답니다. 여기서 나가 버리면 그 화가 저희 마을에까지 번질 것이라고 스승님이 엄포를 놓으셨거든요. 그래서 도망은 생각도 못해봤지요⋯ 밤마다 유 랑 생각에 잠을 못 이룰 때도 있었지만 무공을 익힌다고 고생을 해서인지 녹초가 되어 쓰러지면 유 랑 생각할 겨를도 없이 잠들기도 했어요. 그렇게 1년이 흘렀답니다⋯ 전 그날도 제게 주어진 장소에서 청소를 하고 있었어요. 한데 뒤에서 낯익은 눈빛이 절 바라보고 있다는 생각이 들었어요. 전 떨리는 마음을 뒤로하고 뒤를 돌아보았죠. 그리고 환한 미소를 지으며 서 계신 유 랑을 본 거예요. 제가 떠나고 난 뒤 유 랑께선 고생을 많이 하셨더군요. 일도 손에 잡히지 않고 제 생각만 나더라고 하셨죠. 그분의 부모님은 절 잊어버리게 하기 위해 다른 여인과 강제로 혼인시키려 하셨다고 하셨어요. 유 랑의 의지완 상관없이 말이에요⋯ 하지만 유 랑은 절 잊지 못하겠더라고 하셨죠. 자신에겐 오직 저뿐이라면서요. 그래서 혼인식 전날 짐을 싸 들고 마을을 나와 버리셨대요. 절 보러 오기 위해서요⋯ 그분의 말에 전 하염없이 울었답니다. 너무 기뻐서요. 그리고 그분을 따라 아미파를 도망치기로 했죠. 그분과 저는 우리의 모든 것을 버리고 새로운 곳에서 새 출발을 하기로 다짐했답니다. 사흘 후 우린 밤에 만나 도망을 쳤어요. 하지만 어떻게 알았는지 아미파의 추적대가 저흴 쫓아왔더군요. 저흰 도망치려고 온갖 노력을 다해보았지만 결국 그들의 손에 잡히고 말았어요⋯ 전 스승님에게 저흴 보내달라고 사정했답니다. 하지만 스승님과 장로님들은 유 랑을 그 자리에서 죽이려고 하셨어요. 죽이려고요. 전 다급한 김에 소리쳤죠. 순순히 따라갈 테니 유 랑은 풀어달라고 요… 하지만 그분들은 유 랑을 죽이려고 하셨죠. 만약 제 스승님이 아니었으면 유 랑은 죽고 말았을 거예요… 스승님은 다른 장로님들께 부탁해 유 랑을 풀어주게 하셨죠. 유 랑은 절 두고는 못 간다고 하셨지만 전 그분의 귀에 속삭였어요. 다시 절 데리러 오시라고요. 전 그때까지 기다리겠다고요… 흐흑……. 은공의 말대로 이대제자들은 지하 감옥에 갇힌다고 해요. 저도 그곳에 갇힐 운명이었죠. 하지만 스승님께서 막으셨죠. 대신 자신이 죄를 같이 받겠다 하시면서요. 스승님의 강경한 말의 영향으로 전 불회곡에 갇히게 되었고 스승님은 선회암에서 10년 간 갇히는 벌을 받게 되셨죠. 스승님은 마지막으로 절 보시며 말하시더군요. 다 자신의 욕심 때문이었다고요. 제 근골에 눈이 멀어 여인의 소박한 행복을 뺏었다고 하셨죠. …그렇게 전 불회곡에 갇히게 되었답니다. 그리고 4년 동안 유 랑이 오시기를 기다렸지요… 하지만… 유 랑은 오시지 않았어요… 은공은 두 달 만에 의청 사저를 찾으러 오셨는데… 흐흐흑…….”

  다시 감정이 복받치는지 의유는 흐느끼기 시작했다. 위문은 그런 그녀에게 다가가 그녀의 등을 토닥이며 위로해 주었다.

  “그분께 무슨 피치 못할 일이 생긴 것일 테지요. 너무 상심하지 마세요.”

  “흐흑… 저, 저도 그럴 거라고 생각하고 있어요… 유 랑에게 피치 못할 사정이 있는 것이라고요… 하지만… 하지만… 흐흐흑…….”

  4년, 길다면 긴 세월이었다. 그 세월 동안 자신을 구하러 오지 않은 사내에 대한 야속함이 눈물이란 것으로 표출되고 있었다. 의유가 눈물을 그치고 진정할 때까지 위문은 그녀의 등을 토닥여 주며 위로해 주었다.

"…의청 사저가 부럽단 생각이 드는군요… 이렇게 자상하신 은공의 사랑을 얻으셨으니 말이에요……."

마음이 진정이 된 의유는 위문의 위로에 따스함을 느꼈는지 예청에 대한 부러움을 나타내었다. 그녀의 말에 위문은 얼굴이 붉어지고 말았다.

"하하하, 벼, 별말씀을 다 하시는군요."

멋쩍은 웃음으로 부끄러움을 감춘 위문은 자리에서 일어났다. 그리고 다시 말했다.

"이만 나가봐야겠군요. 곧 돌아올 테니 여기서 편히 쉬고 계시지요."

하며 그는 몸을 돌렸다. 그리고 밖으로 나가려고 했는데 뒤에서 의유의 약간 다급한 목소리가 들려왔다.

"어, 어디로 가시나요?"

혹시 자기를 두고 가버릴지도 모른다는 생각이 들었나 보다. 위문은 그녀의 불안을 알기라도 하듯 따스한 말로 안심시켰다.

"하하, 객잔에 두고 온 제 짐을 가지러 가는 거랍니다. 걱정 말고 편히 쉬고 계시지요."

"예, 예……."

자신의 이기적인 마음을 들킨 것이 부끄러웠는지 의유는 얼굴을 붉히며 기어 들어가는 목소리로 대답했다. 그녀에게 마지막 인사를 하고 위문은 밖으로 나가 버렸다. 그가 나가고 난 뒤, 의유는 차를 마지막으로 끝까지 들이켜고는 자리에서 일어났다. 그리고 창가로 다가갔다.

달깍. 끼익.

창문을 열어 하늘을 보니 파란 하늘 위로 뭉게구름이 떠다니고 있었다. 두 팔꿈치를 창턱에 받치고 두 손으로 턱을 괴어 창밖을 응시했다.

휘이이잉~

한줄기 포근한 바람이 그녀의 얼굴을 스치고 지나갔다. 그녀는 창가에 놓여 있는 화분에서 꽃잎 하나를 땄다. 짙은 향을 발산하는 매화 꽃잎이었다. 그녀는 그 꽃잎을 바람결에 날려 보냈다.

'유 랑… 당신도 저 하늘을 보고 계시나요? 제가 보고 있는 저 하늘을 보고 계시나요? 제 마음을 꽃잎에 담아 당신에게 날려 보냅니다. 바람이 꽃잎을 당신에게 전해줄 거예요… 보고 싶어요… 유 랑… 정말 보고 싶어요…….'

"정말이에요?"

"허허허, 도대체 몇 번을 묻는 겁니까?"

의원은 도구를 챙겨서 방 밖으로 걸어나갔다. 그가 사라지는 모습을 보며 목단화는 다행스럽다는 어투로 말했다.

"정말 다행이에요. 사형의 상처가 다 나았으니 말이에요."

"하하, 난 진작에 다 나았단다. 한데 네가 고집을 피우는 바람에……."

유청은 호기있게 말했지만 곧 이어 나온 목단화의 말에 입을 다물 수밖에 없었다.

"흥, 그런 분이 어제까지만 해도 비실비실거리셨어요?"

"험험험."

유청의 부끄러워하는 모습을 보며 목단화는 보름 하고도 사흘 전에 있었던 끔찍스러운 기억을 되살렸다. 갑자기 나타나 화룡방의 문도들과 절검문의 문도들을 삽시간에 모조리 죽여 버렸던 죽립의 괴인. 그괴인이 왜 그녀와 유청을 죽이지 않고 그냥 가버렸는지 그녀는 아직그 이유를 깨닫지 못했다. 유청의 말로는 그 죽립인은 자신이 절검문도들에게 당하고 있을 때 구해줬던 사람이라고 했다. 그때 그는 무슨이유인지 모르지만 자신을 구해주고는 바로 사라져 버렸다고 했다. 그가 왜 갑자기 나타나 2백이 넘는 사람들을 학살한 것인지는 모르겠지만 유청은 아마도 그가 자신들을 살려준 이유는 자신이 한 번 구해줬던 사람이니 차마 죽일 수는 없었던 것이라고 했었다. 유청은 자신들이 살아난 이유가 그것이라고 믿고 있는 듯했다. 하지만 목단화는 그생각에 동의할 수 없었다. 그 죽립인은 피에 미친 살인귀가 분명했다.아마 유청을 구해준 것도 진정으로 돕고 싶어서가 아니라 피가 그리워서였을 것이다. 그리고 차마 이미 부상당한 사람을 죽이지는 못해 유청을 살려준 것일 테고. 2백여 명을 죽였으면서도 그들만 살려준 이유또한 다른 데 있는 것이 아니라 서로 상대를 살리려고 하는 젊은 연인의 모습에 차마 죽일 수는 없었던 것이라고 생각했다. 제아무리 살인귀라도 일말의 감정은 남아 있을 테니까. 이것이 그녀가 내린 결론이었다.

“사매, 뭘 그렇게 생각하고 있느냐?”

유청의 말에 목단화는 상념에서 깨어났다.

“아, 아무것도 아니에요. 사형, 우리 밖에 나가요.”

목단화는 급히 화제를 바꾸며 유청을 잡아 일으켰다.

“하하, 왜 갑자기 밖엔?”

“오늘같이 맑은 날 방 안에 가만히 있는 게 더 이상한 일이라구요.

더구나 사형에겐 신선한 공기가 필요하다구요. 그러니 어서 나가요.”

목단화는 유청을 이끌었고 둘은 방 밖으로 나갔다.

휘이이잉~

그들이 나오자마자 한줄기 포근한 바람이 그들을 스치고 지나갔다.
그리고 바람에 실려 온 꽃잎 한 장이 유청의 뺨에 달라붙었다.

“호호, 이 꽃잎이 어디서 날아온 것일까요?”

유청의 뺨에 붙어 있는 꽃잎을 떼어 들어보며 그녀가 묻자 유청은
어깨를 으쓱해 보였다.

“모르겠구나, 매화 꽃잎이라니… 지금은 매화가 필 계절이 아닐 텐
데…….”

“호호, 어디서 날아온 것인지는 몰라도 향기는 아주 좋네요. 한번 맡
아보세요.”

목단화는 꽃잎을 유청의 코에 갖다 대었다.

“흐음~”

유청은 한껏 향기를 들이마셨고 이내 묘한 기분에 사로잡혔다.

‘한 장의 꽃잎에서 이토록 진한 향기가… 더구나 이 느낌은… 묘하
구나…….’

“사형, 우리 저기로 가봐요.”

목단화는 꽃잎을 던져 버리며 유청을 끌고 다른 곳으로 걸어갔다.
유청은 그녀에게 끌려가면서도 매화 꽃잎에서 느낀 묘한 기분을 쉽게
떨쳐 버리지 못하였다. 그들의 뒤로 바닥에 떨어진 매화 꽃잎이 천천
히 시들어가고 있었다.

“흐으읍. 하아아~”

의유는 두 팔을 벌려 한껏 공기를 들이마셨다 내뱉었다. 서늘한 공기가 가슴속까지 시원하게 만들어주었다. 밖에 나오기를 잘했다는 생각이 들었다. 그녀는 천천히 움직이며 상쾌한 기분을 한껏 즐기고 있었다.

'유 랑, 바깥 공기는 이토록 시원하군요. 지금 당신은 어디에 계시는지…….'

하늘을 보는 그녀의 눈에 지난 추억들이 들어오기 시작했다.

"으앙앙~"

"저 울보 또 운다. 히히히."

"야이, 울보야. 겨우 그거 한 대 맞고 우냐?"

대유는 툭하면 울어서 별명이 울보였다. 오늘도 동네 아이들끼리 전쟁놀이를 하다가 한 아이가 실수로 던진 콩알만한 돌에 맞고는 이렇게 울음보를 터뜨리고 있었다.

"으앙~ 아파, 아프단 말야!"

그런 대유를 둘러싸고 아이들은 더욱 놀리기 시작했다.

얼레리 꼴레리~ 얼레리 꼴레리~

대유는 대유는 울보래요~ 울보래요~

얼레리 꼴레리~ 얼레리 꼴레리~

툭하면 울어서 울보래요~ 울보래요~

다다다닥.

그때 저 뒤에서 한 아이가 달려왔다. 그리고 터지는 앙칼진 목소리.

"야! 너희들 또 대유 울렸어?!"

투다다닥! 퍼퍼퍽!

"으악! 청아가 왔다. 도망가자!"

청아는 대유를 둘러싼 아이들을 돌아가며 패주었다. 아이들은 청아
가 무서운지 도망 다니기에 바빴다. 하지만 아이들은 도망가면서도 청
아와 대유를 놀렸다.

얼레리 꼴레리~ 얼레리 꼴레리~

청아는 대유를 좋아한대요~ 좋아한대요~

얼레리 꼴레리~ 얼레리 꼴레리~

대유는 청아를 좋아한대요~ 좋아한대요~

"야! 넌 왜 당하기만 해!"

청아는 아이들의 놀림을 무시하고 대유의 얼굴을 들어 돌에 맞아 툭
불거진 이마를 문질러주었다.

"훌쩍… 훌쩍. 무, 무섭잖아……."

"으이그, 이 바보. 가자."

청아는 아직 훌쩍이는 대유의 손을 잡아끌었다.

"어, 어디로 가는데?"

"뒷동산에. 아까 보니까 나비 떼가 왔어. 구경 가자."

"정말?"

언제 울었냐는 듯 대유는 활짝 웃고 있었다.

"그래, 어서 가자. 늦게 가면 놓칠지도 몰라."

"히히, 그럼 누가 빨리 가는지 내기할까?"

“어쭈, 좋아. 한번 해보자.”

청아와 대유는 눈을 마주쳤다.

“준비~ 시~ 땅!”

다다다닥.

다다다다닥.

“야, 미는 게 어딨어!”

“내가 언제 밀었어?”

“이, 이게! 너 잡히면 죽을 줄 알아!”

환한 미소를 지으며 뒷동산으로 달려가는 두 아이들의 뒤로 밝은 햇살이 비춰지고 있었다.

……..

“헤헤헤, 이것 봐~ 라. 이제 내 키가 너보다 더 크다. 헤헤헤.”

열두 살이 되며 드디어 대유의 키가 청아를 앞지르게 되었다. 그게 마냥 기쁜 대유는 이렇게 어깨를 으스대며 뽐내고 있는 중이었다.

“흥, 흥. 겨우 요만큼 더 큰 주제에.”

말을 하는 청아의 얼굴이 약간 붉어졌는데 그건 키를 잰다고 대유가 가깝게 접근했기 때문이었다.

“그, 그래도 더 큰 것은 더 큰 거야. 그러니까 너 앞으로 나 때리면 안 돼. 알았어?”

“내, 내가 언제 때렸다고 그래?!”

무안한지 큰 소리로 반박한 청아였지만 대유는 그런 청아를 보며 싱긋 웃었다.

“너 어제도 때렸고, 저번에도 때렸고, 또 저저번에도 때렸고, 저저저번에도 때렸고, 또⋯⋯."

"이, 이게!"

딱!

대유의 말에 청아는 참지 못하고 대유의 머리를 쥐어박았다. 한 대 맞은 대유는 머리를 감싸 쥐며 말했다.

"아야. 거봐, 또 때렸잖아?"

"이, 이게. 너 잡히면 죽을 줄 알아!"

"헤헤헤, 이제 순순히 잡히는 대유님이 아니라니깐. 한번 잡아봐라. 헤헤헤."

도망 다니는 대유와 얼굴을 붉힌 채 뒤쫓는 청아, 둘의 눈망울엔 하나같이 즐거움이 가득 담겨 있었다.

⋯⋯.

"처, 청아."

대유는 갑자기 청아의 두 손을 꽉 잡았다.

"왜, 왜 이래⋯ 이것⋯ 놔⋯⋯."

청아는 얼굴을 붉히며 잡힌 손을 빼내려 했지만 대유는 꼭 잡은 두 손을 놓아주지 않았다. 오늘 밤 관제묘로 나오라는 대유의 진심 어린 말에 두려움 반, 떨림 반으로 나온 청아였다. 한데 이렇게 만나자마자 대유가 자신의 두 손을 꼭 잡은 것이었으니⋯ 청아는 더욱 떨리기 시작했다. 이제 그들의 나이도 열여섯이 되었다. 대유는 열두 살 때부터 농사일을 시작해 지금은 어엿한 장부가 되어 있었다. 키도 다른 어른들만큼 컸고 농사일로 단련된 탄탄한 근육에 코밑에 듬성듬성 수염도 자라기 시작했다. 청아도 몇 달 전부터 신부 수업을 받고 있었기에 어엿한 여인이 되어 있었다. 말투도 조심스러워졌고, 행동 역시 여인네다워졌다. 또한 성숙한 여인처럼 전신의 굴곡이 완연해졌고 얼굴엔 치기가 사라지고 대신 요염함이 자리 잡기 시작했다. 벌써 그들 또래의 친구들 중 혼인해 한 가정을 이룬 친구들도 있었다.

"청아……."

대유는 다시금 청아의 두 손을 꼭 잡으며 청아를 바라보았다. 해야 할 말이 있건만 쉽사리 그 말이 나오질 않고 있었다. 그의 부모님은 그에게 이제 손주의 재롱이 보고 싶다고 하셨다. 옆집의 이가 놈은 참한 며느리를 얻었다며 아버님이 부러워하시는 걸 보기도 했다. 또한 부모님이 건넛마을 매파에게 참한 색싯감을 구해보라고 넌지시 말해 둔 것도 알고 있었다. 하지만 그에겐 오직 청아밖에 없었다. 어릴 때부터 함께였고 앞으로도 계속 그녀와 함께 있고 싶었다. 해서 이렇게 오늘 고백할 결심을 한 것인데… 그 말이 좀처럼 나오질 않고 있었다.

"청아……."

다시 한 번 청아의 이름을 불러보는 대유였다. 그런 대유의 얼굴을 보며 청아는 대유가 뭔가 중대한 말을 하려 한다는 것을 느낄 수 있었다. 그녀도 몇 달 전부터 대유가 남자로 보이기 시작했었다. 그래서 자청해서 신부 수업을 받았던 것이다. 좀 더 여자다워지기 위해서. 마을에서 최고의 신랑감을 꼽으라면 누구나 대유를 꼽는다. 대유의 집은 마을에서 가장 비옥한 땅을 소유하고 있었다. 거기서 나오는 농작물은 항상 최고의 품질이었기에 값 역시 후하게 받고 있었다. 더구나 대유의 부모님은 자식이라곤 대유 하나뿐이었다. 그러니 그 비옥한 땅은 모두 대유에게 돌아갈 것이었다. 그래서 벌써부터 매파가 드나드는 걸 청아는 알고 있었다. 그것 때문에 왠지 모르게 언짢았던 적이 있었으니까.

“나 갈래!”

청아는 대유의 다음 말이 두려워 도망치고 싶었다. 듣고 싶기도 했지만 아직 그녀는 어렸기에 그보단 두려움이 앞섰다. 대유의 손을 뿌리치고 밖으로 나가려 했지만 청아는 그러지 못했다. 대유가 그녀의 앞을 막고 섰기 때문이다. 그의 얼굴엔 초조함과 긴장이 가득했다.

“비, 비켜……..”

말을 하며 청아는 대유를 피해 밖으로 나가려 했지만 대유는 그런 청아를 덥석 껴안았다. 그리곤 마음이 약해지기 전에 재빨리 외쳤다.

“너, 너 나한테, 나한테 시집와라! 내가 진짜, 진짜, 진짜 너, 진짜 너 해, 행복하게 해줄 테니까 나, 나한테 시집와라!”

말을 하며 대유는 청아를 더욱 거세게 끌어안았다. 그리고 두 눈을 질끈 감았다. 청아의 대답이 너무 두려웠다. 심장이 터질 듯 두근거렸고, 얼굴이 뜨겁게 달아올랐다. 대유의 말에 청아는 아무 말도 할 수가 없었다. 시간이 정지해 버린 것 같았다. 생각조차 할 수가 없었다. 느껴지는 것이라곤 대유의 품이 따뜻하다는 것뿐.

갑자기 눈물이 흘러내렸다. 왜 그런지 알 수가 없었다. 대유의 품이 한없이 따듯하다는 것을 느끼자 눈물이 흘러내렸다.

대유는 청아의 몸이 떨리는 것을 느꼈다. 그리고 흐느낌 소리도 들렸다. 두려운 마음에 안고 있던 팔을 살며시 풀어 청아를 바라보았다.

청아는 울고 있었다.

“처, 청아…….”

왜 그녀가 우는지 몰라 대유는 난처해하며 말했다. 그의 말에 정신이 든 것일까? 청아는 천천히 고개를 들어 대유의 얼굴을 바라보았다.

그리고 청아의 입이 열렸다.

"다시… 한 번… 말해 줄래…… 요?"

"나, 나한테 시집오지 않을래?"

우는 청아의 얼굴에 수줍은 미소가 번져 나갔다. 그리고… 그녀의 고개가 살며시 끄덕여졌다.

"하! 하하하하! 처, 청아! 하하하하!"

대유는 너무 기쁜 마음에 큰 웃음을 터뜨리며 청아를 으스러져라 껴안았다. 그리고 껴안은 채 빙빙 돌았다. 세상이 다 내 것 같은 느낌, 대유는 그 느낌을 맛보고 있었다. 그리고 청아 역시 수줍은 얼굴에 천천히 행복한 미소가 번져 나가기 시작했다.

…….

"사형! 이리 와봐요."

무엇을 발견했는지 목단화는 다급히 유청을 불렀다.

"무슨 일인데 그러냐?"

"어서 좀 와보세요."

달려간 유청에게 목단화는 발갛게 물든 단풍잎을 건넸다.

"정말 예쁘지 않아요?"

별로 예쁘다는 생각은 들지 않았지만 유청은 고개를 끄덕이며 말했다.

"정말 아름답구나."

"정말 완연한 가을이에요. 이렇게 낙엽이 떨어지기 시작하니 말이에요."

"그래, 정말 가을이구나."

하늘을 보며 말하는 유청에게 목단화는 살며시 다가가 은근슬쩍 팔짱을 꼈다. 유청은 놀랐지만 내색하지 않으며 그녀의 행동을 그대로 내버려 두었다. 그로선 이제 목단화에게 더욱 매달릴 수밖에 없었다. 화룡검법의 구결, 그리고 초식. 화룡장은 사라졌지만 그 구결과 초식은 모두 목단화의 머리 속에 들어 있었다. 그가 아는 최고의 무공은 화룡검법이었으니 그는 그것에 매달릴 수밖에 없었다.

화룡검법의 비급은 단 한 권뿐으로 그것은 장주가 항시 품에 지니고 다녔다. 하지만 유청은 목단화가 그 비급을 통째로 외우고 있음을 안다. 자신이 무공을 연습하다 틀리면 그걸 바로잡아 주고, 잊어버린 구결을 다시 들려주는 건 언제나 목단화였으니까. 그렇다고 유청이 비급을 보지 않은 것은 아니다. 그 역시 화룡검법의 비급을 서너 번 정도 읽은 적이 있었다. 하지만 그는 그걸 다 기억하지 못했다. 원래부터 머리가 좋은 편이 아니었던 데다 뒤늦게 무공에 입문했기에 다른 책도 아닌 난해한 무공비급을 외우는 것은 그에겐 불가능한 일이었다. 화룡검법을 오성으로 익힌 것도 그의 자질이 뛰어나서가 아니라 반드시 해야 할 목표가 있기에 죽을힘을 다해 익힌 것이었으니까. 장주 몰래 화룡검법의 비급을 베낄 생각도 해봤었다. 아무 상관 없는 목단화를 이용한다는 게 마음에 걸렸기에. 하지만 그보다 먼저 비급을 베끼려고 했던 자가 장주에게 걸려 껍질이 벗겨지고 사지가 잘리면서 죽어가는 걸 본 뒤로는 그런 생각을 버렸다. 하지만 지금 장주는 화산에 가 있었다. 또한 그를 제지할 동문들도 없었다. 그러니 이제 목단화를 잘 구슬려서 화룡검법의 비급을 만들게 하면 그는 목표를 향해 한 발짝 더 다가갈 수가 있을 것이었다. 목단화에겐 미안한 일이지만 그렇게 비급을 만들고 나면 그녀를 떠날 생각이었다. 그녀를 떠나서 어느 산속에 틀어박혀 무공 연마에만 힘쓸 생각이었다. 그러면 몇 년 후엔 목적을 달성할 수가 있을 거라 생각했다.

'소설… 그대는 아시오? 내가 이렇게 고생하고 있다는 걸… 당신을 구하기 위해 이렇게 고생하고 있는 내 맘을 아시오? …기다려 주시오. 조금만 더… 내가 그대를 구하러 갈 때까지……'

4년, 길다면 길고 짧다면 짧은 시간.

유 랑을 보지 못한 지 4년이 흘렀다. 그동안 그녀의 마음 고생은 이루 말할 수가 없었다. 차디찬 감옥 안에서 절망하지 않고 견딜 수 있었던 건 곧 유 랑이 그녀를 구하러 올 거란 믿음이 있었기에 가능했던 일이었다.

하지만 그녀는 곧잘 이런 생각이 들곤 했다. '이미 날 잊은 것은 아닐까?', '다른 여인이 생긴 것은 아닐까?' 그런 생각이 들 때마다 그럴 유 랑이 아니라고 믿어보지만 마음 한구석에선 언제나 그런 두려움이 자리 잡고 있었다.

'그럴 분이 아니야… 은공의 말대로 무슨 사정이 있으셨을 거야……'

푸른 하늘을 보며 긍정적으로 생각하려는 그녀였다.

휘이이잉~

한차례 서늘한 바람이 불어왔다. 그리고 바람에 실려 누군가의 대화 소리가 들려왔다.

"호호호호, 사형 저기 좀 봐요. 정말 예쁘죠?"

"하하, 그렇구나."

흠칫!

저 목소리!

가슴이 두근거리기 시작했다. 환청일까? 환청이었을까?

의유의 발걸음은 저도 모르게 소리가 들려오고 있는 쪽으로 가고 있었다.

'설마… 설마……?'

자신의 상상이 틀렸기를, 자신이 잘못 들은 것이기를 빌고 또 빌었다. 살며시 담장에 몸을 기댔다. 그리고 얼굴을 살며시 내밀어 담장 뒤편을 바라보았다.

"사형… 이거 아세요?"

여인은 사내의 어깨에 머리를 기대며 수줍게 물었다.

"뭘 말이냐?"

"소매는 정말… 사형을 좋아하고 있단걸요."

"하하하, 알고 있었단다. 나 역시 널 좋아하고 있었으니까."

"저, 정말이세요?"

"하하, 녀석. 얼굴이 붉어졌구나."

"아, 아잇! 몰라욧!"

아아…….

하늘이 노래지고 눈물이 앞을 가렸다.

후들후들.

다리가 사정없이 떨려왔다. 담장에 등을 기대 버텨보지만 그리 오래 버틸 수는 없었다.

털썩.

바닥에 엉덩방아를 찧으며 주저앉고 말았다.

덜덜덜덜.

떨리는 두 손을 억지로 들어 올렸다. 가슴이 심하게 요동 쳐왔다. 숨이 가빠지고 심장이 터져 버릴 것만 같았다. 억지로 떨리는 두 손을 가슴에 갖다 대었다. 그리고 있는 힘껏 가슴을 꾹 눌렀다.

"하아, 하아……."

거친 숨이 새어 나왔다. 잘못 본 것이기를 빌고 또 빌었다. 소매로 눈물을 닦아내었다. 한없이 흘러내리고 있는 눈물이었지만 한 번 더 확인해야 했다. 자신이 잘못 본 것임을 확인하고 싶었다. 두 눈에 힘을 주었다. 더 이상 눈물이 흘러내리지 못하게. 그리고 천천히 담장 너머로 고개를 내밀었다.

…….

저 얼굴!

있었다! 그곳엔 꿈에라도 잊을 수 없는 얼굴이 환한 미소를 지으며 있었다. 다른 여인에게 환한 미소를 지으며… 눈물이 다시 흘러내렸다. 눈앞이 뿌옇게 흐려졌지만 그들의 대화 소리만은 천둥이 내리치듯 그녀의 귓가에 똑똑히 들려왔다.

"고마워요, 사형."

"뭐가 말이냐?"

"제 곁에 있어줘서요……."

"하하, 원 녀석두……."

"절 떠나시지 않으실 거죠?"

"그래… 내 야, 약속하마……."

힘없이 일어섰다.

그리곤 천천히 뒤돌아서서 별채로 걸음을 옮겼다.

방 안은 그녀가 나갔을 때와 달라진 것이 없었다. 하지만 그녀의 마음만은 달라져 있었다. 방을 나설 땐 희망에 가득 차 있었지만 지금은 절망으로 가득 차 있었던 것이다.

털썩.

침상의 한 켠에 멍하니 주저앉았다. 좀 전에 그녀가 본 것이 현실이 아닌 듯했다. 꿈인 듯했다. 흘러내리는 눈물이 그녀의 입 안으로 들어와 짭짤한 맛이 느껴졌다.

덜덜덜덜덜…….

눈물을 닦으려 손을 들어 올리자 손이 사정없이 떨려왔다.

덥썩.

다른 손으로 떨리는 손을 잡았다. 하지만 떨림은 멈추지 않았다. 오히려 손에서 시작된 떨림이 몸 전체로 번져 나갔다.

"흐… 흐흐흐흑… 으흐흐흐흐흑……."

이제야 설움이 밀려오기 시작했다. 배신당했다는 설움이 물밀듯이 밀려왔다. 침대로 엎어졌다. 그리고 하염없이 눈물을 흘렸다. 두 손으로 침대 보를 찢어져라 움켜잡았다.

"으흐흐흐흑… 으흐흐흐, 으흐흐흑……."

그랬다. 그녀가 감옥에서 고통으로 몸부림칠 때, 유 랑이 구하러 올 거라는 믿음 하나로 하루하루를 버텨 나갈 때, 절망 속에서도 한 가닥 희망을 잃지 않고 살아가고 있을 때 그녀의 유 랑은, 그녀의 유 랑은… 여기서 다른 여인을 만나고 있었던 것이다. 다른 여인을 만나 행복하게 살고 있었던 것이다.

'난, 난 여태껏 뭘 바라고 있었던 거지? 뭘 바라고 있었던 거야? 청소설(晴小雪)! 넌 여태껏 무얼 바라고 있었던 거니? 이 바보야! 왜 그분이 널 구하러 올 거란 생각을 했었냐구! 널 구하러 올 이유는 없잖아! 널 구하러 올 이유는 없었잖아! 그분에겐 넌 잊혀진 존재란 말야… 흐흐흐흑… 세상에 너보다 예쁜 여자가 얼마나 많은데… 너 같은 것보다 예쁘고 아름다운 여자가 얼마나 많은데… 넌 왜 유 랑이 널 구하러 올 거란 착각 속에 살았난 말야! 그분 곁엔 너보다 더 예쁜 여자가 있는데… 넌 착각 속에 살았던 거야. 넌… 여태껏 착각 속에 살았던 거라구… 으흑흑흑… 넌 바보같이 착각 속에서 살았던 거라구.'

팡팡팡!

두 주먹으로 침대를 거세게 두들겼다. 배신당했다는 설움에, 여태껏 바보같이 살았었다는 설움에 분노가 머리끝까지 치밀어 올랐다.

"이익! 흑흑흑… 이익익!"

찌직! 찌지직!

침대 보를 찢기 시작했다. 수십 수백 조각으로 침대 보를 찢었다. 화가 치밀어 올라 그렇게라도 하지 않으면 미쳐 버릴 것만 같았다. 그렇게 미친 듯이 침대 보를 찢자 흥분이 좀 가라앉는 것 같았다. 눈물도 더 이상 흘러내리지 않았다. 분노에 눈물마저 메말라 버린 듯했다. 그때 그녀의 눈에 길게 찢겨진 천 조각이 눈에 들어왔다. 망설임없이 그녀는 천 조각을 움켜쥐었다.

다다다닥.

한걸음에 방 중앙으로 달려가 천장으로 뛰어올랐다. 그리고 천장에 매달려 천 조각의 한쪽 끝을 천장의 대들보에 단단하게 묶었다. 그 뒤

반대쪽 끝을 가지고 올가미를 만들었다.

털썩.

준비를 끝내고 그녀는 바닥으로 뛰어내렸다. 그리고 의자를 올가미 끝으로 가지고 왔다. 그리고 망설임없이 의자 위에 올라섰다. 막 목을 매달려 할 때 그녀의 한 가닥 이성이 그녀의 행동을 말렸다.

'은공!'

그녀가 이대로 죽어버리면 은공은 그 이유를 모를 것이다. 그리고 슬퍼할 것이다. 여기까지 생각이 미친 그녀는 천천히 의자 밑으로 내려왔다. 탁자엔 의원이 쓰는 지필묵이 준비되어 있었다. 그녀는 탁자로 가서 앉았다. 그리고 천천히 은공에게 남기는 글을 쓰기 시작했다. 눈물로 얼룩진 글을.

〈은공.

소녀는 이제 한 많은 생을 마감하려 합니다. 은공께 폐만 끼친 것 같아 죄송한 마음을 감출 수가 없군요. 전 살아갈 이유를 잃어버렸답니다. 더 이상 살고 싶은 마음도 없고요. …는 죄송한 말이지만 이곳으로부터 20리 떨어진 석촌이란 곳으로 보내주시면 감사하겠습니다. 선행을 쌓는다 생각하시고 제 이기적인 부탁을 들어주시면 감사하겠습니다. 그곳에서 …란 분을 찾으시면 될 겁니다. 그분께 제 시신을 건네주시면 정말 감사하겠습니다. 그리고 송구스런 부탁이지만 그분께 제 시신을 마을 뒷산에 묻어달라고 해주세요. 그곳이라면 한 눈에 마을이 내려다보이니 쓸쓸하지가… 은공께 보답은 못할 망정 이렇게 죽어서까지 …떠나는군요. 정말 죄송합니다. 혹

제 시신이 부담스러우시거든 그냥 버려두셔도 원망하지 않겠습니다. 은공은 이미 제게 크나큰 은혜를 베푸셨으니까요. 이곳에 유자 성에 외자로 청이란 성함을 가지고 계신 분이 있답니다. 그분께 …해달라고 좀 전해주세요. 만약 그분이 거절하시거든 그냥 못 들은 것으로 해달라고 해주시고요.

　안녕. 죄송합니다. 은공.〉

　유서를 다 쓴 의유, 아니 소설은 천천히 자리에서 일어났다. 그리고 올가미가 매어져 있는 쪽으로 걸어갔다. 그녀는 천천히 의자 위에 올라섰다.

　'내가 지금 뭘 하고 있는 거지? 왜 죽으려는 거지? 지금이라도 저 문을 박차고 나가 그분 앞에 건재한 내 모습을 보여볼까? 그리고 나에게 돌아와 달라고 간청해 볼까? …아니… 그럼 더 비참해질 뿐이야… 더 비참해지겠지…….'

　'난 이제 너를 사랑하지 않아! 내가 사랑하는 건 이 여인이야. 네가 아니라 이 여인이란 말야. 어서 내 눈앞에서 사라져! 어서!'

　'호호호, 아이 유 랑~ 그렇게 모질게 말하면 너무 가엽잖아요~ 호호호호.'

　'잊은 지가 언젠데 이렇게 찾아와서 질퍽거리니까 그렇지. 흥.'

　'호호호, 들으셔서 알겠지만 유 랑의 마음은 제게로 와 있답니다. 그러니 그만 가보세요. 여기 은자를 몇 푼 드릴게요. 호호호호.'

　벌써부터 유 랑의 모진 소리와 여인의 조소가 들려오는 것만 같았다. 그럴 것이다. 그녀가 저들 앞에 나타나면 분명히 유 랑은 그녀에게 차가운 말을 던질 것이고, 그 여인은 그녀를 조롱할 것이다. 분명히 그렇게 될 것이다.

'그래, 청소설은 4년 전에 죽었어. 유 랑과 헤어지던 그날 죽은 거야. 유 랑은 자신의 연인이라 믿으며 죽은 거야.'

그녀는 자신이 본 것을 잊으려 했다. 그리고 생각하지 않으려 했다. 유 랑은 영원히 자신의 가슴속에 자신만의 유 랑으로 남길 바랐으니까.

'소설은 4년 전에 죽었어. 지금 죽는 건 아미 이대제자 의유일 뿐이야. 사문에 지은 죄를 갚기 위해 죽는 거야.'

자신이 죽는 이유를 합리화하며 의유는 마음을 모질게 먹었다. 그리고 마음이 흔들리기 전에 재빨리 목에 올가미를 걸었다.

잠시 후.

콰당!

오해, 그리고 충동적인 행동.

절망의 늪에 빠져 충동적으로 일을 저질러 버린 여인.

그녀의 충동적인 행동이 어떤 결과를 가져올런지는 서서히 하늘을 뒤덮고 있는 음산한 먹구름이 말해 주고 있었다.

*　　　　*　　　　*

우르릉! 쾅쾅쾅!

쏴아아아!

좀 전까지만 해도 푸르렀던 하늘이 서서히 검어지더니 급기야는 요란한 굉음을 터뜨리며 굵은 빗줄기를 쏟아내었다. 그것을 보며 창가에 서 있던 목단화는 옆의 유청을 바라보며 속삭였다.

"왜 갑자기 하늘이 흐려졌을까요? 좀 전까지만 해도 푸르던 하늘이 말이에요?"

"…모르겠구나."

갑자기 한기가 밀려왔다. 비가 내림으로 인해 공기가 식었다고는 하지만 너무 강도가 심했다. 목단화는 추위에 유청의 팔짱을 꼈다. 그리고 머리를 유청의 어깨에 기대었다. 그러자 조금은 따뜻해진 것 같았다.

쏴아아아아.

"하늘이 울고 있나 봐요."

사정없이 쏟아지는 빗줄기에 목단화는 감상적이 되어 말했다. 그러자 유청 역시 감상적이 되어 대답했다.

"어디선가 하늘마저 슬퍼할 일이 생긴 것은 아닐까? 너무 슬픈 일이기에 하늘마저 그 슬픔을 참지 못해 이렇게 울고 있는 것은 아닐까?"

"…무뚝뚝한 줄만 알았더니 사형께도 이렇게 감상적인 면이 있었군요."

말을 하며 목단화는 유청을 지그시 바라보았는데 지금 그녀에게 유청은 큰 의지가 되고 있었다. 이제 화룡장은 멸문한 거나 마찬가지였다. 화산에 그녀의 아버지와 첫째, 둘째 사형이 있긴 했으나 그들 셋만 가지고는 문파를 재건하기는 어려울 것이었다. 해서 그녀는 유청이 다 낫기만 하면 그를 따라 어디로든 갈 생각이었다. 산속이든 시골이든, 아니면 다른 곳이든, 그가 가는 곳으로 따라갈 생각이었다. 이제 그녀의 삶에 유청은 없어선 안 될 존재가 되었으니까.

‘이분과 함께라면 어디라도 좋아…….’

무림을 떠나 작은 집에서 아이를 키우며 단란하게 사는 모습을 그려 보자 행복감이 밀려왔다. 더욱 유청의 어깨에 얼굴을 묻어보는 그녀였다. 그런 목단화의 어깨를 팔로 감싸며 유청은 다른 생각을 하고 있었다. 그때도 이처럼 비가 퍼부었었다. 그가 소설을 데리고 도망치던 그날에도.

“절 데리러 오세요. 절 데리러 오세요.”

“청아!”

“전 기다릴 거예요. 전 유 랑이 오실 때까지 기다리겠어요. 꼭 절 데리러 오세요.”

“청아! 청아! 으흑…….”

“슬퍼하지 마세요. 우린 다시 만날 거예요. 절 사랑하신다면 꼭 절 데리러 오세요. 그럼 우린 다시 만나게 될 거예요…….”

“청아! 청아! 놔라, 이 중 년들아! 청아!”

“안녕… 사랑해요… 그 무엇보다 당신을 사랑해요…….”

“이, 이대로 널 보낼 수는… 으흐흐흑…….”

“안녕… 안녕…….”

“청아아! 기다려라! 내 꼭 널 구하러 가겠다! 내 반드시 널 구하러 가겠다! 청아아, 으흐흐흑…….”

청아는 그렇게 끌려갔었다. 그때만큼 자신이 무기력했던 적은 없었다. 그때 힘만 있었더라면, 다른 비구니들을 물리칠 힘만 있었더라면 지금쯤 그는 청아와 행복한 삶을 누리고 있을 것이었다. 그래서 무공을 익힐 생각을 했었다. 무공을 익혀서 당당히 청아를 구해내고 싶었다. 처음 화룡장에 들어갔을 때만 해도 그는 열심히 무공을 익혀 하루라도 빨리 청아를 구하고 싶은 생각뿐이었다. 하지만 장주는 그에게 화룡검법을 가르쳐 주지 않았다. 그저 삼류검법만을 가르쳐 줬을 뿐이었다. 다급해진 그는 장주의 딸을 유혹하기로 마음먹었다. 그래서 목단화가 좋아하는 남성상을 그대로 흉내 내어 접근했다.

그 결과가 지금이었다.

목단화의 체온이 어깨를 통해 느껴졌다. 아무리 목적을 위해서라고는 하나 이 여인을 속이고 있는 것이 천 근의 무게로 마음을 짓눌러 왔다. 비 때문인지 더욱 죄책감이 커져만 갔다.

'내가 지금 너무 큰 죄를 짓고 있는 것은 아닐까? 아무리 목적을 위해서라고는 하나, 청아를 구하기 위해서라고는 하나 이 여인에게 씻을 수 없는 죄를 짓고 있는 것은 아닐까? 떠나야 한다. 비급을 받아 적기만 하면 떠나야 한다. 떠나서 조용한 산속에 들어가 무공 연마에만 힘써야 한다. 그러면 몇 년 후엔 청아를 구할 수 있을 것이다. 청아는 선무곡, 불회곡, 아니면 지하에 있다는 감옥, 그 세 곳 중 한 군데에 갇혀 있을 것이다. 지난 4년 동안 난 그걸 알아내었다. 청아는 살아 있을까? …살아 있을 것이다. 내가 이렇게 노력하고 있는데, 그녀가 쉽게 죽을 리가 없다. 그녀는 내가 구하러 오기만을 기다리고 있을 것이다. 그녀는 분명 살아 있을 것이다. 후후… 내가 이 여인에게 몹쓸 짓을 하고 있군… 내가 떠나든 떠나지 않든 그녀는 상처받을 것이다. 난 그녀를 거짓으로 대했으니까. 내 마음속엔 오직 청아뿐이건만 그녀를 사랑하는 척했으니까. 빌어먹을! 왜 이렇게 되었단 말인가? 왜? 왜 내가 이 지경이 되었단 말인가? 다 그 빌어먹을 비구니 때문이다. 그 빌어먹을 비구니! 그 비구니만 마을에 오지 않았으면 이런 일은 생기지 않았다. 마을에서 가장 비옥한 땅을 가지고 있던 나였다. 그 땅에서 청아와 함께 땀을 흘리며 농사를 지어 아이들을 키우고 산다는 생각만으로도 밤잠을 설쳤건만… 내 집에서 함께 산다는 그 생각만으로도 행복했건만… 지금 난 이렇게 한 여인을 속이고 있다. 그녀를 속이고 그녀에게서 비급을 베낄 생각만 하고 있다. 사매, 아니, 아화… 미안하오… 정말 미안하오…… 내 죄는 내세에서 갚으리다. 지금은 그대를 속여야만 하오… 지금 이 순간에도 날 기다리며 차디찬 감옥에 갇혀 있을 청아를 위해서…….'

끓어오르는 분노를 목단화가 눈치 채지 못하게 하며 유청은 천천히 마음을 가라앉혔다. 그리고 다시 한 번 굳게 마음을 먹었다. 흔들리지 않기로.

우르릉! 쾅쾅!

"꺄아아악!"

그때 요란한 굉음을 동반한 번개가 대지에 내리꽂힌 것과 동시에 어디선가 여인의 찢어지는 비명 소리가 들려왔다.

흠칫!

그 소리에 놀란 목단화와 유청은 급히 고개를 소리가 난 방향으로 틀었다.

"사형도 들으셨어요?"

"그래, 무슨 일이지?"

"왜, 왠지 으스스한데요……."

지금 밖은 귀신이 나오기 가장 적합한 날씨였다. 그런 날씨에 여인의 비명 소리가 들렸으니 귀신을 가장 무서워하는 목단화는 전신에 소름이 돋는 것을 느꼈다.

"나가보는 게 좋겠구나."

"왜, 왜요? 잘못 들은 것일 수도 있잖아요?"

"하지만 누군가가 도움을 요청하는 것일 수도 있잖겠니?"

"그, 그래도… 전 내키지가 않아요……."

목단화의 만류에도 유청은 밖으로 걸어갔다. 왠지 모를 불길한 예감이 들었다. 본능 역시 밖으로 나가보라고 이야기하고 있었다.

"넌 여기서 기다리고 있으렴, 내 나가보고 오마."

말을 하며 유청은 방문을 열었는데 목단화는 정색을 하며 그에게 달려갔다.

"가, 같이 가요. 호, 혼자 있으면 더 무섭단 말이에요……."

유청은 고개를 내저으며 문 앞에 준비되어 있는 두 개의 우산 중 한 개를 목단화에게 내밀었다. 하지만 목단화는 그 우산을 받아 쓰지 않고 방 안으로 던져 버렸다. 그리곤 유청이 쓰고 있는 우산 쪽으로 다가가 유청의 팔짱을 꼈다. 한 우산 속에서 같이 있고 싶었던 것이다. 유청은 그런 목단화를 제지하지 않았고 둘은 천천히 비명 소리가 들려왔던 쪽으로 걸어갔다.

쏴아아아.

비가 퍼붓고 있건만 여인은 일어나지 않았다. 그대로 비를 맞으며 바닥에 쓰러져 있었다. 그녀의 곁엔 그녀가 쓰고 있던 것으로 보이는 우산이 바닥에 널브러져 있었다. 그 모습에 목단화는 더욱 무서워졌는지 유청의 팔을 더욱 꼭 껴안았다. 유청은 천천히 쓰러져 있는 여인에게로 다가가 그녀를 흔들었다. 하지만 그녀는 깨어나지 않았다.

"주, 죽은 건가요?"

떨리는 목소리로 묻는 목단화를 보며 유청은 고개를 흔들었다.

"아니, 그저 기절한 것뿐이다. 무엇에 놀란 듯한데… 무얼 보고 놀랐을까?"

"호, 호, 호, 혹시… 귀, 귀신이 아닐까요……?"

"허허, 녀석두… 요즘 세상에……."

우르르릉! 쾅쾅쾅!

"꺄아아아악!"

유청의 말이 끝나기도 전에 굉음을 동반한 번개가 내리꽂히며 주위를 순간적으로 밝게 물들이더니 목단화가 무얼 봤는지 전신을 사시나무 떨듯 부르르 떨며 비명을 질러댔다.

"사, 사매. 왜 그러느냐?"

유청은 깜짝 놀라며 목단화를 흔들었다. 하지만 목단화는 대답 대신 얼굴을 유청의 가슴에 파묻으며 손으로 정면을 가리켰다.

"저, 저기, 저기……."

그녀가 가리킨 곳을 보자 그곳엔 아무것도 없었다. 그저 어둠으로 둘러싸여 있는 별채밖엔…….

"저기에 뭐가 있다고 그러느냐? 저기엔 별채밖엔! 헉!"

우르르르릉! 쾅쾅쾅쾅!

다시 한 번 번개가 내리치자 유청은 목단화가 뭘 보고 놀란 것인지 또 쓰러진 여인은 왜 기절한 것인지 알 수 있었다. 번개가 내리치며 주위를 순간적으로 밝게 비춰줄 때 그의 눈이 틀리지 않았다면 저 별채의 안에 한 사람이 보였다. 그것뿐이라면 놀라지 않았을 것이다. 하지만 그 사람은 허공에 떠 있었다. 바닥에서 몸이 한 자 정도 붕 떠 있었던 것이다. 더욱 불길한 예감이 엄습했다. 떨리는 마음을 뒤로하고 유청은 천천히 별채 쪽으로 걸어갔다.

"사, 사형……."

목단화가 그런 유청을 말렸지만 유청은 그녀의 말을 듣지 않았다. 점점 별채 쪽으로 다가갈수록 스산한 기운이 느껴졌다. 목단화는 유청의 등 뒤에 숨어 유청의 손을 꼬옥 잡았다. 그리고 얼굴을 유청의 등에 묻었다. 그렇게 둘은 방문 앞까지 다가갔다.

<u>드르르르륵.</u>

문이 열렸다. 방 안은 한 치 앞도 보이지 않을 만큼 깜깜했다.

"사형……."

유청을 애달프게 불러보았지만 유청은 무엇에 홀린 듯 방 안으로 한 발짝 걸어 들어갔다.

우릉! 쾅쾅!

다시 번개가 치며 방 안에 있는 사람을 비추었다. 그 사람의 목에 걸려 있는 밧줄 같은 것으로 보아 그는 자살한 듯했다. 다행히 목단화는 유청의 등에 얼굴을 묻고 있었던 터라 그 광경을 보지 못해 비명을 지르지는 않았다. 유청은 잠깐의 빛으로 그 시체가 여인임을 깨달았다.

<u>스스스슥.</u>

전신에 소름이 돋아났다. 그리고 숨이 가빠지기 시작했다. 자신과 아무 관련이 없는 시체일 것이건만 너무도 떨려왔다. 비가 내리기 시작했을 때부터 생겨났던 불안감, 그 불안감이 지금에 이르러서는 최고조에 달해 있었다.

"사매, 방에 불을 켜주겠니?"

목단화를 돌아보며 부탁하자 목단화는 고개를 살짝 끄덕이고는 불을 찾아 조심스럽게 걸어갔다. 유청은 그런 그녀를 뒤로하고 천천히 시체 쪽으로 접근했다. 시체 쪽으로 걸어갈수록 그의 후각에 묘한 향기가 스며들었다. 낯설지 않은 향기, 언제인가 한번쯤 맡아본 것 같은 향기였다. 다만 그게 언제인지가 생각나지 않을 뿐.

시체에게 바짝 접근한 그는 그 시체가 여인임을 확신했다. 하지만 어둠 때문에 그녀의 얼굴을 볼 수는 없었다. 희미한 윤곽밖에는.

스르르릉.

흠칫.

검을 뽑아 들며 유청은 순간적으로 흠칫했다. 검이 뽑아져 나오며 내는 금속성, 익히 들어온 소리건만 오늘따라 유난히 음산하게 느껴졌던 것이다.

'기분 탓이겠지…….'

불길한 예감을 기분 탓으로 돌리며 유청은 시체와 천장의 대들보를 연결하고 있는 천 조각을 검으로 잘랐다.

쿵! 털썩.

시체가 바닥에 떨어지며 둔탁한 소리를 발했다. 시체는 천장을 보며 누워 있었다. 그리고 시체가 떨어짐과 동시에 방 안에 불이 들어왔다.

…….

덜덜덜덜덜…….

캉! 챙그랑!

손이 떨려와 더 이상 검을 잡고 있을 수가 없었다. 검이 바닥에 떨어지며 날카로운 금속성을 발했지만 유청은 그 소리를 듣지 못했다.

후들후들…….

다리가 사정없이 떨려왔다. 견딜 수 없을 만큼 떨려왔다.

쿵.

바닥에 두 무릎을 꿇었다. 꽤 큰 소리가 났건만 아픔은 느껴지지 않았다. 눈앞이 흐려지기 시작했다. 굵은 물방울이 그의 두 눈에서 흘러내렸다.

덜덜덜덜…….

억지로 떨리는 손을 들어 올렸다.

쿵쾅쿵쾅!

심장이 거세게 요동 치고 숨이 견딜 수 없을 정도로 가빠왔지만 이를 앙다물었다. 그리고 천천히 손을 시체의 얼굴에 갖다 대었다.

…차가웠다. 시체는 이미 차갑게 식어 있었다.

믿을 수 없었다. 어떻게 이런 일이 생길 수가 있단 말인가! 정말 믿을 수 없었다.

"이익!"

다른 사람일 것이다. 그럴 것이다. 얼굴이 닮은 다른 사람일 것이다. 재빨리 시체의 오른쪽 옆구리로 손을 가져갔다. 그리고 그곳을 가리고 있는 옷을 찢었다.

찌익! 찌지직!

…….

흘러내리는 눈물을 신경질적으로 닦아내고 다시 한 번 뚫어져라 바라보았다. 잘못 본 것이기를 빌며 뚫어져라 바라보았다.

하지만… 그곳엔 있었다. 여덟 살 때던가, 마을 뒷산에서 놀다가 들개에게 쫓긴 적이 있었다. 그때 청아는 들개에게 오른쪽 옆구리를 물렸었다. 자신이 상처를 닦아주었으므로 분명히 기억하고 있었다. 그 물린 자국이 선명하게 남아 있었다. 이 싸늘히 식어 있는 시체에게.

"헉! 허헉!"

숨을 쉴 수가 없었다. 가슴이 갑갑해져 왔다.

따닥따닥!

이가 부딪치며 한기를 몰고 왔다.

부들부들부들…….

전신이 사정없이 떨려왔다. 손끝에서부터 발끝까지 모조리 떨리기 시작했다. 시체의 얼굴을 두 손으로 감싸 쥐었다. 이 얼굴. 꿈에라도 잊을 수 없는 얼굴. 이 얼굴을 다시 보기 위해 그토록 고생을 했건만… 지금 이 얼굴은 싸늘히 식어 있었다. 손끝에서 싸늘한 촉감이 느껴졌다. 그 싸늘한 촉감이 이것은 꿈이 아니라고 말해 주고 있었다. 이것은 꿈이 아니라 현실이라고 말해 주고 있었다.

어떻게 된 일인가? 어떻게 그녀가 이곳에 싸늘한 시체가 되어 있단 말인가? 어떻게 이럴 수가 있단 말인가? 어떻게? 왜? 왜?

"흐으흐흐흑……."

이제야 설움이 밀려왔다. 억눌러 왔던 설움이 물밀듯이 밀려왔다. 시체의 옷을 두 손으로 움켜잡고 시체의 몸에 얼굴을 묻었다.

"으흐흐흐흑… 크흐흐, 으흐흐흐흑… 청아… 어, 어떻게 네가… 흐 흐흐흑……."

미쳐 버릴 것 같았다. 내 사랑이, 그토록 보고 싶었던 내 사랑이, 영원히 함께 살아야 할 내 사랑이 죽어 있었다. 내 사랑이 죽어 있었다. 미쳐 버리지 않는 게 오히려 이상한 일일 것이다.

"이익!"

발작적으로 고개를 들었다. 그의 두 눈은 시뻘겋게 충혈되어 있었다. 미친 듯이 주위를 두리번거렸다. 그의 눈에 자신의 검이 들어왔다.

망설임없이 검을 잡았다. 그리고 목으로 검을 가져갔다. 지금 심정은 그저 죽고만 싶었다. 그녀를 따라 죽고만 싶었다.

한편, 목단화는 유청이 시체를 부둥켜안고 슬퍼하는 것을 보았다. 처음엔 그게 이해가 되지 않았다. 왜 알지도 못하는 시체를 위해 저렇게 슬퍼한단 말인가? 아니, 알고 있는 시체라 해도 저렇게 하늘이 무너져라 슬퍼하지는 않을 것이다.

그녀가 혼란을 느끼고 있을 때 그녀의 눈에 탁자 위에 있는 유서가 들어왔다. 그녀는 그걸 들어 끝까지 읽어 내려갔다. 그 유서를 통해 그녀는 저 시체가 유청과 관련이 있는 사람임을 느꼈다. 아니, 밀접한 관련이 있는 사람임을 느꼈다.

'그랬던가… 가끔씩 보이던 그 알 수 없는 고독이 저 여인 때문이었던가… 저 여인 때문에 그렇게 가끔씩 고독을 느끼셨던가… 그랬구나… 사형은 날 만나기 전 저 여인을 사랑하셨구나… 저 여인 역시 사형을 사랑했고… 사형은 새로운 사랑을 찾으셨지만 저 여인은 그렇지 못했었구나… 아직 사형을 잊지 못하고 있었구나… 내가 죄를 지은 것인가? 그런 것인가? 내가 저 여인에게서 사형을 빼앗은 것인가? 내가 접근하지 않았다면 사형은 그저 날 장주의 따님으로 생각했을 것이다. 그 이상으론 생각하지 않았겠지… 내가 관심을 보이지 않았다면, 남자로 생각하지 않았다면… 사형은 날 여인으로 생각하지 않았을 것이다. 그저 장주의 딸로만 보았겠지… 나 때문에 저 여인은 죽은 것인가? 내가 사형과 가깝게 있는 것을 보자 절망감에 죽은 것인가? 왜 저렇게 바보 같은 거지? 왜 저렇게 바보 같은 거야! 세상에 남자가 하나뿐인 것도 아니고 널린 게 남잔데 왜 저런 바보 짓을 한 거냔 말야! 죽으려면 딴 데 가서 죽을 일이지 왜 여기 와서 죽느냔 말야! 왜 죽어서까지 우리를 귀찮게 하는 거냐고! 화가 난다. 정말 화가 난다. 사형은 왜 저렇게 슬퍼하는 거지? 내가 여기 있는데, 내가 여기 있는데 왜 저렇게 슬퍼하는 거냔 말야! 옛 연인의 죽음을 대하는 것치곤 정도가 심하잖아… 과거는 어땠는지 몰라도 지금 사형의 사랑은 나 하나뿐이야. 그건 내가 더 잘 알고 있지 않은가? 과거엔 저 여인을 사랑했다 하더라도 지금 사형에겐 나밖에 없어… 저건 그저 옛 연인을 떠나보내고 있는 거겠지… 그 이상은 아니겠지… 내가 과민 반응을 보이고 있는 거겠지… 헉!

그녀의 생각은 채 이어지지 않았다. 유청이 검을 잡더니 그대로 목으로 그어갔기 때문이었다.

"사, 사형!"

목단화는 비명을 지르며 유청에게로 달려갔다. 하지만 이미 한 박자 늦은 뒤였다. 검이 유청의 목을 깊숙하게 베어버린 뒤였던 것이다.

"커헉! 컥!"

입으로 피를 토하며 유청은 시체의 곁에 누웠다.

"왜… 흐흐흑… 왜 이런 짓을 하셨어요? 왜?!"

유청을 부여잡고 절규하는 목단화였지만 유청은 천천히 죽어가고 있었다.

"미… 미안하오… 정말… 크헉헉… 정말 미안하……."

정말 미안하다고, 그동안 속여와서 미안하다고, 날 용서해 달라고 말하고 싶었다. 하지만 그 말이 뿜어져 나오는 피로 인해 나오지가 않았다. 그는 마지막 힘을 다해 두 눈을 크게 뜨고 목단화를 바라보았다. 목단화의 눈과 그의 눈이 마주쳤다. 절규하는 눈과 빛을 잃어가는 눈이 마주쳤다. 유청은 눈으로나마 미안함을 전했다.

"커헉! 커컥……."

입에서 목에서 뿜어져 나오는 피는 바닥을 흥건히 적셨다.

"흐흐흐흐흑… 사혀엉… 흐흐흐흑……."

그녀의 흐느낌을 뒤로하고 유청의 눈빛은 점점 흐려져 갔다.

털썩.

그러다 결국 유청의 고개가 꺾여졌다.

"사… 사형! 사형! 꺄아아악! 사형! 사형! 사혀엉……!"

절규하는 그녀의 옆으로 나란히 천장을 보며 누워 있는 대유와 청아
의 시신이 보인다… 마치 이제는 떨어지지 않겠다는 듯.

대유와 청아의 나이 이제 스물하나.

그들은 그렇게 한 많은 생에 작별을 고했다.

현세에서는 오해로 인해 이루어지지 않았지만 내세에서나마 그들의
사랑이 이루어지기를 간절히 기원하는 바이다.

제18장

최초의 변화

최초의 변화

쏴아아아.

비는 계속 퍼붓고 있었다. 그 빗속을 달리는 위문의 심정은 착잡했다. 그의 예상대로 아미파는 발칵 뒤집어져 있었다. 금역으로 지정된 불회곡에 침입자가 난입해 죄인을 빼갔으니 당연한 일이었다. 해서 아미산 곳곳에 비구니들이 움직이고 있었다. 하지만 그는 유유히 아미파 안으로 들어갈 수 있었다. 그의 경공은 가히 빛과 같았으므로. 그래서 비교적 쉽게 자신의 짐을 찾을 수가 있었다. 짐을 찾고 나오자 갑자기 하늘이 흐려지더니 먹구름이 하늘을 가리고 굵은 빗줄기들을 쏟아내었다. 게다가 천둥 번개까지 치니 예청을 구하기엔 최상의 조건이었다. 번개 소리가 다른 소리들을 삼켜줄 것이고 굵은 빗줄기가 발자국들을 지워줄 것이다. 더구나 이런 날씨라면 그가 예청을 구해 같이 도망친다 해도 추적대가 그들을 발견하기는 매우 어려울 것이었다. 비와 어둠이 그들이 도망치는 걸 도와줄 것이니까. 그리고 추적대를 방해할 것이니까. 이대로 예청을 구하고 싶은 마음이 굴뚝같았다. 하늘이 도와주고 있다는 생각에 당장 예청을 구하고만 싶었다.

하지만… 그는 그렇게 할 수가 없었다. 마을에는 아직 그의 도움이 필요한 여인이 있다. 의유… 그녀를 구한 이상 그녀가 건강을 회복할 때까지는 보살펴 주어야 했다. 벌써 그녀를 떠나온 지 반나절이 넘었다. 그녀는 아마 불안에 떨고 있을 것이다. 자신을 버리고 간 것이 아닌가 하고… 혼자 버려진 건 아닌가 하고… 그래서 위문은 돌아설 수밖에 없었다. 바로 눈앞에 예청이 있건만 의유란 자신과 아무런 상관이 없는 여인 때문에 돌아서야 했던 것이다. 그의 마음은 그만큼 모질지 못했으니까.

그래서 착잡했다. 이제 그에게 남겨진 여유 시간은 12일뿐이었다. 최대로 잡아서 12일이었다. 비무대회는 앞으로 27일 후, 여기서 최대한으로 경공을 전개한다면 예청을 업고 가더라도 보름이면 갈 자신이 있었다. 그래서 12일이 남는 것이었다.

'벌써 그녀 때문에 3일을 허비했다… 더 이상은 지체할 수가 없다. 그녀에게 가서 이만 헤어져야겠다고 말해야 하겠구나. 내가 3일을 보살펴 줬으니 그녀도 원망하지 않겠지. 그리고 몸도 거의 회복된 것 같으니까 혼자 내버려 둬도 괜찮을 것이다. 하지만… 마음에 걸리는 게 사실이다. 그녀를 고향까지 보내주어야 할까? 그러면 마음이 편해질까? 젠장! 괜히 그녀를 구해줬다는 생각이 든다. 그때는 이렇게 될 줄 몰랐었건만… 날 원망해도 할 수 없다. 더 이상 시간을 지체할 순 없으니 뒤돌아서자. 그녀도 건강을 거의 회복했으니 혼자라도 괜찮을 것이다. 그래, 당장 가서 헤어져야 하겠다고 말하자. 이제 그녀는 혼자라도

괜찮을 것이니까.'

　가슴 한구석에 남아 있는 도와줘야 한다는 생각을 애써 지워 버리며 위문은 마음을 굳혔다. 그리곤 더욱 빠른 속도로 마을을 향해 달려갔다.

　그로부터 반 시진 후, 위문은 의원 집 앞에 도착할 수 있었다. 담장 너머로 안을 힐끗 살펴보니 캄캄한 어둠만이 지배하고 있었다. 아직은 잘 시간이 아니건만 불빛이라곤 하나도 보이지가 않았다. 왠지 찜찜한 기분이 들었다. 그것은 담장을 넘어 안으로 들어가자 더욱 커졌다. 인기척이 느껴지지 않았던 것이다.

　'무슨 일이 생긴 건가?'

　급히 의원이 기거하는 방으로 달려갔다.

　드르륵.

　방문을 열고 안으로 들어가자 방 안의 광경이 한눈에 들어왔다. 어둠 속이었지만 똑똑히 볼 수가 있었다. 바닥에 널려 있는 옷가지들, 뒤죽박죽으로 열려 있는 서랍 장들, 사람은 보이지가 않았다. 급히 떠난 흔적밖엔 없었던 것이다. 위문은 이들이 무슨 이유인진 모르나 급히 떠났다고밖엔 생각할 수가 없었다. 자신의 생각이 맞는지 보기 위해 방을 뒤져 보자 역시나 귀중품이 모두 사라진 걸 알 수 있었다.

　'이들은 왜 이렇게 갑자기 떠난 거지? 무슨 일이 생긴 것일까? 혹시……'

　불안한 마음에 의유가 있는 별채 쪽으로 달려갔다. 그곳 역시 어둠이 뒤덮고 있었다.

　'아직 잘 시간이 아닌데……'

　의유는 잠을 늦게 자는 편이었다. 지금은 이른 저녁이니 아직 그녀가 잘 시간은 아닌 것이다. 급히 문 쪽으로 달려갔다. 방문을 열자 역한 비린내가 진하게 후각을 자극해 왔다.

‘피!’

방 안을 재빨리 둘러보았다. 가운데에 죽은 듯이 누워 있는 두 사람이 보였고 한 사람의 가슴 위에 다른 사람이 엎어져 있었다. 귀 기울여 공기의 흐름을 들어보았다. 사람은 셋이건만 숨소리는 한 명에게서만 나오고 있었다. 한걸음에 그들 쪽으로 달려갔다.

“헉!”

시체들의 얼굴을 본 순간 그는 깜짝 놀랐다. 의유와 저번에 그가 구해주었던 화룡장의 사내였던 것이다.

‘의유가 어떻게? 또, 이 남자는 어떻게? 무슨 일이 있었던 거지? 도대체 어떻게 이런 일이?’

의유가 왜 죽어 있는지, 이 남자는 왜 여기서 죽어 있는지, 남자의 시체 위에 기절해 있는 여인은 어떻게 된 것인지 전혀 짐작조차 할 수가 없었다. 다만 한 가지는 알 수가 있었다. 궁금한 것은 이 기절해 있는 여인에게 물어보면 된다는 것 말이다. 우선 방 안에 불을 켰다. 그리고 탁자로 가서 앉았다. 차분히 생각을 한번 해보고 싶었다.

‘저 둘이 내게 복수를 하려고 했던가? 내가 화룡장의 문도들을 죽인 것을 알고 내 일행인 의유를 죽여 복수하려고 했던가? 하지만 의유의 무공이 강해 저 남자를 죽이고 저 여인을 기절시킨 것인가? 그리고 자신도 상처를 입어 죽은 것인가? 그렇게밖엔 생각할 수가 없는데… 혹시 다른 누군가가 이곳에 왔던 것은 아닐까? 그가 의유와 저 남자를 죽이고 저 여인을 기절… 아니, 만약 그랬다면 모두 죽여 버렸겠지. 저 여인만 살려뒀을 이유가 없다. 한데 저들은 왜 이곳에 오게 된 거지? 의유와 저들은 아무런 상관이 없을 텐데… 도대체 일이 어떻게 된 건지 모르겠구나… 의원은… 의원은… 그는 두려웠겠지. 그는 이곳의 광경을 봤을 것이다. 그리고 겁을 먹었겠지. 의유는 나와 동행, 한데 그녀가 저렇게 죽어 있으니 그는 내 보복이 두려웠을 것이다. 이곳에서 죽은 이상 그의 책임도 있는 것이니까. 그래서 급히 도망친 것이겠지. 내 보복을 피하기 위해…….'

의원이 떠난 이유는 대충 짐작할 수 있었지만 이 방 안에서 무슨 일이 벌어졌었는지는 감을 잡을 수가 없었다. 저 여인이 스스로 깨어나기를 기다려 볼까 생각해 봤지만 시간이 걸릴 것 같아 지풍을 날려 충격을 가했다.

슈슉. 펑.

지풍은 정확히 그녀의 뒷골을 때렸고 그녀는 충격 때문인지 천천히 일어나기 시작했다.

"으음……."

나직한 신음을 흘리며 그녀는 잠에서 깨어났다. 한데 그녀는 깨어나자마자 자신의 옆에 누워 있는 시체의 얼굴을 보더니 비명을 지르기 시작했다.

"사, 사형! 사형! 사혀엉!"

솔직히 그녀가 왜 울부짖는지 위문은 관심이 없었다. 그가 궁금한 것은 이곳에서 벌어진 사건의 전모뿐이다. 그래서 그는 조금의 동요도 없이 천천히 그녀에게 다가가 그녀의 어깨를 잡으며 입을 열었다.

"여보시오."

흠칫!

누군가가 자신의 어깨를 흔들자 목단화는 반사적으로 일어나 몸을 돌렸다.

"누, 누구시죠?"

경계의 빛을 띠며 그녀가 물었다. 하지만 묻고 싶은 건 위문이었다.

"그건 제가 물어야 할 것 같군요. 당신은 누구입니까? 그리고 왜 여기에 저분들이 죽어 있는 겁니까?"

그가 손가락으로 시체들을 가리키며 묻자 목단화는 다시 슬픔이 치미는지 울음보를 터뜨렸다.

"으흑흑흑……."

"울지 말고 대답을 해주시지요."

그가 다그치자 여인은 급히 소매로 눈물을 닦으며 말했다.

"이건 저희들의 일이에요. 당신과는 관계가 없으니 제가 대답할 이유는 없다고 생각해요."

목단화는 사내에게서 고개를 돌리고 다시 유청의 시체 앞에 무릎을 꿇었다. 자신의 질문을 무시하자 위문은 슬며시 짜증이 나기 시작했다. 해서 그녀의 어깨를 잡으며 힘주어 말했다.

"여긴 제가 머물고 있는 곳입니다. 또한 저기 죽어 있는 여인은 제 일행입니다. 한데 저와 관계가 없단 말입니까? 당신은 누구입니까? 그리고 여기서 무슨 일이 벌어진 겁니까?"

그의 말이 끝나기 무섭게 목단화의 고개가 번쩍 들려졌다. 그리고 터지는 고함.

"저 여인과 동행이라구요? 저 여인은 누구죠? 그녀는 대체 누구죠? 그녀는 누군가요?"

"제가 먼저 묻지 않았습니까? 이곳에서 무슨 일이 벌어진 겁니까?"

하지만 목단화는 그의 말에 대답하지 않고 그의 가슴팍 옷자락을 두 손으로 거세게 붙잡으며 외쳤다.

"그녀는 누구죠? 어떤 여자죠? 대체 어떤 여자냐구요?!"

짜증이 치밀어 오를 때, 여인의 손에 쥐어져 있는 종이가 눈에 들어왔다. 거기에 글이 적혀 있는 것을 보고 위문은 그녀의 손에서 그 종이를 낚아채었다.

"그녀는 대체 누구냐구요… 흐흐흐흑… 대체 어떤 여자예요? 대체… 대체 어떤… 흐흐흐흑……."

두 손으로 얼굴을 감싸고 우는 그녀를 뒤로하고 위문은 종이를 펼쳐 내용을 읽어 내려갔다. 그 유서를 통해 그는 대강 일의 전말을 알 수가 있었다. 그리고 약간 화가 치밀었다.

'의유는 저 사내를 사랑했던 거군. 하지만 저 사내가 다른 여인과 함께 있는 것을 보자 절망감에 자살한 것 같구나. 저 사내는 옛 연인의 죽음이 자신 때문임을 알고 괴로워하다 자살한 것 같고. 이 여인은 사랑하는 남자가 죽자 이렇게 슬퍼하고 있는 것이고. 한데 나보고 자신의 시체를 고향까지 옮겨달라고? 그리고 누구를 찾아 뒷산에 묻게 하라고? 난 그녀에게 내 이야기를 해주었다. 그리고 시간이 얼마 없음도 말해 주었다. 그런데 사흘을 도와준 것도 모자라 이젠 시체까지 맡아달라고? 젠장! 젠장! 젠장! 지금 아청은 내가 오기만을 손꼽아 기다리고 있을 것인데, 그런 난 이런 짓거리나 하고 있다니! 젠장!'

화가 치밀어 올랐다. 점점 피가 끓어오르기 시작했다.

"내 말이 안 들려! 내 말이 안 들리냐구! 그녀는 도대체 누구란 말야! 누구야! 누구냔 말야!"

그때 목단화가 위문의 멱살을 부여잡고 흔들며 악을 질러대었다.

"야! 이 자식아! 그녀는 대체 누구냔 말야! 억!"

푹!

심장이 뚫려 버린 그녀는 외마디 비명과 함께 스르르 바닥에 쓰러졌다. 위문은 자신의 손을 내려다보았다. 피와 고기 조각이 묻어 있었다. 귀찮아서 손을 쓰긴 했지만 섣불리 손을 썼다는 후회가 밀려왔다. 하지만 그 후회와는 반대로 귀찮았는데 잘됐다는 기분도 들어왔다. 그는 내친 김에 세 구의 시체에 불을 질렀다.

화르르륵! 치이이익!

살이 타는 소리와 함께 세 구의 시체는 곧 뼈다귀만 남고 모두 타버리고 말았다. 뼈다귀만 남은 시체들을 위문은 장풍을 날려 가루로 만들어 버렸다.

빠스스슥.

뼈들은 한 줌의 가루가 되었다. 위문은 다시 장풍을 날려 그 가루들을 창밖으로 날려 보냈다.

'미안하오. 내겐 시간이 별로 없소. 그러니 그대의 부탁은 못 들어주겠소. 그대도 원망 않는다 했으니 날 원망하지 않기 바라오. 또한 그대와 함께 그대의 연인이었던 남자의 시체도 함께 날려 보냈으니 내세에서는 둘이 만날 수 있을 것이오. 또한 그 사내의 지금 사랑도 함께 보내니 내세에서 셋이 잘해보시구려.'

위문은 재가 날리고 있는 쪽을 향해 가볍게 목례를 해 보이고는 그대로 짐을 챙겨 밖으로 달려나갔다.

예전이었다면 그는 이런 식으로 일을 해결하지는 않았을 것이다. 뭔가가 변해가고 있는 그였다.

자신은 그걸 깨닫지 못하고 있지만……

제19장

믿을 수 없다

믿을 수 없다

'왜 그랬을까?'

산을 반쯤 올랐을 때, 이런 의문이 들었다. 의유와 사내의 시체를 화장한 것은 그다지 마음에 걸리지 않았다. 하지만 한 여인을 성급히 죽였던 점, 그게 마음에 걸리고 있었다. 너무 시끄러웠다. 그리고 짜증이 났었다. 묻는 말에 대답하지 않고 징징대는 게 화가 났었다. 참으려고 노력했지만 순간 방심한 사이 그의 손은 여인의 심장에 틀어박혀 있었다.

'아청을 찾으면… 그래, 아청을 찾기만 하면 괜찮아지겠지……'

자신이 변해가는 것을 아청을 찾기만 하면 원상태로 돌아갈 것이라고 굳게 믿고 있는 그였다.

그는 아미파에 근접해 한 나무 위에 몸을 숨겼다. 곧 날이 저물 것이다. 그리고 그때, 그는 예청을 찾으러 아미파 내부로 잠입할 것이다.

"오호호호호, 오호호호호호~~"

종리화는 서류를 다 읽고 나서 미친 듯이 웃어 젖혔다.

너무도 듣고 싶었던 내용, 그리고 반가운 내용.

그토록 골머리를 싸매고 해결책을 쥐어짜 내려고 했던 문제에 대한 해결책이 이 서류에 제시되어 있었던 것이다.

'이 서류에 따르면 금붕문 내당당주는 화산에 없는 게 확실해. 내 생각이 적중한 거지. 한 달이 넘도록 자신의 거처에서 한 발자국도 나오지 않기에 이상했었단 말야. 뭐, 그 멍청한 총관 녀석. 내당당주가 무슨 비밀 수련을 하고 있어? 그런 밥통을 내 당장 박살을 내버려야지! 아무리 혼자 있기를 좋아하는 사람이라 할지라도 한 달 동안 꼼짝도 않는다는 건 불가능한 일이지. 역시 하오문에 의뢰하기를 잘했어. 그 녀석들이 상종도 하기 싫은 쓰레기들이긴 하지만 정보 수집 능력만은 대단하거든. 아미산이라… 그가 왜 단신으로 아미산에 갔을까? 아미산에 있는 거라곤… 아미파뿐이지… 그래! 예청은 아미의 제자였어. 그리고 지금 마도는 우리가 예청을 데리고 있다고 믿고 있지. 그러니 내당당주는 우리가 예청을 아미파로 보내 버렸을 거라고 추측한 거야. 그래서 홀로 자신의 여인을 구하기 위해 그곳으로 간 거지. 오호호호, 덕분에 우리에게 아주 좋은 기회가 생겼지만 말야. 내 이러고 있을 때가 아니지. 어서 회의를 소집해야겠어.'

그로부터 세 시진 후, 밀실에 구대문파와 오대세가의 수뇌들이 긴급히 소집되었다.

"그래, 우리를 이렇게 모이게 한 이유는 뭐냐?"

화중문이 종리화를 보며 물었다. 그러자 종리화는 자리에서 일어나 천천히 주위를 둘러보았다. 수뇌들은 모두 그녀의 입이 열리기를 기다렸고 그녀는 천천히 자신이 회의를 연 이유를 말했다.

"지금부터 한 달 전, 그러니까 지관 8강전이 끝나고 난 직후부터죠. 8강전이 끝난 직후부터 금붕문 내당당주는 자신의 처소에서 한 발자국도 나오질 않았어요."

"그건 이미 그가 무슨 비밀 수련을 하고 있다고 하지 않았소?"

절진 사태가 종리화의 말을 끊으며 이미 논의되었던 안건을 말한다고 구박했다. 하지만 종리화는 절진 사태의 말을 무시하고는 계속 들으라는 듯이 말했다.

"전 그게 수상했어요. 아무리 비밀 수련을 한다고 해도 첩자들에게 얼굴 한 번 비춰지지 않았거든요. 그래서 전 수하들을 풀어 조사를 시켰어요. 혹시 그가 화산에 없는 것이 아닌가 하고 말이에요."

"그, 그 결과는?"

화중문이 떨리는 목소리로 물었다. 만약 그의 추측이 맞다면 천재일우의 기회가 생긴 것이었으니까.

"호호, 역시 제 추측이 맞았더군요. 금붕문 내당당주는 화산에 없었어요. 그는 지관 8강전이 끝나고 바로 화산을 내려갔던 거예요. 그러니 그의 모습을 볼 수가 없었던 거죠."

"오오, 그게 정말인가?"

"정말 그가 화산에 없단 말인가?"

여기저기서 탄성과 물음이 터져 나왔다. 종리화는 고개를 끄덕이며 말을 이어 나갔다.

"그래요. 그는 화산에 없을 뿐더러 더 중요한 사실은 단신으로 화산을 내려갔다는 거예요."

탕!

종리화의 말이 끝나기 무섭게 화중문이 탁자를 치며 자리에서 벌떡 일어났다. 그의 얼굴은 희열로 가득 차 있었다. 너무 기쁜 나머지 흥분을 자제하지 못했던 것이다.

"험험."

무안함을 느낀 그는 헛기침을 하며 다시 자리에 앉았다. 그리고 물었다.

"그는 어디로 갔느냐?"

"무슨 이유인진 모르나 아미산 쪽으로 간 듯해요."

"아니, 그가 아미산엔 왜?"

절진 사태의 당연한 물음에 종리화는 잠시 고민에 빠졌다. 자신이 알고 있는 걸 말할까? 하는 생각이 들었으나 그보단 감추는 게 낫다는 판단이 들었다. 만약 그녀가 '내당당주는 아미에 예청이 있는 줄 알고 갔을 거예요' 라고 말한다면 수뇌들은 헛되이 시간을 때우며 토론을 벌일 것이 분명했다. 지금 그녀에겐 시간이 부족했다. 해서 그녀는 대충 때우며 급히 말했다.

"저도 그것까진 알 수 없었어요. 하지만 지금 그게 중요한 것이 아니에요. 제가 지도를 살펴보니 아미산 쪽에서 이곳으로 오려면 서너 가지 길이 있더군요. 그 길들을 살펴보자 전 중요한 사실을 하나 발견할 수 있었어요. 가장 빠른 길은 두 가지였어요. 제가 그라면 그 둘 중 하나의 길을 택해 이곳으로 오려고 할 겁니다. 그 길이 가장 빠르니까요. 한데 그 두 가지 길 모두 어느 한곳을 지나야 하더군요. 바로 흑죽림(黑竹林)이란 곳을 말이에요. 그러니 그는 반드시 그 흑죽림을 지날 거예요. 그가 떠난 지는 30일이 약간 넘었죠. 그러니 그는 이제 이곳으로 올 준비를 하고 있을 겁니다. 비무대회에 참가하기 위해서요. 이곳에서 흑죽림까지는 적어도 8일이 소모돼요. 제가 하고 싶은 말은 이거예요. 지금 당장 고수들을 집합시켜 하루라도 빨리 흑죽림으로 보내자는 거죠. 그가, 금붕문 내당당주가 그곳에서 뼈를 묻게 말이에요!"

그녀는 마지막 말을 힘주어 말했다. 그러자 수뇌들은 모두 고개를 끄덕이며 그녀의 뜻에 동조했다. 회의 결과 비무대회에서 금붕문 내당당주를 이길 자는 없는 것으로 평가되었다. 그러니 그대로 두면 그가 영웅제일좌를 차지할 거란 것은 자명한 일. 한데 이런 기회가 생겼으니 모두 그걸 놓칠 수는 없었다.

"으음, 정말 천재일우의 기회가 아닐 수 없습니다. 화산은 이번 일에 문하 30명을 내놓겠습니다."

"으음……."

"으험험."

"헛허험."

화중문의 말에 수뇌들은 헛기침을 터뜨렸다. 화산에서 30명을 내놓는다면 다른 곳에서도 적어도 30명씩을 내놓아야 할 것이다. 그럼 적어도 4백 20명이 모이게 된다. 일류고수 4백 20명. 그 정도 숫자면 금붕문 내당당주가 아니라 금붕문 전체와 싸운다 해도 꿀리지 않을 숫자였다. 한데 한 명을 상대하는 데 그만한 인원이라니…….

"으음, 화 장문인은 그자를 너무 높게 평가하는 것은 아니오? 30명은 너무 많은 것 같소이다."

"본인도 그렇게 생각하오. 30명이라니… 그 한 명을 상대하는 숫자로는 너무 큰 것 같소이다."

여기저기서 반발이 터져 나왔다. 하지만 화중문은 너털웃음을 터뜨리며 자신의 말을 설명했다.

"허허허, 본인도 그 한 명을 상대하는 것으론 지나치게 많은 숫자라 생각합니다. 하나 꼭 그 혼자 있다는 보장은 없습니다. 사파도 그의 중요성을 알고 있을 테니 전 보이지 않는 그의 호위가 꽤 될 것으로 봅니다. 그래서 안전을 기하기 위해 30명이라고 한 겁니다."

"으음, 그렇다면 무당도 30명을 내놓겠소."

"해남도 30명을 내놓겠소."

"아미도……."

이렇게 해서 4백 20명의 정예가 금붕문 내당당주 한 명을 처치하게 위해 선발되게 되었다. 수뇌들의 회의를 지켜보며 종리화는 회심의 미소를 지었다.

'금붕문 내당당주, 아니 위문. 당신에겐 미안해요. 처음으로 제 마음을 흔들었던 분… 하나 대의를 위해서 당신은 사라져야 해요. 당신은 흑죽림을 통과하지 못할 거예요. 반드시!'

'불상 뒤편이라 했지?'

대불전 안으로 들어가며 감옥에서 만났던 노승의 말을 되뇌어보았다. 노승은 분명히 불상 뒤편에 출입구가 있다고 했었다. 위문은 재빨리 불상 뒤편으로 이동했다.

끼이익.

흠칫!

그가 막 불상 뒤편으로 이동했을 때 대불전의 문이 열리고 두 명의 비구니들이 안으로 들어왔다. 그는 급히 숨을 죽이고 몸을 숨겼다.

"도대체 누굴까?"

“뭐가?”

“넌 궁금하지 않니? 어떤 간 큰 사람이 본 파에 침입해 의유 사숙을 구해갔는지 말이야.”

“진짜… 그 사람은 누굴까? 듣자 하니 경진 장로님도 당해내지 못한 고수였다고 하던데…….”

쓰윽쓰윽.

털털털털.

한 명은 걸레로 바닥을 닦고, 다른 한 명은 구석의 먼지를 털어내며 잡담을 나누었다. 위문은 그들의 눈에 띄지 않게 요리조리 몸을 숨기며 대화를 엿들었다.

“아, 의유 사숙은 좋~ 겠다. 구하러 오는 남자도 있고…….”

“애! 쉿! 누가 들으면 어쩌려고 그러니?”

“흥! 흥이다. 들으려면 들으라고 그래. 누군 좋아서 여기에 온 줄 아나?”

“애는! 점점 큰일 날 소리만 하고 있어!”

“그래도… 부럽다, 뭐. 넌 안 그러니?”

“그, 그야… 쪼, 쪼끔…….”

“히히, 역시 너도 그렇지? 지금쯤 의유 사숙은 뭐 하고 있을까?”

그녀들은 청소는 하지 않고 수다만 떨며 시간을 때웠다. 해서 그녀들이 나가기를 기다리는 위문은 점점 초조해지기 시작했다. 시간은 흘러가건만 나갈 생각을 안 하니…….

그렇게 한 식경이 흘렀다.

“그만 나가자.”

“청소는?”

“하루에 두 번씩 하는데 무슨 먼지가 있겠어?”

“그래도…….”

“아~함. 난 졸립단 말야. 그만 가서 자고 싶어.”

“그, 그래도 될까?”

“그래, 이만 나가자.”

그렇게 비구니들은 천천히 밖으로 사라져 갔다. 위문은 천장에서 내려와 다시 불상 뒤편으로 몸을 날렸다. 그리고 천천히 불상 뒤편을 살폈다. 노승은 툭 튀어나온 부분이 있을 거라고 했었다. 그리고 그것이 기관을 작동시키는 열쇠라고도 했었다.

‘찾았다.’

반 각여를 허비한 끝에 불상 왼쪽 엉덩이 부분에 손톱만큼 돌출되어 있는 부분을 발견할 수 있었다. 위문은 주저없이 그 부분을 눌렀다.

기기기깅.

그러자 뒤편 벽이 밑에서 두 자 정도 올라갔다. 위문은 재빨리 열린 입구를 통해 안으로 들어갔다. 예청을 구하기 위해.

“…….”

주위는 죽은 듯이 고요했다. 심지어 물방울 떨어지는 소리라든가 부스럭거리는 소리조차 들려오질 않았다.

완벽한 침묵, 그리고 어둠.

한 치 앞도 볼 수 없다는 것은 엄청난 두려움을 가지고 왔었다. 하나 그것도 시간이 흐르자 익숙해져 갔다.

부스스슥.

여인은 숨 막히는 침묵이 계속되는 것이 싫었는지 일부러 바닥에 있는 짚으로 추정되는 물건을 비벼댔다.

철그렁. 철그렁.

그녀가 손을 움직이자 손에 묶여져 있는 수갑이 연결되어 있는 쇠사슬과 부딪치며 쇳소리를 발했다.

"으흐흐흑……."

그리고 다시 밀려오는 설움.

언제 여기 갇혔는지 모른다. 적어도 두 달은 넘었을 거란 것만 어렴풋이 느끼고 있을 뿐. 자신이 왜 여기에 갇혔는지조차 그녀는 몰랐다. 자고 일어나 보니 여기였다. 잠결에 뭔가 기척이 느껴지긴 했으나 그때 그녀는 혼란으로 머리가 어지러웠던 상태였기에 잘못 느낀 것으로 생각했었다. 지금 와서 후회해 보긴 하나 이미 엎질러진 물, 그걸 주워 담을 수는 없었다. 자고 일어나 보니 무공마저 폐지되어 있었다. 만약 무공이 그대로 남아 있었다면 이대로 주저앉진 않았을 것이다.

"흐흐흐흑……."

'난 어디에 갇혀 있는 걸까? 그리고 누가 날 잡아온 것일까? 위 대가… 설아… 무서워… 정말 무서워… 여긴… 아무것도 보이지 않아… 아무 소리도… 들리지 않아… 나 혼자뿐이야… 나 혼자… 뿐이야…….'

예청은 바닥에 엎어져 하염없이 눈물을 흘렸다.

통로에 들어서서 가만히 귀를 기울여 보았다. 한데 아무런 발자국 소리가 들려오지 않았다. 또한 숨소리조차 들려오지 않았다.

'아무런 호위가 없는 건가?'

의문을 느끼며 천천히 통로를 걸어갔다. 그렇게 일각여를 걸어가자 통로가 세 갈래로 갈라져 있었다.

'혹시!'

그걸 본 위문은 한 가지 생각이 떠올랐다. 소림의 지하 감옥. 그도 말로만 듣긴 했으나 소림 지하 감옥의 구조를 들은 적이 있었던 것이다. 소림의 지하 감옥엔 아무런 호위가 없다. 그저 죄인들만 가두어져 있을 뿐이다. 하지만 누구도 죄인을 빼내간 사람은 없었다. 바로 그 독특한 구조 때문에. 아무런 기관 장치도 없었지만 오직 그 구조 때문에 침입자들은 죄인을 구하지 못하고 실패했었다.

우선 하나의 통로가 나온다. 걸어가다 보면 세 갈래로 나눠진 통로가 나온다. 왼쪽은 위로 올라가는 계단, 가운데는 정방향, 오른쪽은 아래로 내려가는 계단. 그중 왼쪽을 선택한다. 그 통로를 따라가다 보면 다시 세 갈래의 통로가 나온다. 다시 왼쪽으로 들어간다. 가다 보면 또다시 세 갈래의 통로가 나온다. 점점 불안해지기 시작한다. 다시 왼쪽을 택해 들어간다. 가다 보면 또다시 세 갈래의 길이 나온다. 불안해한다. 진법에 빠진 것 같은 느낌을 받는다. 돌아갈까? 그대로 전진할까? 전진한다면 다시 세 갈래의 길이 기다리고 있다. 돌아가서 다른 통로로 들어가면 다시 세 갈래의 길. 돌아가서 다른 통로로 들어가면 또다시 세 갈래의 길. 그러다 어디쯤 있는지 혼란이 생긴다. 우왕좌왕. 그러다 식사를 가지고 오는 스님에게 들켜 잡힌다.

대부분 이렇게 실패하는 것이다. 끝없이 나오는 세 갈래의 길, 그것 때문에 혼란스러워하다 잡히게 되는 것이다. 그 구조만 알면 아주 간단한 것인데도.

예를 들어 500호 감옥을 찾아간다고 해보자. 처음 나오는 통로. 그곳에서 계산을 잘해야 한다. 하나의 통로엔 $3 \times 3 \times 3 \times 3 \times 3 = 243$개의 감옥이 존재한다. 그러니 왼쪽 통로와 가운데 통로를 합쳐선 486개의 감옥이 존재한다. 감옥의 번호는 왼쪽부터 차례대로 붙으므로 500호는 오른쪽으로 들어가야 찾을 수 있다. 오른쪽으로 들어가다 보면 세 갈래의 길이 나온다. 하나의 통로엔 3×3×3×3=81개의 감옥이 존재한다. 그러니 500호는 왼쪽으로 들어가야 찾을 수 있다. 왼쪽으로 들어가다 보면 다시 세 갈래의 길이 나온다. 하나의 통로엔 3×3×3=27개의 감옥이 존재한다. 그러니 다시 왼쪽으로 들어가야 한다. 다시 왼쪽으로 들어가다 보면 세 갈래의 길이 나온다. 하나의 통로엔 3×3=9개의 감옥이 존재한다. 그러니 가운데를 택해 들어가야 한다. 가운데를 택해 들어가면 다시 세 갈래의 길이 나오는데 하나의 통로엔 3개씩의 감옥이 존재한다. 그러니 다시 가운데를 택해 들어가야 한다. 가운데를 택해 들어가면 마지막으로 세 갈래의 길이 나온다. 하나의 통로엔 하나의 감옥이 존재한다. 그러니 가운데를 택해 들어간다. 그러면 500호를 찾을 수가 있을 것이다.

아마도 아미의 지하 감옥 역시 소림과 비슷한 구조로 되어 있는 것 같았다. 그러면 호위가 없는 것이 설명이 되니까.

'시간이 촉박하다.'

만약 그의 생각이 맞다면 그는 7백 20여 개의 감옥을 차례대로 둘러봐야 했다. 그는 예청이 몇 호 감옥에 있는지 알지 못하므로. 그는 급히 왼쪽 통로로 몸을 날렸다. 세 갈래 길이 나오자 다시 왼쪽으로, 세 갈래 길이 나오자 또다시 왼쪽으로 몸을 날렸다. 또다시 세 갈래 길이 나왔다. 그는 주저없이 왼쪽으로 몸을 날렸다. 그렇게 들어가자 이번엔 세 갈래 길 대신 '1'이라고 적힌 감옥이 나왔다.

아미는 소림과 구조가 비슷하긴 했으나 그 크기가 작았던 것이다.

'삼이 넷! 그렇다면 하나의 통로에 81개의 감옥! 서두르자!'

예상보다 감옥이 작다는 것에 희망을 가지며 그는 재빨리 몸을 돌렸다. 그는 그렇게 하나하나씩 감옥을 뒤지며 예청을 찾기 시작했다.

'벌을 받고 있는 거야……'

허탈한 마음으로 철창에 기대고 앉으니 불현듯 이런 생각이 들어왔다. 그녀를 친언니 이상으로 아껴주었던 예설, 따스하고 포근한 부모님의 품을 느끼게 해주었던 아버님, 그리고 그녀를 진정으로 사랑하고 행복하게 해주었던 위문. 그녀는 그런 그들의 사랑을 의심했었다. 의화 사저의 말에 현혹되어 굴러 들어온 복을 스스로 차버릴 생각을 했었다. 그들은 진심으로 그녀를 아껴주었건만 그녀를 속이고 있다고 생각해 떠날 생각도 했었다. 그녀는 자신이 그들의 사랑을 의심한 것을 하늘이 벌하고 있다는 생각이 들었다.

'미안해요. 모두들… 난, 난 여러분들의 사랑을 의심했었어요… 날 진정으로 아껴주었건만 난 여러분들의 사랑을 의심했었어요… 흐흐흑… 위 대가… 보고 싶어요… 정말… 정말 보고 싶어요……'

철창을 두 손으로 움켜잡고 또다시 하염없는 눈물을 쏟아내는 그녀였다.

'여기도 없다.'

슈슈슈슉.

'여기도 없다.'

슈슈슉.

'이곳도……'

슈슈슈슉.

'…….'

불안이 싹트기 시작했다. 벌써 1백여 개의 감옥을 둘러보았으나 어디에도 예청은 보이지 않았다. 그것이 120이 되고 140이 되고 162가 되자 절망과 허탈, 분노들이 한꺼번에 터져 나왔다. 시간이 꽤 흘렀을 것이다. 빠른 속도로 돌아다니긴 했으나 그래도 시간을 많이 허비한 게 사실이었다. 지금 그는 다시 첫 번째 세 갈래의 길에 서 있었다. 왼쪽과 가운데 모두 찾아보았으나 예청은 보이지 않았다. 이제 남은 것은 오른쪽 81개의 감옥뿐.

'그녀는 반드시 저기에 있을 것이다. 반드시!'

마음을 굳게 먹으며 그는 오른쪽 통로로 달려갔다.

이곳엔 하루에 한 번씩 식사 담당으로 추정되는 사람이 와서 그녀에게 음식을 가져다 준다. 그가 올 때마다 '끼기잉. 철커덩' 하고 문이 열리는 소리가 들렸었다. 그녀는 그때마다 '또 하루가 흘렀구나' 하고 대충 시간을 짐작할 수 있었다. 식사를 가져오는 사람에게 무슨 일이냐고, 왜 자신을 잡아왔냐고, 목적이 뭐냐고 수없이 물었었다. 하지만 그는 묵묵히 식사를 내려놓고는 사라질 뿐이었다. 그녀에게 뭔가를 원한다면 진작에 무슨 조치가 취해졌을 것이다. 고문을 한다든가, 협박을 한다던가 말이다. 하지만 이렇게 가둬놓기만 할 뿐, 아무런 조치도 취해지지 않았다. 해서 그녀는 그들이 무얼 원하는지 전혀 알 수가 없었다.

'위 대가… 이들은 왜 날 잡아온 걸까요? 왜죠? 난… 모르겠어요… 그들은 날 이렇게 가둬놓기만 하고 아무런 소식이 없어요… 난… 이렇게 죽는 건가요? 여기서, 당신을 다시 한 번 보지 못하고… 이렇게, 이 차디찬 감옥에서, 한 치 앞도 보이지 않는 감옥에서 쓸쓸히 죽는 건가요? 난… 난…….'

끼이이잉! 철커덩!

그때 나지막하지만 분명한 쇳소리가 들려왔다. 이 소리는 하루에 한 번 식사를 가져올 때 들리는 그 쇳소리가 분명했다.

'벌써 하루가 지난 것일까?

…그러고 보니 배가 고팠다.

이 철문을 발견하지 못했다면 그는 미쳐 버렸을 것이다. 오른쪽 통로로 들어가 54개의 감옥을 뒤졌을 때도 예청을 찾지는 못했다. 정말 미쳐 버리는 줄만 알았다. 남은 감옥은 27개뿐. 갑자기 감옥의 수가 더 많았으면 좋겠다는 생각이 들었었다. 그만큼 불안했기에. 마지막 통로, 27개의 감옥이 있는 그 통로로 들어가자 그의 눈에 이 철문이 들어왔다. 다른 곳에서는 없었던 철문. 그것이 여기에 있단 말은 저 안에 가장 중요한 죄인이 있다는 말과도 같았다.

두근두근.

심장이 두근거리기 시작했다. 그와 함께 풀어졌던 기운이 되살아나기 시작했다.

끼이잉! 철컹!

요란한 쇳소리와 함께 문이 열렸다. 안을 살며시 들여다보자 깜깜한 어둠만이 있을 뿐이었다. 안력을 돋우어 천천히 안으로 걸어 들어갔다.

저벅저벅.

흠칫!

뭔가 이질적인 느낌이 들었다. 지난 두 달 간 들어왔던 발자국 소리와 약간 다른 소리였던 것이다.

저벅저벅.

더욱 귀를 기울여 들어보았다. 분명했다. 식사를 가져오는 사람의 발소리는 투박했었다. 이처럼 경쾌하진 않았던 것이다.

'누구지? 누구지?'

온갖 의문이 떠올랐다. 드디어 변화가 일어난 것이다.

'이제 날 고문하려는 걸까? 아니면 협박? 아무래도 좋아. 이곳에서 나갈 수만 있다면… 혹시… 위 대가가 아닐까? 그분이 날 구하러 오신 게 아닐까?'

위문이 구하러 왔을지도 모른다고 생각하자 숨이 가빠지고 기운이 솟아났다.

"으……."

막 입을 열어 자기가 있는 곳을 알려주고 싶었지만 말이 새어 나오지 않았다. 기력이 쇠약해질 대로 쇠약해졌기에…….

'제발 그분이시기를… 제발 그분이 날 구하러 오신 것이기를…….'

간절히 기원하는 그녀였다.

흠칫!

제자리에 서서 가만히 귀를 기울여 보았다. 미약하게나마 숨소리가 들려오고 있었다. 단 하나의 숨소리. 숨이 가빠지기 시작했다.

저벅저벅.

자신의 발소리가 더욱 크게 들려왔다. 그만큼 긴장하고 있다는 뜻이리라. 저 멀리 쇠창살이 보이기 시작했다. 그리고 그 쇠창살에 기대어 있는 한 인영이 흐릿하게 보였다.

두근두근.

일부러 공력을 거두었다. 그러자 1장 앞까지만 보일 뿐 더 멀리까진 보이지 않았다. 두려웠다. 만약 그녀가 아니라면 견딜 수 없을 것만 같았다. 그래서 확인하는 시간을 늘리기 위해 공력을 거둔 것이었다.

천천히 앞으로 걸어갔다. 천천히.

저벅저벅.

눈에 있는 힘껏 힘을 주고 앞을 바라보았다. 점점 흐릿하지만 한 인영의 모습이 보였다. 그 인영은 천천히 그녀에게로 다가오고 있었다. 이 느낌, 낯설지 않은 이 느낌, 언제인가 한번 경험한 것 같은 이 느낌. 다가오고 있는 사람이 그녀가 한번 봤던 사람임을 느꼈다.

'위 대가… 당신이신가요?'

점점 감옥 안에 갇힌 사람의 모습이 보이기 시작했다. 이 향기, 사내에게서는 나올 수 없는 이 묘한 향기, 이 향기가 저 감옥 안에 갇힌 사람이 여인이라 말해 주고 있었다.

저벅저벅.

점점 여인의 얼굴이 드러나기 시작했다.

저벅저벅.

철 창살 앞까지 다가간 그는 초췌한 여인의 얼굴을 볼 수 있었다.

"……"

얼굴에 환한 미소가 지어졌다. 저 낯익은 체구, 그가 온 것이다. 그가 자신을 구하러 온 것이다.

"아아……."

그녀는 환희의 눈물을 흘리며 두 손을 철 창살 앞으로 내밀었다. 그가 자신의 두 손을 잡아주길 바라면서…….

슈슉! 푹.

그때 바람을 가르는 소리가 들려왔고, 그와 동시에 그녀는 천천히 의식을 잃었다. 의식을 잃으며 그녀는 이런 의문이 들었다.

'왜?'

하나 그녀는 곧 쓰러지고 말았다.

끼리릭. 철커덩!

열쇠가 돌아가고 감옥의 문이 열렸다.

슈슉.

언제 나타났는지 모를 두 명의 인영이 여인 곁으로 다가가 여인을 들쳐 업었다. 그러자 나직한 음성이 들려왔다.

"예정대로 옮기도록."

"존명!"

두 인영은 여인을 들쳐 업고 천천히 감옥을 빠져나갔다. 그들이 사라지자 어디선가 스산한 음성이 들려왔다.

"전 왜 갑자기 그녀를 옮기는 것인지 모르겠습니다."

"……."

사내는 그 음성에도 놀라지 않고 그저 묵묵히 몸을 돌렸다. 그러자 예의 그 음성이 다시 들려왔다.

"그녀를 납치하느라 그 고생을 했는데 왜 갑자기 그들의 손에 넘겨 주는 겁니까? 원래 계획은 그게 아니었지 않습니까?"

음성에 불만이 섞여 있음을 느낀 사내는 천장을 한 번 올려다보고는 나직이 말했다.

"나도 모른다. 태상에게 뭔가 다른 수가 생겼나 보지."

"하나… 너무 그들에게 끌려가고 있다는 느낌이 듭니다."

"난 문주님이 시키는 대로 할 뿐이다. 문주님은 최대한 그들에게 협조하라고 했고, 난 그 명을 따르고 있는 것이다. 더 이상 의심하지 말도록!"

"…존명."

무림맹의 지하엔 죄인들을 가두는 감옥이 있다. 그 감옥은 무림맹이 지어지며 동시에 만들어진 것이었고 20명 정도 되는 죄인들이 가두어져 있었다. 하나 그 감옥의 밑에 또 다른 감옥이 있다는 것을 무림맹의 사람들은 모른다. 그리고 그 감옥이 30년 전에 만들어졌다는 것조차 아무도 모른다. 다만 그 감옥을 만든 이밖에는……

오늘, 그 비밀스런 지하 감옥에 갇혀 있던 한 여인이 바로 위에 위치한 무림맹의 지하 감옥으로 옮겨졌다.

부들부들부들…….

'이, 이럴 수가! 이럴 수가… 믿을 수 없다! 어, 어떻게 이런 일이… 믿을 수 없다!'

그녀가 아니었다. 감옥 안의 여인은 그녀가 아니라 다른 여인이었다.

털썩. 쿵.

다리에 힘이 빠져 더 이상 서 있을 수가 없었다. 바닥에 주저앉아 멍한 눈으로 앞을 바라보았다.

"당신은 누구죠?"

감옥 안에서 여인의 음성이 들려왔다. 하나 위문은 대답할 수가 없었다.

'아청이 이곳에 없다니… 그럼 그녀는 대체 어디 있단 말인가? 대체 어디에… 아설은 죽기 전에 분명 아청이 이곳으로 끌려갔다고 했었다. 한데, 한데… 그녀가 속은 것일까? 누군가가 그녀를 속인 것일까? 왜? 왜 그랬을까? 날 이곳으로… 날 이곳으로! 날 이곳으로 보내기 위해서? 날 화산에서 내보내기 위해서? 비무대회는 앞으로 26일 후에 시작된다. 누군가가 내가 출전하는 것을 막기 위해서? 아청을 납치하고 아설에게 잘못된 정보를 흘린 건가? 그런 건가? 난, 난 바보였구나… 아설의 말만 듣고 무작정 이곳으로 와버리다니… 등잔 밑이 어둡다는 건 귀에 못이 박히게 들었건만… 내가 그들이라면 아청을 화산 어딘가에 숨겼을 것이다. 그래야 날 협박하는 데 용이할 테니까… 후후, 그걸 이제야 깨닫다니… 이 미련한 놈…….'

허탈한 마음에 머리 속이 텅 비어버리자 이제야 차분한 생각을 할 수가 있었다. 그렇게 차분히 생각을 해보자 자신이 여태껏 헛수고를 해왔음을 깨닫게 되었다.

"당신은 누구냐니까요!"

그의 귀에 여인의 고함이 들려왔다. 왜일까? 갑자기 예설의 목소리가 떠올랐다. 그녀의 그 당차고 씩씩했던 목소리, 그 목소리가 떠올랐다.

"아설……."

저도 모르게 아설을 부르는 말이 새어 나왔다. 그러자 여인의 목소리가 한층 더 크게 들려왔다.

"야! 넌 누구야?! 왜 여기에 온 거야?!"

반사적으로 고개를 들었다. 그의 눈에 초췌하긴 했으나 앙칼지게 보이는 여인이 들어왔다. 너무도 예설이 생각났다. 저 앙칼진 표정은 그녀와 너무도 닮았다.

'후후, 이것도 인연이겠지.'

마음이 차분해지자 분노 같은 건 생기지 않았다. 다만 이것도 인연이란 생각밖엔

쓰윽.

천천히 일어났다. 그리고 말했다.

"당신은 누구입니까?"

"내가 먼저 물었잖아! 넌 누구야? 할아버지가 보냈어?"

"아닙니다. 전… 그보다 여기서 나가고 싶습니까?"

"그, 그걸 말이라고 해! 날 구할 수 있어?"

저 톡 쏘아붙이는 목소리, 들으면 들을수록 예설이 생각났다. 그리고 기분이 좋아졌다.

"뒤로 물러서시지요. 구해드릴 테니."

말을 하며 위문은 오른손을 들어 올렸다. 그러자 여인의 떨리는 목소리가 들려왔다.

"다, 당신 바보 아니에요? 이 창살은 현철로 만들어진 오지게도 단단한 거라구요. 근데 그 손으로 뭘 하자는 거예요?"

대답 대신 위문은 손에 세 치 정도의 길이로 강기를 만들었다. 강기가 만들어짐에 따라 어두웠던 주위가 밝아졌다.

"그, 그, 그, 그, 그, 그건… 가, 강기잖아!"
후닥닥.
여인은 경악하며 급히 뒤로 물러났다.
사아악.
현철로 만들어졌다는 창살은 엿가락 잘리듯 쉽게 잘려 나갔다.
"걸을 수 있겠습니까?"
"다, 당연하… 죠."
여인은 조심스럽게 밖으로 나왔다.
"그럼 절 따라오시지요."
그는 말을 하며 앞장서서 천천히 걸어갔고 여인은 힘겹게 그 뒤를
따라갔다.

제20장

동행

휘이이잉~

바람이 불어 사내의 옷자락을 펄럭이게 했다. 사내는 무표정한 얼굴
로 아미파의 광경을 내려다보았다. 이곳은 아미파의 내부를 한눈에 내
려다볼 수 있는 산봉우리여서 아미파 곳곳의 광경을 자세히 볼 수 있
었다.

슈슉!

그때 날카로운 바람 소리와 함께 사내의 뒤에 한 인영이 부복 자세
로 나타났다.

"시간이 됐습니다, 단주님."

사내는 고뇌하고 있었다.

'꼭 이렇게 해야만 하는가?'

그는 명을 받고 여기에 왔다. 자신의 부하들과 함께. 하지만 자신이

맡은 임무에 회의적이 되어가고 있었다.

"…준비는 다 끝났나?"

하나 사내는 고뇌를 숨기고 여전히 앞을 바라보며 무표정한 얼굴로 물었다.

"예! 명만 떨어지면 일제히 공격을 시작할 것입니다."

'어쩔 수 없는 일, 문주님이 명을 내린 이상 설사 지옥으로 들어간다 해도 난 후회하지 않을 것이다!'

사내는 잠시 나약해졌던 마음을 고쳐 잡았다. 그리고 외쳤다.

"…가자!"

사내의 말이 끝남과 동시에 산봉우리에 있던 두 사람은 순식간에 모습을 감추었다.

이른 새벽에 일어난 일이었다.

＊　　　＊　　　＊

"이곳엔 왜 들어온 거죠?"

여인은 사내의 등에 업힌 채 물었다. 걷는 게 힘들어 이렇게 업힐 수밖에 없었다. 그 물음에 사내는 허탈한 말투로 대답했다.

"내 아내… 가 이곳에 잡혀 있단 정보를 듣고 아내를 구하러 온 거였습니다."

"……"

사내의 말에 여인은 일순 뭐라 말을 할 수가 없었다. 뭐랄까, 실망이랄까? 너무도 잘생긴 사내였다. 그녀가 꿈에도 그리던 백마 탄 왕자님의 모습과 똑같았던 것이다. 또한 그는 정말 백마 탄 왕자처럼 그녀를 지하 감옥에서 구해주지 않았던가? 그래서 야릇한 감정이 느껴지고 있었는데… 이미 혼인한 사람이었다니, 또 그녀를 구하러 온 것이 아니라 그의 아내를 구하러 온 것이었다니 말이다. 하지만 그녀는 평소 성격대로 곧 활달함을 되찾았다. 어쨌든 그는 그녀를 구했으니까.

"호호, 그럼 실망이 크시겠네요? 구한 여인이 부인이 아니라 저여서 말이에요."

"아, 아닙니다. 그저… 이것도 인연이란 생각이 듭니다."

순간 얼굴이 붉어진 그였다. 예청과 그는 아직 혼인을 하지 않았다. 한데 그는 아내를 구하러 왔다고 말했다. 게다가 이 여인에게서 예청을 '부인'이란 칭호로 듣게 되자 얼굴이 붉어졌던 것이다.

"호호, 어쨌든 고마워요. 저를 그 지긋지긋한 감옥에서 빼내주셔서 말이에요."

"별말씀을요……."

"한데 그 창살을 자를 때 쓰신 게 정말 강기가 맞나요?"

여인이 대화를 시작했고, 또 위문 역시 이렇게 가만히 걷는 것보단 여인과 대화를 하며 걷는 게 더 좋을 것 같아 그녀의 말에 응수하기 시작했다.

"하하, 예. 맞습니다. 그건 왜 물으시죠?"

"그게… 무슨 초식을 쓰신 게 아닌 것 같아서요."

그녀 역시 무가의 여식이었다. 해서 그녀의 지식으론 강기란 초식을 통해서만 쓸 수 있는 것이라 알고 있었는데 오늘 그 예외를 만났기에 이렇게 묻는 것이었다. 그녀의 물음에 위문은 멋쩍은 웃음을 터뜨리며 대답했다.

"하하, 초식 없이도 강기를 쓸 수 있답니다."

“……..”

아무렇지도 않게 말하는 사내를 보며 여인은 경악으로 입이 굳어져 버렸다. 굳어진 그녀의 머리 위로 오래전 할아버지가 하셨던 말씀이 떠올랐다.

“세상에서 가장 강한 무공은 바로 강기란다. 검에서 뿜어져 나오는 검기가 형상화된 것이지. 그 위력은 검기의 수십 배에 달하고, 산도 바다도 잘라 버릴 수 있는 지고무상한 신공이란다. 이 할아비는 그 강기에 평생을 바칠 것이란다… 항간에 바보들이 강기는 이론상으로만 가능한 무공이라 하지만 난 그렇게 생각하지 않는단다. 반드시 진정한 강기는 존재하는 것이야. 너도 알 것이라 믿는다. 중원의 구대문파나 오대세가, 칠패천의 무리들 역시 강기는 이론상으로만 가능하고 불가능한 무공이라 말하지만, 그들의 무공을 보면 꼭 강기를 쓰는 초식이 한 가지씩은 존재하고 있다는 걸 말이다. 초식을 이용해 인위적으로 강기를 쓰는 것은 진정한 강기의 발끝에도 미치지 못하지만 그들은 그 초식을 최후의 절초로 사용하고 있단다. 그만큼 인위적인 강기도 위력이 대단하거든. 너도 한번 생각해 보렴. 이 할아비가 진정한 강기를 깨닫게 된다면 어떻겠니? 그날이야말로 이 할아비가 천하제일인, 아니, 고금제일인이 되는 날일 것이란다. 하하하하.”

그녀의 할아버지는 분명 초식을 벗어난 진정한 강기를 깨닫게 된다면 고금제일인이 될 거란 말을 했었다. 그럼 이 사내는?

“사, 사실… 인가요?”

“뭐가 말입니까?”

“그… 초식 없이도 강기를 쓸 수 있다는 게 말이에요.”

"하하, 예. 소저는 강기에 관심이 많으신 것 같군요?"

"아, 아, 아, 아니… 에요……."

여인은 말을 더듬으며 황급히 부인했다.

'이 사내는 아무렇지도 않게 말하고 있어. 자신이 얼마나 대단한 무공을 익혔는지 모르고 있는 건가? 강기가 지고무상한 신공인 걸 모르고 있는 건가? 대체 이 사내는 누구지? 어떻게 할아버지도 완성하지 못한 무공을 익히고 있는 거지? 고금제일인… 이 사내가 할아버지가 말한 고금제일인인가? 이렇게 젊은 사내가?

여러 가지 의문들이 터져 나왔다. 하지만 그걸 대놓고 물을 수는 없었다. 아무리 그녀가 자유 분방하고 철이 없다고는 하지만 상대의 무공에 대해 묻는 건 금기라는 걸 알고 있기 때문이다.

"정말 대단……."

"쉿! 여기서부턴 조용히 해야 합니다."

여인의 말을 자르며 위문은 급히 그녀를 조용히 하게 했다. 그들은 입구까지 도달해 있었다. 위문은 천천히 입구의 문을 열었다. 그리고 여인을 업은 채로 밖으로 살며시 나갔다.

"……."

위문은 뭐라 입을 열 수가 없었다. 그의 등에 업혀져 있는 여인이 떨리는 목소리로 물었다.

"저, 저들을 모두… 다, 당신이 죽인 건가요?"

그녀의 물음에 위문은 대답할 수 없었다. 너무도 경악하고 있기 때문이었다. 그의 눈에 보이는 것이라고는 시체들뿐이었다. 수십, 수백 구의 시체들… 곳곳에 비구니들이 피를 흘리며 죽어 있었던 것이다. 날이 밝은 것으로 보아 그가 감옥에 들어갔다 나온 지 다섯 시진이 조금 넘었을 것이다. 한데 그 사이에 이렇게 비구니들이 모두 죽어버렸다니? 그가 들어갈 땐 모두 멀쩡했었는데 말이다.

'누, 누가 이런 짓을?'

그의 생각은 여인의 목소리에 깨어지고 말았다.

"다, 당신이 저들을 모두 죽였나구요!"

"아, 아, 아, 아닙니다. 전 저들을 죽이지 않았습니다. 이게 어떻게 된 일인지……."

짧은 시간 동안이지만 여인은 사내가 거짓말이나 하는 사람은 아님을 느끼고 있었다. 그가 아니라고 했으니 아닐 것이다. 하면 저 비구니들을 누가 모두 죽였단 말인가?

대아미파.

구대문파의 하나이자 금정경을 바탕으로 한 무수한 불문의 신공들을 보유하고 있는 불문의 성지.

한데, 보유 고수만 수천이 넘는 이 거대 문파가 하루아침에 이 지경이 되고 말다니?

여인은 3년 전 이곳에 왔던 기억이 되살아났다. 중원에 들어와서 처음으로 머물렀던 객잔, 그곳에서 삼류무뢰한들이 한 여인을 괴롭히는 것을 보았다. 그녀는 그 광경을 재미있게 보았는데 한 비구니가 그 무뢰한들을 모조리 때려눕히고 괴롭힘을 당하던 여인을 구해주었었다. 그녀는 그게 화가 났었다. 모처럼 만에 재미있는 구경거릴 만났는데 훼방꾼이 나타난 것이었으니까. 그래서 그 비구니와 싸웠었다. 결과는 당연히 그녀의 압승. 하지만 그 비구니는 쓰러지며 말했었다. 곧 아미파의 고수들이 그녀를 응징하러 올 것이라고. 당연히 그녀는 그에 발끈해 이곳에 달려왔었다. 먼저 박살 내기 위해. 시작은 좋았었다. 몇몇의 비구니를 때려눕히고 깊숙이 들어가 모든 비구니들을 불러내게 만들었으니까. 그리고 몇몇의 장로들을 제압하기도 했다. 그리고 그녀들을 실컷 비웃어주기도 했다. 그때까진 그녀의 세상이었다. 경진인지 뭔지가 나타나기 전까진 말이다. 하지만 경진이 나타나 그녀의 앞에 서고 그 후 반 각이 흐르자 그녀는 경진에게 두들겨 맞고 혈도를 제압당하는 신세가 되고 말았다. 그리고 그 죄를 물어 그 지하 감옥에 갇혔었다. 일 대 일로 붙어서 진 적은 그때가 처음이었을 것이다. 또한 그 경진이 아미 최고 고수가 아니라 18장로 중 하나란 말을 들었을 때 그녀는 놀라 까무러칠 뻔했다. 경진 같은 고수가 17명이나 더 있다니 말이다. 그런 아미파였다. 수많은 고수들이 존재하고 그 숨겨진 힘이 어느 정도인지 아미 문하들조차 모른다는 그런 어마어마한 곳이었다.

'어떤 놈들이 나보다 먼저 손을 쓴 거지!'

짜증이 났다. 그녀는 풀려 나가기만 하면 이놈의 문파를 씨 하나 남기지 않고 쓸어버릴 계획이었다. 그녀의 할아버지에게 말해서 말이다. 한데 그녀의 복수를 누군가가 빼앗아 버린 것이었으니, 그 알 수 없는 상대에 대한 분노가 생겨났다.

위문은 여인을 업은 채 천천히 움직이며 주위를 둘러보았다. 곳곳에 시체들이 눈에 띄었고 그들은 모두 비구니들이었다. 흉수로 짐작되는 자들의 시신은 한 구도 보이지 않았다. 이들을 모두 죽이기 위해선 엄청난 수가 공격해 왔을 것인데 그중 단 한 구의 시체도 보이질 않다니 뭔가 이상했다. 여인도 그걸 느낀 것일까? 의아한 듯이 물었다.

"왜 보이는 시체들은 모두 비구니들뿐일까요?"

"…나도 그게 궁금합니다."

"내려주시겠어요?"

“그, 그러지요.”

여인은 위문의 등에서 내려와 시체들을 살피기 시작했다.

'단 일 도에 죽었어. 이 모든 시체들이 전부… 그것도 대부분은 어떻게 죽는지도 모른 채 죽은 것 같아… 암습을 당한 것 같은데… 대체 세상에 누가 있어 이렇게 잔인하고 정확한 고수들을 키웠을까?

그녀는 몇 구의 시체를 살펴본 끝에 몇 가지를 알아낼 수 있었다. 흉수가 암습의 전문가들이란 것과 대단한 고수들이라는 것, 그리고 지극히 실용적인 살인 수법을 익혔다는 것 등을 말이다.

'그럼 더 더욱 이 사람은 아니란 것이군. 이렇게 잔인한 암습은 이 사람과는 거리가 먼 것 같으니까.'

시체를 살펴본 끝에 그녀는 위문에 대한 의심을 완전히 지워 버렸다. 비록 잘 알지는 못하지만 이런 암습이나 할 사람으로는 보이지 않았기 때문이다. 또한 혼자서 이렇게 많은 비구니들을 죽인다는 것도 불가능한 일이고 말이다.

그때 그녀의 곁으로 위문이 다가가며 말했다.

“소저, 이만 여길 떠나야겠습니다.”

뭔가 불길한 예감이 들었다. 본능이랄까? 이곳에 더 있으면 위험하다고 그의 본능은 외치고 있었다. 해서 여인을 부른 것이었다.

“그, 그러는 게 좋겠어요.”

말을 하는 여인의 얼굴이 붉어진 것은 왜일까? 아마도 위문의 얼굴을 자세히 봤기 때문일 것이다. 어두운 곳에서 희미하게 봤을 때도 잘생겼다고 느꼈었는데 지금은 아침이었다. 햇살이 위문의 얼굴을 환하게 비추고 있는 까닭에 더욱 잘생겼음을 확인할 수 있었던 것이다. 여인의 변화를 아는지 모르는지 위문은 물었다.

"혼자 걸을 수 있겠습니까?"

"아, 아니오. 좀 힘들 것 같은데요……."

재빨리 고개를 흔들며 그녀는 서 있기도 힘든 척 비틀거렸다.

"…그럼, 다시 업히시지요."

"…예."

여인은 못 이기는 척 다시 위문의 등에 업혔다.

"서둘러 산을 내려갈 테니 꼭 붙잡으십시오."

"예."

안 그래도 그렇게 하려고 했었는데 잘됐다는 생각에 여인은 말이 끝나자마자 두 팔로 위문의 목을 꼬옥 껴안았다.

슈슈슈숙.

위문은 여인을 업은 채 서둘러 아미파를 빠져나갔다.

*　　　*　　　*

이틀이 흘렀다. 이곳엔 이틀 전과 마찬가지로 비구니들의 시신이 널려 있었다. 다만 다른 것이라곤 시체들의 피가 응고되었다는 것과 몇몇 시체들이 새들의 먹이가 되고 있다는 것뿐. 그때 홀연히 한 사내가 나타났다. 흑의를 입고 있는 그는 냉막한 눈으로 주위를 둘러보았다. 그런 그의 뒤에 역시 흑의를 입고 있는 한 사내가 나타났다.

"대주님."

"그래, 알아낸 것이 있느냐?"

"예. 우선 생존자는 없습니다. 모두 죽임을 당했습니다. 그리고……."

"미하는?"

사내는 부하의 말을 자르며 짧게 물었다. 다른 보고는 필요없으니 미하에 관한 것만 말하라는 뜻이었다. 부하도 그걸 알았는지 급히 말했다.

"미하 소저가 갇혀 있던 곳으로 추측되는 지하 감옥엔 다른 죄수들은 모두 있었으나 미하 소저만 없었습니다. 조사를 해보니 이틀 전 아미산을 내려가던 일남 일녀가 발견되었습니다. 그리고 그중 여인의 용모가 미하 소저와 흡사한 것으로 밝혀졌습니다."

"일남 일녀?"

역시 짧은 물음, 사내의 물음에 부하는 급히 덧붙였다.

"예, 남자 하나였다고 합니다."

"…그게 가능한가?"

사내의 알 수 없는 질문에 부하는 그 숨은 뜻을 알고 있는 듯 말했다.

"…불가능합니다. 설사 그가 신이라 해도 말입니다. 적어도 수백은 동원되었습니다."

"한데 일남 일녀?"

"뒤따르고 있는 그림자들이 있을 것으로 보입니다. 아니면 그와는 상관없는 다른 자들의 소행일지도 모릅니다."

"그대의 생각은?"

"모든 정황을 종합해 본다면 그 사내의 짓임에 틀림없습니다. 그가 왜 미하 소저를 납치해 갔는지는 모르지만 말입니다."

"…그건 그자를 잡아서 물어보면 되겠지. 그들은 어디로 갔는가?"

"남쪽입니다."

"일각 후 출발한다. 모두 불러들이도록."

"존명!"

부하는 사라졌고 다시 사내 혼자 남게 되었다. 그는 혼잣말처럼 중얼거렸다.

"누굴까? 후후후… 아무튼 재미있겠어……."

*　　　*　　　*

'동행이라… 왠지 싫지 않은걸…….'

그리 싫지 않은 기분이었다. 마을까지 도달해 작별을 고하려고 했을 때 여인은 같이 가면 안 되겠냐고 물었었다. 그에 자신은 지금 화산의 비무대회장으로 가야 한다고 여인을 타일렀었다. 그러자 여인은 기다렸다는 듯이 손뼉을 '짝' 치며 말했다.

"어머머, 그러고 보니 올해가 비무대회가 열리는 해였네요? 저는 꼭 한 번 그곳에 구경 가고 싶었어요. 저도 따라가게 해주세요. 네?"

자신은 화산에 가서 자신의 아내도 구해야 하고 비무대회에도 출전해야 한다고 했지만 여인은 막무가내였다.

"화산까지만 같이 가게 해주세요. 그 다음부턴 방해하지 않을게요. 네?"

이렇게 해서 그는 어쩔 수 없이 여인과 동행하는 신세가 되었던 것이다. 하지만 여인과 같이 감으로 해서 그는 꽤 즐거운 시간을 보낼 수 있었다. 여인은 재미있고 활달했으니까. 지금 그는 여인과 길을 걸으며 대화를 하고 있다.

"호호호, 그러고 보니 우린 같이 다닌 지 이틀이 넘었는데도 서로의 이름도 모르는군요.”

“아! 그, 그렇군요. 소생은 위문이라 합니다.”

“호호, 이제야 감사의 말을 올릴 수 있게 되었네요, 위 소협. 소녀를 구해주서서 정말 감사해요. 소녀는 선우미하라고 해요.”

미하는 말을 하며 정중히 포권을 해 보였다. 그에 위문은 급히 포권을 취하며 말했다.

“아, 아닙니다, 선우 소저. 너무 부담 갖지 마십시오.”

“미하라고 불러주세요.”

“미, 미하 소저…….”

“호호호, 위 소협은 부끄러움이 많으시네요.”

“…….”

미하의 놀림에 위문은 뭐라 대답을 못하고 얼굴만 붉혔다. 분위기가 어색해지자 미하는 급히 화제를 바꾸었다.

“호호, 위 소협. 제게 부인의 이야기나 들려주시지 않겠어요?”

“그, 그건 왜… 갑자기…….”

“그냥… 그 여인이 얼마나 예쁘기에 위 소협이 반한 건가 해서요.”

미하의 노골적인 말에 위문은 얼굴을 붉히며 대답을 주저했다. 하지만 미하는 그를 끈덕지게 졸랐고 결국 위문은 예청에 대해 이야기하고 말았다. 그녀가 얼마나 아름다운가, 얼마나 착한가, 마음씨는 또 얼마나 고운가, 자신을 얼마나 사랑하고 있는가, 또한 그가 그녀를 얼마나 사랑하고 있으며, 그리워하고 있는지 등을 이야기했다.

“호호, 사예청이라고 했나요? 그녀가 부럽단 생각이 드네요. 이렇게 멋진 남편이 자신을 사랑하고 있으니까 말이에요.”

그녀의 말에 얼굴이 화끈 달아오른 위문은 저 앞에 산길이 나타나자

잘됐다는 생각에 급히 말했다.

"미하 소저, 여기서 화산까지는 꽤 먼 길이니 이렇게 산길이 나오면 경공을 전개해야 할 것 같습니다. 어, 업히시겠습니까?"

"아… 그, 그러죠."

그녀는 '아니, 됐어요. 저도 경공을 할 줄 알아요' 라고 말하려다가 급히 말을 바꾸어 위문의 등에 업혔다. 그의 따스한 등이 그리웠기도 했지만 그녀의 경공 실력으로는 위문의 뒤를 따라갈 수 없음을 알고 있기 때문이기도 했다. 그녀가 이틀 동안 본 바로는 그의 경공 실력은 인간의 한계를 초월한 것이었으니까 말이다.

"꼭 잡으십시오."

"예."

슈슈슈슉!

위문은 미하를 업은 채 바람같이 산길을 달려갔다.

제21장

흑죽림(黑竹林)

흑죽림(黑竹林)

두두두두.

'더 빨리! 더 빨리!'

화수수는 있는 힘껏 말에 채찍질을 가하며 앞으로 달려갔다. 벌써 그렇게 달린 지 7일이 넘었다. 하지만 아직도 그곳엔 도착하지 못한 상태였다. 이제 시간이 얼마 남지 않았다. 그녀는 반드시 그 안에 그곳에 도착해 그에게 이 사실을 알려주어야만 했다.

아버지와 종리화의 대화를 엿듣게 된 건 우연이었다. 차를 가져가다가 우연히 엿듣게 되었던 것이다. 법문이 살아 있단 사실을 들었을 땐 너무 기뻤다. 또한 그가 지금은 위문이란 이름으로 불려지고 있으며, 금붕문에 들어가 사파 최고의 신성으로 불려지고 있는 금붕문 내당당주가 되었단 말을 들었을 땐 설마 설마 했었다. 하지만 그런 그가 기억을 잃었으며 이제 그를 죽이기 위해 흑죽림이란 곳으로 4백 명이 넘는 고수들을 보낸다는 말을 듣는 순간 그녀는 잠자코 있을 수만은 없었다. 처음으로 그녀의 마음을 흔든 사내였다. 그리고 처음으로 그녀에게 용기를 주었던 사내이기도 했다. 지금 생각해 보면 그녀가 술잔에 음약을 바를 수 있었던 용기는 그에 대한 연정이 있었기 때문에 가능했던 것이니까 말이다. 또한 그는 그녀 때문에 폐인이 되기도 했었다. 그녀 때문에 의청을 범하고 폐인이 되어 소림에서 쫓겨났었다. 이제 그에게 그 죄를 갚아야만 한다. 그가 흑죽림에 도착하기 전에 만나 흑죽림으론 가지 말아야 한다고 알려야 한다. 그게 그녀의 아버지 뜻에 어긋나는 일이라 할지라도 말이다.

“으음… 그럼 미하 소저의 부모님은 소저를 찾고 있겠군요?”

한 허름한 식당 안에서 식사를 하며 위문은 미하에게 물어보았다. 그의 물음에 미하는 고개를 끄덕였다.

“아마 그럴 거예요. 아버지는 몰라도 할아버지는 꽤나 절 그리워하고 계실 거예요.”

“그런데도 이렇게 화산으로 가도 되겠습니까? 지금 당장 대막으로 돌아가야 하는 것이…….”

“아니, 괜찮아요. 저 하나쯤 없어져도 그곳은 아무 일 없을 거예요. 또 내 발로 나온 이상 다시 돌아가기는 싫어요.”

“하지만 그곳엔 소저의 정인이 있다면서요? 3년이나 소저의 생사를 모르고 있으니 그의 속은 이미 타다 못해 시꺼멓게 변해 있을 겁니다. 전 겨우 두 달을 보지 못했지만 그녀만 생각하면 절로 애가 타는 기분입니다. 그는 아마 지금 이 순간에도 소저를 애타게 기다리고 있을 겁니다.”

미하의 고개가 저절로 북쪽으로 돌아갔다. 그런 그녀의 얼굴엔 아련함과 미안함, 후회 등등이 복잡하게 뒤섞여 있었다. 위문의 말이 적잖은 충격으로 다가온 것 같았다. 하지만 그녀는 곧 어깨를 으쓱해 보이며 표정을 풀었다. 그리곤 그렇지는 않을 거라는 투로 입을 열었다. 그녀가 아는 그 녀석은 그렇게 정이 많은 놈이 아니기 때문이다.

"뭐, 아닐 거예요. 내 생각 한 번 안 하고 잘만 살고 있을걸요? 걔가 얼마나 무뚝뚝한데요. 걔 얼굴 한 번 보면 절로 밥맛이 다 떨어진다니까요. 그 정도로 재수없는 녀석이라고요. 내가 어쩌다가 걔 같은 재미없는 남자를 좋아하게 되었는지… 에휴… 지금 생각해 보면 한숨밖에 안 나오네요."

투덜거리고 있긴 하지만 미하의 볼은 약간 붉어져 있었다. 속마음관 다른 말이라는 뜻이었다. 위문은 어렵지 않게 그걸 알 수 있었다. 말은 저렇게 해도 미하는 그 사내를 그리워하고 있다는 것을. 그래서 부끄러워하고 있다는 것을. 그는 조금 그 이야기를 듣고 싶어졌다.

"궁금하군요. 그 재미없는 사내와 소저의 인연이 어떻게 되는지 말입니다. 제게 들려주실 수 있을까요?"

미하는 눈에 띄게 당황하며 급히 두 손을 내저었다.

"아, 아니에요. 별로 할 말은 없다고요. 우린 정말 재미없게 사귀었거든요. 딴 이야기 하면 안 될까요?"

"하하, 저는 이미 소저에게 그녀의 이야기를 해드리지 않았습니까? 이건 불공평한데요?"

위문의 얼굴엔 장난기 가득한 미소가 자리 잡았다. 미하는 어쩔 줄 몰라 하며 얼굴을 붉혔다. 그녀는 위문의 시선을 요리조리 피하고 있었다. 하지만 위문은 끈덕지게 눈으로 그녀의 얼굴을 쫓았고, 결국 그녀는 항복을 선언하고 말았다.

"휴우… 뭐 별로 할 말은 없으니까 짧게 하죠. 식사가 끝날 때까지만 할게요. 알겠죠?"

"하하, 예. 그렇게 하시죠."

"그, 그리고… 재미없더라도 뭐라 투덜거리진 말아요. 또 딴 데 가서 이야기하지도 말고요. 알겠죠?"

"예~에, 명심하죠."

미하는 수줍게 입을 열었다.

"음… 아마 우리가 처음 만난 건 여덟 살 때였을 거예요. 전 그때 아버지께 꾸중을 듣고 투덜거리며 아무 데나 돌아다니고 있었죠. 그때 저 구석에 쭈그리고 앉아 먼 산을 바라보고 있는 한 꾀죄죄한 꼬마가 보이더라고요. 쪼그만 게 벌써부터 자세를 잡고 있더군요. 분위기도 다른 대막의 사내들처럼 살벌했고요. 뭐랄까요? 음… 호기심이 일더군요. 어떤 녀석이기에 벌써부터 저렇게 인생을 다 산 노인네 같은 그런 표정을 지니고 있을까 하는 그런 호기심이요. 난 활달하게 웃으며 접근했어요. 하지만 호홋, 그 녀석이 제게 건넨 첫말이 뭔지 알아요? 바로 '꺼져' 였어요. 그것도 살기가 물씬 담겨 있는. 호호홋, 기가 막혔죠. 대막천존의 막내 손녀인 내게 그런 말을 한 사람은 그 녀석이 처음이었거든요. 모두 날 떠받드는데 신선한 충격이었죠. 난 오기가 일어 그 녀석에게 계속 말을 걸었어요. 그 녀석은 귀찮아하며 날 피했죠. 하지만 난 포기하지 않았어요. 심심한데 마침 잘된 참이었죠. 난 매일같이 그 녀석을 쫓아다녔어요. 그리고 귀찮게 했죠. 호호홋, 왜 그랬을까? 모르겠어요. 날 좋아하는 사내들은 많았어요. 내게 아첨하고, 나와 혼인하고 싶어하는 그런 녀석들은 널리고 널려 있었다고요. 하지만 걔

만은 달랐어요. 날 무슨 길 가다 밟히는 돌멩이 취급했죠. 신기한 놈이
었어요. 뭐, 그게 맘에 들었던 것 같아요. 시간이 흐를수록 점점 그 녀
석은 내게 자신의 마음을 열었어요. 아주 조금씩. 호홋, 내가 아주 끈
질겼거든요. 그리고 우린 그만큼 친해져 갔죠. 호홋, 그래요. 뭐, 그 녀
석을 난 좋아했던 것 같아요. 처음엔 호기심에 접근했던 것뿐이지만,
그 녀석이란 인간을 알면 알게 될수록 저도 모르게 조금씩 빠져 들어
가더군요. 그 녀석의 아픔이 내 아픔같이 느껴지고, 그 녀석의 기쁨이
내 기쁨같이 느껴지고… 후훗, 처음 느껴보는 야릇한 기분이었죠. 난
외로웠거든요. 그래요. 어리고 외로운 내게 그 녀석은 좋은 의지가 되
어주었어요. 음… 우리가 결정적으로 가까워진 건 아마 10살 때쯤이었
을 거예요. 난 그날도 그 애를 억지로 끌고 놀러 다녔죠. 우린 천궁 밖
으로 빠져나가 골목길을 누비며 놀고 있었어요. 그러다 파락호들을 만
났죠. 후훗, 대막의 사내들은 파락호라 해도 무시하지 못해요. 모두 강
한 사내들이거든요. 그에 비해 우린 상승의 무공을 익혔다 해도 열 살
의 꼬맹이들일 뿐이었죠. 그놈들은 날 팔아먹으려 했어요. 알고 보니
그들은 대막에서 활개 치고 다니는 마적단의 지단인 인신매매단이더군
요. 하지만 그때 그 녀석이 내 앞을 가로막고 그들과 대치하고 섰어요.
난 무척 놀랐죠. 그 녀석은 언제나 날 귀찮게 생각했어요. 그래요. 날
귀찮아할 뿐 좋아하지는 않는다고 생각하고 있었어요. 그게… 조금 맘
에 걸렸어요. 왜 애는 날 싫어하는 걸까? 왜 내게 따스한 말을 건네주
지 않을까? 왜 날 좋아하지 않을까? 난 너를 좋아하는데… 호홋, 뭐 그
렇게 투덜거리고 있을 때였죠. 아, 웃지 말라고요. 그땐 어렸을 때니까
요. 철부지의 생각일 뿐이었다고요. 아무튼 그렇게 생각하고 있을 때
였는데, 그 녀석이 내 앞을 떡하니 가로막고 선 거예요. 그리고 뭐라고

말했는지 아세요? 후훗, 그때 난 태어나서 처음으로 눈물을 흘렸어요. 부끄럽지만 뭐, 조금 감동적이었거든요. '넌 내가 지켜줄게'. 후훗, 내 앞을 가로막고 선 그 녀석의 등이 그날따라 커 보이더군요. 왠지 절로 기대고 싶어졌어요. 그 등에 내 몸을 맡기고 싶었죠. 하지만… 뭐랄까요? 후훗, 갑자기 오기가 생기더라고요. 난 자존심이 센 여자니까요. 그래서 눈물을 훔치며 재빨리 달려가 그 녀석의 앞에 섰죠. 그리곤 인신매매단 놈들을 노려보며 외쳤어요. '내가 널 지켜줄게' 라고요. 하지만 그 녀석은 곧 내 앞으로 움직여 다시 등을 보여주더군요. 그 녀석은 제 힘으로 꼭 날 지켜주고 싶었던 거예요. 그 어린 게 말이에요. 우린 잠시 서로 지켜준다고 하며 다퉜었죠. 후훗, 유쾌했어요. 그래요. 내 눈엔 눈물이 흐르고 있었지만 입가엔 미소가 끊이질 않았었죠. 누군가 날 지켜줄 사람이 존재하고 있다는 것, 그 사실이 왜 그렇게 내 맘을 흔들어놓았는지 모르겠어요. 난 혼자가 아니라고 생각하니 그냥… 눈물이 나더군요. 후훗, 뒷일은 어떻게 됐냐고요? 그 녀석과 인신매매단 놈들이 싸우게 되었어요. 물론 그 녀석은 두들겨 맞았죠. 하지만 온몸이 만신창이가 될 때까지 두들겨 맞고도 그 녀석은 쓰러지지 않았어요. 두 눈에 독기를 내뿜으며 끝까지 내 앞을 막아 섰었죠. 죽는 한이 있더라도 날 지켜주겠다는 그런 의지였어요. 나도 꽤 센 편이었는데, 그날따라 연약해지더군요. 후훗. 힘없는, 사내에게 의지하는 그런 여인의 마음이 무엇인지 그날 처음으로 알게 된 거예요. 내 힘을 쓸 필요까진 없었던 거죠. 내 곁엔 날 지켜주는 다른 사람이 존재하고 있었으니까요. 그에게 내 몸을 의지하기만 하면 되는 거였죠. 후훗, 내가 왜소해지는 것 같아 싫은 기분도 들었었는데, 묘하게 포근한 기분도 들더라고요. 뒤에 달려온 천궁의 무사들에 의해 우린 구조되었어요. 그 녀석은 날 끝까지 지킨 공로로 절정의 비급을 얻게 되었죠. 더 강해지겠다더군요. 더 강해져서 혼자의 힘으로 날 지켜주겠다요… 난 그제야 깨달았어요. 그 녀석도 날 좋아하고 있던 것을요. 겉으로 내색하지 못했을 뿐이란 것을요. 그 녀석의 속마음을 알게 된 난 그날 이후 더욱 그 녀석에게 달라붙었어요. 그 성격을 고쳐 주려고요. 아아… 뭐 대충 그렇게 우린 사귀게 된 거예요. 지금 생각해 보면… 내가 왜 그랬나 하는 후회도 드네요. 호홋."

말을 끝낸 미하는 북쪽을 응시하며 아련한 미소를 지어 보였다. 그녀의 눈가는 촉촉이 젖어 있었다. 위문은 눈앞에 그림이 그려지는 것 같았다. 티격태격하면서도 서로를 향한 감정을 조금씩 키워 나가는 소년과 소녀. 만나면 투덜거리지만 그 누구보다 서로를 아끼고 위하는 그들… 미하와 그 사내의 관계를 조금이나마 알게 된 것 같았다. 그는 싱긋 웃으며 말했다.

"잘… 들었습니다. 그런데… 정말 가보지 않으셔도 되는 겁니까?"

미하는 흠칫하며 상념에서 깨어났다. 그녀는 재빨리 눈가를 훔치며 활달하게 고개를 끄덕였다.

"호홋, 예. 그 녀석이 보고 싶긴 한데… 뭐, 이런저런 문제가 있어서요. 아아, 죄송하지만 그 이야기는 더 이상 하고 싶지가 않네요. 이제 우리 다른 이야기 하면 안 돼요?"

"그, 그러시지요……."

미하의 눈에서 고뇌의 빛을 본 위문은 더 이상 그 문제를 거론하지 않았다. 무슨 사연이 있으리라 생각한 것이었다. 미하는 잠시 침묵에 잠겼으나 곧 언제 그랬냐는 듯 환한 미소를 지으며 화제를 바꾸어 물었다.

“한데 위 소협은 고기를 드시지 않네요?”

식탁엔 오리 고기와 돼지고기가 올려져 있었으나 손도 대지 않기에
물은 것이었다.

“아, 예. 그렇습니다. 전… 고기를 별로 좋아하지 않거든요.”

그는 고기를 먹어본 적이 없었다. 기억을 잃은 척할 때에도 고기를
먹지 않았었다. 고기를 먹으면 탁기가 몸에 남게 되어 개운하지가 않
은 데다 맛도 모르기에 먹지 않은 것이었다.

“왜죠? 이런 채소보다야 고기가 더 낫지 않나요?”

“그, 그게… 수련에 방해가 되거든요.”

대충 얼버무리려는 그였다. 하지만 미하는 조금 전에 대한 복수로
위문을 난처하게 하려는지 그 문제에 깊게 파고들기 시작했다.

“수련에 방해가 된다구요?”

“그, 그렇습니다. 고기를 먹으면 몸에 탁기가 남게 되어 뚫려 있는
혈도가 막힐 수도 있거든요. 그래서 전 별로 고기를 좋아하지 않습니
다.”

사실이 그러했기에 위문은 재빨리 무공을 끌어들여 대답했다. 그의
말에 미하는 고개를 끄덕이며 말했다.

“으음… 그렇군요. 그럼 위 소협은 아직 한 번도 고기를 드셔본 적
이 없으세요?”

“…그렇습니다.”

“호호, 그래서 그렇게 무공이 강하신 건가요?”

“하하, 그, 그런 이유도 있겠지요. 하하.”

어색한 미소를 지으며 대답하는 그였다. 미하는 그의 말이 끝나기
무섭게 ‘걸렸다’는 회심의 미소를 지으며 재빨리 말했다.

“그래서 강기도 쓸 수 있는 것인가요?”

“가, 강기요?”

“예, 강기 말이에요.”

“하하… 그런 이유도 있겠지요…….”

‘한 가지는 알아냈군.’

미하는 그녀의 할아버지의 영향으로 강기에 관심이 많았다. 해서 어떻게든 그 방법을 배우려고 이렇게 애를 쓰고 있는 것이었다. 눈앞의 이 사내는 이론으로만 가능하다던 강기를 완성한 사내였다. 그러니 그를 따라다니며 은근슬쩍 강기에 대한 것을 물으면 그 방법을 알아낼 수가 있을 것 같았다. 바로 지금처럼 말이다. 대화 몇 마디로 강기에 관한 비밀을 한 가지 알아냈으니까. 앞으로 이런 방법을 통해 그녀는 이 사내에게서 강기에 관한 비밀을 하나씩 알아낼 속셈이었다. 처음엔 이 사내의 얼굴에 반해서 같이 가겠다고 우긴 것이었으나 이제는 강기의 비밀을 알아내야겠다는 한 가지 이유가 더 덧붙게 되었다.

‘나도 앞으론 채식을 해야겠군.’

내심 다짐하는 그녀였다. 그녀와 위문은 한 식경 정도 식사를 하며 대화를 주고받았다. 그리고 식사가 끝나자 다시 길을 재촉하기 시작했다.

그들이 식당을 떠난 다음날, 흑의사내 하나가 식당 안으로 걸어 들어왔다.

“헤헤, 어서옵쇼.”

점원 하나가 싹싹한 미소를 지으며 사내를 반겼다. 하나 사내는 점원을 거들떠보지도 않으며 바로 앞의 탁자에 걸터앉았다.

"헤헤, 뭘 드릴깝쇼?"

사내의 무시에도 점원은 싹싹한 미소를 잃지 않으며 물었다. 하지만 사내는 여전히 대답하지 않았다. 그의 입술은 약간씩 움직이고 있었는데 안목이 있는 자라면 그가 지금 누군가와 전음을 주고받고 있다는 것을 알 수가 있을 것이다.

[어디로 갔는가?]

[동북쪽입니다.]

[시간은?]

[하루 정도입니다.]

[일각 후 출발한다. 대기하라.]

[존명!]

사내는 전음을 끝내고 여전히 웃고 있는 점원에게 냉막한 말투로 입을 열었다.

"술!"

사내의 말투에 겁을 먹은 점원은 재빨리 달려가 술병 하나를 가지고 나왔다. 사내는 술을 한잔 마시며 생각에 잠겼다.

'보통이 아니다. 최대한으로 따라잡았건만 아직 하루의 격차가 남아 있다. 어떤 자일까? 분명 흔적은 둘뿐이다. 그자와 미하… 아마 그자의 그림자들은 은둔술로 따라가는 모양이지. 우리의 추적에도 흔적이 없는 걸 보면… 미하, 미하… 이제야 너를 찾아냈건만… 너를 지켜주겠다 굳게 약속했건만… 네놈이 누구든 미하에게 손가락 하나라도 댔다간! 네놈을 세상에서 가장 잔인하게 죽여 버리겠다! 으드득!'

사내는 술을 병째로 들이켜고는 자리에서 일어났다. 그는 탁자에 은자 하나를 내려놓고 서서히 밖으로 나갔다.

슈슉.

그가 밖으로 나감과 동시에 그의 모습은 연기처럼 사라져 버렸다.

그로부터 일각 후, 황의사내 하나가 식당 안으로 들어섰다.

"헤헤헤, 어서옵!"

점원이 싹싹한 미소를 지으며 황의사내에게 다가갔지만 그의 말이 채 끝나기도 전에 그는 목이 잘리고 말았다.

"으악! 사, 살인이닷!"

손님 중 하나가 그 모습에 고함을 질렀다. 그러자 식당 안에 있던 모두가 웅성거리며 식당을 나가기 위해 자리에서 일어났다. 그와 동시에 황의사내의 목소리가 터졌다.

"한 명도 살려두지 마라!"

"존명!"

슈슈슈슉.

"크아악!"

"케에엑!"

황의를 입은 수십 명의 황의인들이 갑자기 나타나 식당 안의 사람들을 주살하기 시작했다. 황의인들은 손속에 사정을 두지 않았기에 곧 식당 안의 모든 사람들은 죽임을 당하고 말았다. 모두 죽은 것을 확인한 황의사내는 외쳤다.

"출발한다. 그들과의 간격은 그대로 유지하도록!"

"존명!"

곧 황의사내와 황의인들의 모습은 사라져 버렸다.

*   *   *

"아~함."

따분함을 이기지 못한 법현은 크게 하품을 해댔다. 그러면서 그는 아무 생각 없이 주위를 둘러보았는데 자신을 째려 보는 눈빛이 있음을 느끼고 재빨리 입을 다물었다. 그리고 자신을 째려 보던 미불(眉佛) 사숙에게 어색한 미소를 지어 보였다. 그의 어색한 미소가 통했는지 미불은 더 이상 법현을 째려 보지 않고 다시 전방으로 고개를 돌렸다.

'아, 따분해 죽겠네.'

벌써 이틀째였다. 이렇게 죽치고 숨어 있는 것이 말이다. 30명 중 하나에 포함되어 사악한 시파의 마두를 처단하러 간다는 말에 너무도 신이 났었다. 그래서 부푼 가슴을 안고 이렇게 온 것이었는데 이틀 동안 땅바닥에 엎드려 시간을 때우게 되자 괜히 왔다는 후회가 들기 시작했다. 더구나 하품이라도 할라치면 저 오만하기 짝이 없는 용등제자 미불이 눈을 시뻘겋게 뜨고 째려 보니 그것마저도 쉽지가 않았다. 여기엔 정확히 5백 명이 숨어 있었다. 하지만 간간이 들리는 하품 소리나 부스럭대는 소리를 제외하고는 그들이 있다는 흔적을 찾을 수는 없었다. 모두 잘 훈련된 정예들임을 나타내는 것이었다. 법현은 처음 5백 명이 숨어 있다는 말을 들었을 때 엄청 놀랐었다. 일류고수 5백 명. 그 숫자라면 파천의 힘을 가지고 있었으니까 말이다.

'도대체 우리가 싸우게 될 녀석들은 어떤 녀석들일까?'

다시 이런 의문이 들었다. 그는 몇 번이나 이 질문을 미불에게 하려고 했었지만 입도 뻥끗하지 못하게 하는 녀석이라 묻기도 전에 눈빛으로 쫓겨나기 일쑤였다. 그러니 궁금해도 참을 수밖에. 처음엔 4백 20명이 올 거라고 했었다. 하지만 나중에 군소방파에서 뽑은 80명이 추가되었다. 잘은 모르지만 그들도 사악한 마두를 처단하는 데 일조하고 싶어서 쫓아온 거라고 들었다.

'어떤 놈들인진 모르지만 네놈들은 이 흑죽림에서 뼈를 묻게 될 것이다. 우리 정파의 정예들 5백 명이 있으니 네놈들이 수천이라 해도 하나도 겁 안 난다구.'

법현은 일이 쉬울 거라 예상하고 있었다. 그만큼 숨어 있는 정예들의 숫자는 많았고 강했으니까.

"위 소협, 저기 좀 보세요."

미하는 뭐가 그리 놀라운지 위문의 손을 잡아끌었다.

"하하, 뭔데 그러십니까?"

위문은 미하가 가리킨 쪽을 보자 놀랍기도 하겠다는 생각이 들었다. 그도 처음엔 놀랐으니까. 대나무의 바다, 그들의 눈앞엔 끝이 보이지 않는 푸른 대나무의 바다가 펼쳐져 있었다.

"이곳은 어떤 곳이죠?"

"하하, 흑죽림이라고 하는 곳이랍니다."

"흑죽림이요? 하지만 검은 대나무는 보이지 않는데요?"

그녀의 물음은 당연한 것이었다. 대나무들이 많기는 했으나 모두 푸른빛의 대나무들뿐이었으니까 말이다. 그녀의 의문에 위문은 친절히 답해 주었다.

"이렇게 멀리서 보면 푸른 대나무들로 보이지만 저 대나무 숲 안으로 들어가게 되면 대나무들이 하나같이 검은색으로 보인답니다. 대나무들이 워낙 빽빽하게 들어차 있는 까닭에 햇빛이 비춰지지 않거든요."

“아~아, 그래서 흑죽림이군요.”

“하하, 그렇습니다. 그리고 화산으로 가기 위해선 저곳을 통과해야 하지요.”

“호호, 그럼 어서 가요. 검은 대나무 숲이라… 너무 기대돼요.”

천진한 웃음을 터뜨리며 말하는 그녀였다. 그녀의 미소에 위문 역시 환한 미소를 지으며 앞장서서 걸어갔다. 그녀의 미소를 볼 때마다 기분이 좋아졌다. 죽었던 예설이 살아 돌아온 듯한 느낌이 드는 것이다.

‘같이 오길 잘했다는 생각이 드는군.’

그들은 천천히 흑죽림 안으로 걸어 들어갔다.

그리고 그들이 들어오는 것을 5백 쌍의 눈이 지켜보고 있었다.

한 쌍의 남녀가 다가올 때쯤 미불은 이번 임무의 책임자의 전음을 들었다. 그는 화산오검의 셋째인 낙화검 마진우였는데 한 쌍의 남녀 중 사내의 얼굴을 알아보고는 급히 전음을 날린 것이었다.

[왔소, 바로 저자요.]

[하나… 고작 둘뿐이지 않습니까?]

미불이 듣기로 그들이 싸울 상대는 수백에 달한다고 들었다. 한데 고작 둘뿐이라니… 그의 의문에 마진우는 급히 입을 열었다.

[보이지 않는 그림자들이 많을 것이오. 어서 모두에게 알리시오. 목표가 왔다고 말이오.]

[알겠습니다.]

곧 미불은 자신이 맡은 소림의 제자들에게 신호를 보냈다. 그가 신호를 보냄과 동시에 몇 곳에서 역시 신호를 보내는 게 느껴졌다. 이번 임무는 낙화검 마진우가 총지휘자이고, 그 밑에 구대문파와 오대세가,

군소방파의 대표가 한 명씩 있었다. 마진우는 각 방파의 대표들에게 전음을 날린 것이고 그 대표들은 자파의 문하들에게 신호를 보낸 것이었다. 이제 마진우의 고함이 터지면 그걸 신호로 5백 명의 정예들이 공격을 시작할 것이다.

"잠깐만요!"

흑죽림 안으로 들어와서 반 각 정도 걸었을 때 미하가 위문을 제지하며 걸음을 멈추었다.

"왜 그러십니까?"

그의 물음에 미하는 사방을 둘러보며 조심스럽게 말했다.

"뭔가 이상한 기분 같은 게 느껴지지 않으세요?"

그녀의 말에 위문은 너털웃음을 터뜨렸다.

"하하, 좀 기분이 으스스하지요? 저도 이곳에 처음 올 땐 기분이 이상했답니다. 검은 대나무들이 조금 꺼림칙해 보이기도 했구요."

"그, 그런 건가요?"

"예, 조금 지나면 익숙해질 겁니다."

미하의 예감이 단지 검은 대나무들로 인해서 생긴 걸로 생각한 위문은 별로 깊게 주의하지 않았다. 미하 역시 '그런가 보다' 하며 별다른 주의를 하지 않았다. 한데 그들이 흑죽림의 중심부까지 도달했을 때, 어디선가 크나큰 고함이 터져 나왔다.

"모두 일어나 저 사악한 마두를 처단하라!"

그 말을 시작으로 여기저기서 움직임과 살기들이 느껴졌다.

사사사삭.

풀을 밟는 소리가 들리고 사방에서 각양각색의 옷을 입은 사람들이 그들에게로 덮쳐 왔다.

“누, 누구죠?”

미하가 갑자기 나타난 사람들을 보며 겁에 질려 묻자 위문은 고개를 내저었다.

“모르겠습니다. 저들이 왜…….”

그의 말은 더 이어지지 않았다. 가장 빠르게 달려오는 세 명의 사내들이 그의 가슴을 노리고 검을 찔렀기 때문이다.

슈슈슈슉.

검이 바람을 가르는 소리가 들려왔다. 위문은 더 생각할 겨를 없이 미하를 옆에 끼고 검의 사정거리 밖까지 물러났다. 그리고 외쳤다.

“이보시오! 왜 우리를 공격하는 겁니까?”

하지만 그의 물음에 날아온 것은 세 자루의 검과 싸늘한 고함뿐이었다.

“닥쳐랏! 사악한 마두야! 오늘이 네놈의 제삿날이닷!”

세 자루의 검은 그와 미하의 사이를 파고들었기에 위문은 할 수 없이 미하와 떨어져, 재빨리 옆으로 몸을 피했다. 그러자 그의 뒤에서 다시 네 자루의 검이 그의 등을 찔러왔다. 그는 뛰어올라 그 검들을 피하며 외쳤다.

“뭔가 오해가 있나 본데!”

슈악!

팅팅.

말을 하다 말고 날아오는 암기들을 손으로 쳐냈다. 그와 동시에 그의 몸을 노리고 8명이 뛰어올라 검을 찔렀다. 그는 공중에 떠 있는 상태에서 재빨리 천근추의 신법을 사용해 땅으로 떨어져 내렸다. 다행히 여덟 자루의 검은 허공을 찔렀고 그는 무사히 땅으로 내려올 수 있었다. 그가 막 땅으로 내려오자 무시무시한 검풍이 그에게 들이닥쳤다. 그는 손을 휘둘러 그 검풍을 막으며 재빨리 주위를 둘러보았다. 수백 명의 사람들이 보였다. 그들은 저마다 흉험한 기세를 내뿜으며 그에게 돌진하고 있었다.

"꺄악!"

그때 여인의 찢어지는 비명 소리가 들려왔다. 날아오는 검들을 경공을 전개해 피하며 그쪽을 바라보았다. 그곳엔 미하가 여러 명의 협공을 이기지 못하고 피를 흘리고 있는 게 보였다. 점점 화가 나기 시작했다. 미하와 같이 있음으로 해서 그의 알 수 없었던 분노는 사라진 상태였다. 항상 쾌활하고 활기가 넘쳤던 미하와 같이 있었기에 예전의 인자한 사람으로 되돌아갔던 것이었다. 한데 그 미하가 피를 흘리는 것을 보자 다시 분노가 끓어올랐다. 점점 심장이 빨라지고 눈이 충혈되기 시작했다. 재빨리 미하 쪽으로 달려갔다. 그리고 그녀를 공격하던 사람들을 피해 그녀에게 접근해 물었다.

"괜찮습니까?"

"아, 아파요… 이들은 왜 우리를 공격하는 거죠?"

상체가 피투성이였다. 그녀의 무공도 만만치 않은 것이었는데 이렇게 빨리 당하다니… 그는 미하의 허리를 한 손으로 잡고 높이 뛰어올랐다. 그리고 대나무 한 그루에 그녀의 몸을 묶었다.

슉슉!

서걱!

등에서 통증이 느껴졌다. 분노, 분노가 전신을 휘감기 시작했다. 재빨리 천근추의 신법을 사용해 바닥으로 떨어져 내렸다.

까강!

그리고 바닥에 내려서자마자 목젖을 향해 날아오던 검을 맨손으로 쥐었다. 첫 희생자는 뺏은 검을 고쳐 잡았을 때 그에게 덤벼든 여덟 명이었다. 여덟 명은 그가 피할 수 있는 모든 방위를 점하며 공격해 왔는데 그는 마주 달려가며 검을 휘둘렀다. 그의 검에서 순간적으로 신비로울 정도로 푸른 빛이 생성되더니 그 빛은 검을 둘러싸고 길게 늘어나기 시작했다.

슈아앙~!

"으아악!"

"크아아악!"

3장으로 늘어난 검강이 여덟 명의 허리를 두 동강 내고 지나갔다. 그것을 시작으로 일 대 오백의 말도 안 되는 전투의 막이 올랐다.

'악마! 악마다! 우린 지금 악마와 싸우고 있는 것이다!'

마진우는 전신에 소름이 돋는 것을 느꼈다. 그의 눈앞에 한 폭의 지옥도가 연출되고 있었다. 신비로운 푸른빛으로 빛이 나고 있는 검, 무려 3장이 넘어가는 그 검을 휘두르며 눈에 띄는 모든 것을 베어버리는 악마… 그 악마의 검은 사람만 베어버리는 것이 아니라 무기, 대나무, 바위 할 것 없이 모조리 다 베어버리고 있었다. 벌써 절반 이상이 바닥에 쓰러졌다. 날고 긴다 하던 일류고수들이 손 한 번 못 써보고 쓰러지고 있었던 것이다. 아니, 몇몇이 공격에 성공하기는 했다. 하나 그건 상대를 더욱 격발시킨 꼴이 되고 말았다. 전신을 피로 물들인 채 머리를 흩날리며 날뛰고 있는 악마. 그는 그 광경에 몸을 움직일 수가 없었다. 분명 그는 이번 임무의 총책임자였다. 그리고 명령을 내려주어야 하는 사람이기도 했다. 하나 그는 아무런 행동도 취하지 못한 채 멍하니 그 자리에 못이 박힌 듯 서 있을 뿐이었다. 악마는 그의 부하들을 베어버리며 점점 그에게로 다가들었다. 하지만 그는 검도 빼어 들지 못하고 그저 멍하니 그걸 보고만 있었다. 악마가 점점 다가왔다. 그의 바로 눈앞까지 다가왔다. 순간 푸른 빛이 번쩍인다고 느껴졌다. 그와 동시에 졸음이 쏟아졌다.

'자자, 이건 꿈일 거야… 자고 일어나면 괜찮아지겠지…….'

화산오검의 셋째, 낙화검 마진우는 그렇게 목이 잘린 채 쓰러져 갔다.

'정말 저 사람이 그란 말인가?

미하는 지상에서 10장 위의 굵은 대나무에 매달려 있었기에 밑에서 벌어지고 있는 전투, 아니, 일방적인 도살을 자세히 볼 수가 있었다. 위문은 지금 미친 듯이 날뛰고 있었다. 간간이 보이는 그의 얼굴은 일그러질 대로 일그러져 있었고 두 눈은 붉게 충혈되어 있었다. 저 살인귀가 그녀를 구해주고 10일 동안 같이 여행한 남자와 동일인이라는 걸 그녀는 믿을 수가 없었다. 그 자상하고 순박했던 남자와 저 전신에 피를 뒤집어쓴 채 날뛰고 있는 살인귀가 동일인이라니… 정말 눈으로 보지 못했다면 믿지 못했을 것이었다. 상대는 정파의 인물들 같았다. 매화 문양이 그려진 옷이라든가 승포를 입은 스님, 도관을 갖춘 도인들이 보였으니까 말이다. 그들의 수는 적어도 수백은 넘어 보였다. 하지만 점점 그 숫자는 줄어들더니 이제는 1백 명도 채 남지 않은 상태가 되었다. 검강이 전설적인 무공이란 것을 안다. 그리고 그걸 막을 방법이 없다는 것도 잘 알고 있다. 하지만 이렇게 가공할 줄은 상상조차 하지 못했다. 무기를 베고, 그걸 들고 있던 사람도 베고, 그 사람의 뒤에 있던 대나무를 베고, 그 대나무의 옆에 있던 바위마저 베고… 검강의 위력을 피부로 실감할 수가 있었다.

'고금제일… 불가능은 아니겠구나… 저 정도 무위라면… 할아버지조차도 상대가 되지 않겠구나……'

그녀가 아는 가장 강한 사람은 그녀의 할아버지였다. 하나 그녀는 저 사내가 그녀의 할아버지와는 차원이 다른 고수란 걸 실감하고 있었다.

"케엑!"

"크아악!"

이 순간에도 비명은 그치지 않고 들려왔다. 하지만 전과 다른 것이라면 점점 그 비명을 지르는 빈도 수가 줄어들고 있다는 것.

…도살이 끝나가고 있었다.

법현의 얼굴이 보인다고 생각했다.

'착각이겠지.'

그의 검은 이미 상대를 베고 지나간 후였다. 자신을 주체할 수가 없었다. 그저 검을 휘두르고 휘두를 뿐이었다. 몇 군데 상처를 입었으나 통증은 느껴지지 않았다. 다만 더욱 피가 끓어오를 뿐, 이 피를 식히기 위해선 모조리 죽여 버려야 했다. 상대가 어떤 자들인지 모른다. 그와 무슨 원한이 있는지도 모른다. 그가 아는 것이라곤 그들이 먼저 그에게 검을 겨누었다는 것과 미하를 건드렸다는 것이다. 아니, 예설을 닮은 미하를 건드렸다는 것이다.

'나에게서 아설을 빼앗아가더니, 또다시!'

미하는 미하일 뿐이라는 걸 안다. 하지만 꼭 그녀가 예설처럼 느껴지는 것 또한 사실이다. 그녀를 다치게 했다는 분노와 예설의 죽음에 대한 분노까지 겹쳐져 그는 이렇게 화풀이를 하고 있는 것이었다.

"케에에엑!"

최후의 비명이 들려왔다. 주위를 둘러보았다. 서 있는 사람은 한 명도 없었다. 오직 보이는 것이라곤 피의 강과 시체의 산뿐이었다.

"허억! 허억!"

이제야 피로가 밀려왔다. 검강을 오랫동안 사용했기에 공력이 많이 빠져나가 있는 상태였다. 또한 체력마저 고갈되어 있었다. 바닥에 검을 짚고 몸을 버텼다.

"으윽!"

장력에 맞은 곳과 검에 베인 곳들이 쓰라려 왔다. 극심한 고통을 동반하고 말이다. 싸우다가 상처를 입은 적은 이번이 처음일 것이다. 그 말은 그의 상대가 그만큼 강했다는 의미가 된다. 오백 대 일, 애초부터 말도 되지 않는 숫자였다. 그가 검강이라는 전설적인 무공을 사용했기에 망정이지, 그러지 않았다면 진작에 쓰러지고 말았을 것이었다. 위문이 그렇게 고통스러워하고 있을 때 미하는 자신의 몸을 대나무에 묶어놓고 있는 천을 풀고 있는 중이었다. 이제 싸움도 끝난 데다 아래를 보니 고통스러워하고 있는 위문의 모습이 보였기에 내려가서 상처를 돌봐주기 위해서였다. 그러다 문득 그녀는 이런 생각이 들었다.

'가만! 그러고 보니… 이 대나무만……'

여기까지 생각이 미친 그녀는 서둘러 주위를 둘러보았다. 아래엔 반경 2백 장이 넘는 공터가 만들어져 있었다. 그 안의 대나무는 단 한 그루도 남아 있질 않았다. 모두 잘리고 만 것이었다. 하나 유독 그녀가 있는 대나무만은 잘리지 않고 그대로 있었다. 우연이라기엔 말도 되지 않는 우연이었다.

'설마… 그가……?'

다시 한 번 위문의 능력에 혀를 내두르는 그녀였다. 그렇게 처절한 혈투를 벌이면서도 그녀가 있는 대나무를 지켰다는 것이었으니까. 미하는 재빨리 대나무 밑으로 내려왔다.

"악!"

그녀는 세 군데의 상처를 입었다. 그중 두 개는 작은 것이라 별 상관 없었지만 나머지 하나는 옆구리의 살을 한 움큼이나 베어버린 중상이었다. 다행히 지혈을 해서 피가 나오진 않고 있으나 걸을 때마다 극심한 통증이 느껴졌다. 하지만 그녀의 상처보단 위문의 상처가 더 위중했다. 그녀도 그걸 알고 있었기에 재빨리 위문에게 다가가 말했다.

"괜찮으세요, 위 소협?"

그녀의 말에 위문은 번쩍 고개를 들었다. 그의 눈에 비친 미하는 예설의 얼굴을 하고 있었다.

"아설… 당신이오?"

"아설이라뇨? 저예요, 위 소협. 미하라구요. 괜찮으신 거예요?"

하지만 위문은 미하의 말을 듣고 있지 않았다.

"아설… 당신이 돌아온 것이오?"

말을 하며 그는 미하의 얼굴로 손을 뻗었다. 만져 보고 싶었다. 그녀의 얼굴을, 예설의 얼굴을 다시 한 번 만져 보고 싶었다.

"저라구요, 위 소협! 정신 차리세요!"

미하는 위문이 왜 자신을 아설이라고 부르는지 몰랐다. 그녀는 그가 너무 기력을 소모해 헛것이 보이는가 보다란 생각에 크게 고함을 쳐

그를 정신 차리게 하려고 했다. 그녀의 고함이 통했는지 위문은 정신이 들었다. 눈을 한번 비비고 다시 앞을 보자 그의 눈앞엔 미하가 걱정스런 얼굴로 서 있었다.

"당신이었군요… 미하 소저……."

"그래요, 괜찮으세요?"

다행이라 여기며 미하는 위문의 상처를 보려고 했다. 하지만 그녀는 그렇게 하지 못했다.

"악!"

옆구리의 상처가 그녀의 생각보다 더 심한 것이었는가 보다. 그녀는 옆구리를 부여잡고 그대로 바닥에 무릎을 꿇었다.

"왜 그러십니까, 미하……."

그가 막 미하의 몸을 부축하려 할 때 등 뒤에서 무서울 정도로 강력한 살기가 느껴졌다. 그가 재빨리 몸을 돌리자 전방에 흑의사내 하나가 서 있는 것을 볼 수가 있었다. 살기가 그에게서 나옴을 확인한 순간 흑의사내의 약간은 떨리는 목소리가 들려왔다.

"미… 미하… 미하……."

흑의사내는 이곳에 방금 도착했다. 그의 눈엔 바닥의 수많은 시체들은 보이지 않고 오직 미하밖에 보이지 않았다. 그리고 미하의 상체가 피투성이에다가 그녀의 옆구리에서 피가 흘러나옴을 보는 순간 그는 이성을 잃고 말았다. 그는 저 피투성이의 사내가 미하를 공격했다고 생각했다. 그래서 그에게로 달려가며 검을 뽑아 들었다.

"네놈이 감히! 죽어랏!"

그의 고함이 터진 순간 미하는 어디선가 들어본 낯익은 목소리라는 걸 깨달았다. 그녀가 급히 고개를 들었을 때 얼굴을 일그러뜨리며 검

을 휘둘러 오는 한 사내가 보였다. 그녀가 알고 있는 사내였다. 그녀는
그가 왜 여기에 있는지 몰랐으나 지금 그게 중요한 게 아니었다. 그의
검은 위문을 향하고 있었던 것이다.

"머, 멈춰! 이 밥통아!"

그녀는 있는 힘껏 악을 질렀다. 흑의사내는 그녀의 목소리를 들었
다. 그토록 듣고 싶었던 그녀의 목소리였다. 그 목소리에 정신을 차린
그는 그녀의 말대로 검을 멈추려고 했다. 하지만 그의 검은 이미 멈출
수 없는 상태였다. 그의 검에서 흰 백광이 뿜어져 나왔다. 그 백광은
빛과 같은 속도로 위문의 전신을 공격해 들어갔다. 그에 위문은 억지
로 검을 들어 재빨리 백광에 맞섰다. 다시 그의 검이 푸른빛으로 빛이
나고 곧 엄청난 굉음이 울려 퍼졌다.

쿠콰콰쾅!

"윽, 우욱!"

무리하게 내공을 끌어올린 탓인지 위문의 안색은 창백했다. 그에 폭
발의 영향 탓으로 한 모금의 피까지 토해냈다.

"이, 이런! 위 소협, 괜찮으세요?"

피를 토하는 걸 본 미하는 재빨리 위문에게 달려가 그를 부축했다.
그때 흑의사내는 경악하고 있는 중이었다. 혼신의 힘을 다한 일격이었
다. 악마의 검, 태양조차 베어버린다는 악마의 검이었다.

단 일 초식으로 이루어져 있는 낙일검법(落日劍法).

그는 그 낙일검법을 혼신의 힘을 다해 펼쳤었다. 한데 그걸 막아내
다니… 단 한 번도 그의 검을 막은 자는 없었다. 모두 피를 뿌리며 쓰
러졌던 것이다. 한데 저자는… 하나 그의 생각은 오래가지 않았다. 미
하의 고함이 들려왔던 것이다.

"야! 넌 뭘 그렇게 멍하니 서 있어! 어서 와서 좀 거들어!"

그녀의 말에 정신을 차린 흑의사내, 서문영우(西門靈雨)는 급히 그녀에게 달려갔다.

"괜찮으세요, 위 소협? 야! 넌 왜 이분을 공격한 거야?"

그녀의 신경질적인 고함에 영우는 더듬더듬 말을 이었다.

"난… 그가 널 다치게 한 줄 알고서……."

"이, 밥통아! 그렇다고 무턱대고 공격을 해? 중상을 입은 사람한테?"

"미, 미안하다. 그보다… 네 상처는……."

그의 말에 미하는 죽는 소리를 해댔다.

"까아악! 아파 죽겠어! 너 혼자 온 거야?"

그녀가 바닥에 주저앉자 영우는 급히 소리쳤다.

"모, 모두 나와라! 그리고 환수(幻手)와 정영(丁影)은 어서 미하를 치료해라."

그의 말이 끝나자 정확히 1백 인의 흑의인들이 모습을 드러냈다. 그리고 그중 둘이 서둘러 미하에게로 달려갔다. 그러자 미하는 자신에게 달려오는 두 사람 중 한 명을 가리키며 외쳤다.

"정영! 넌 이분을 치료해 줘! 나보다 이분이 더 위중해."

그녀의 말에 정영은 흠칫했으나 그의 상관이 고개를 끄덕이자 급히 위문에게 달려가 그의 상처를 살폈다. 약간 경계의 빛을 띠는 위문을 보며 미하는 그를 안심시켰다.

"괜찮아요, 이들은 제 친구들이에요. 그러니 안심하세요."

그로부터 한 식경 후 미하의 상처엔 붕대가 감겨졌고, 위문의 상처에도 금창약이 뿌려진 뒤 붕대가 감겨졌다. 그렇게 어느 정도 치료가 끝나자 미하는 입을 열었다.

"위 소협, 얘는 서문영우라고 해요. 할아버지 부하죠. 그리고 영우야, 이분은 날 구해준 위 소협이야. 서로 인사해."

그녀의 말에 위문과 영우는 서로 포권을 취해 보였다.

"미하를 구해주신 분인 줄도 모르고 섣불리 손을 쓴 점 미안하게 생각합니다. 서문영우라고 합니다."

"괜찮습니다, 그럴 수도 있지요. 전 위문이라고 합니다."

서로의 통성명이 끝나자 위문은 영우에게 난처한 빛을 띠며 말했다.

"잠시 운공을 해야 할 것 같은데 도와주시겠습니까?"

그 말뜻을 모를 영우가 아니었다. 그는 흔쾌히 고개를 끄덕였다.

"너희 두 명은 위 소협이 운공하는 동안 호법을 서도록 해라."

운공 도중에 외부의 공격을 받으면 주화입마에 빠질 가능성이 컸다. 그래서 위문은 영우에게 부탁한 것이었고 영우는 흔쾌히 고개를 끄덕인 것이었다. 위문이 갑자기 운공을 하려고 하는 것은 빠진 기력을 보충하려는 의미도 있긴 했지만 그보단 서로 오랜만에 만난 미하와 영우에게 서로 대화할 시간을 주려는 의미가 컸다. 아무래도 자신이 빠져야 서로 대화하기가 편할 테니까 말이다.

과연 그의 생각대로 그가 저 멀리 대나무 숲으로 들어가자마자 미하와 영우는 대화를 하기 시작했다.

"내가 여기 있단 건 어떻게 알았어?"

"천웅단주가 네 소식을 알아냈거든. 그래서 소식을 듣자마자 바로 달려온 거야."

"천웅단주? 그가 내 소식을 어떻게?"

"나도 그건 몰라. 다만 그는 네가 아미파에 갇혀 있다고 했어."

"그, 그럼… 네가… 아미파의 비구니들을 죽인 거야?"

"…아니, 내가 도착했을 땐 이미 죽어 있는 뒤였어. 난 저 위문이란 친구와 그의 부하들이 죽인 것으로 생각했었는데, 아니야?"

"…아니, 우리가 나왔을 때 이미 죽어 있었어."

"그건 그렇고… 어떻게 된 거야? 네가 왜 저자와 같이 있는 거지?"

"얘기하자면 길어."

"한번 해봐."

미하는 감옥에 갇혀 있다가 위문에게 구함을 받은 경위를 비교적 상세하게 이야기해 주었다. 그녀의 얘기가 끝나자 영우는 한숨을 돌렸다. 혹시 저자가 미하에게 흑심을 품고 있는 건 아닌가 하는 의심을 했었기 때문이다.

"그럼, 저 친구는 부인을 구하러 갔다가 못 구하고 대신 널 구해준 거야?"

"그래, 정말 착한 사람이지?"

"하지만… 네가 왜 지금까지 저 친구와 함께 있는 거야?"

"호오~ 왜? 내가 위 소협에게 반하기라도 했을까 봐?"

그녀의 반문에 영우는 급히 부인하고 나섰다.

"아, 아니… 그냥… 궁금해서……."

"호호, 짜식. 부끄러워하기는."

미하는 영우의 어깨를 툭툭 치며 밝게 웃었다. 흑살대주(黑殺隊主) 서문영우. 대막천존의 직속 무력 단체인 흑살대의 대주. 오직 대막천존 일인의 명령만 들으며 일당백의 정예 1백 명을 수하로 거느리고 있는 자. 그녀완 어릴 때부터 친구이며 이미 정혼한 사이. 서문영우가 천궁에서도 가장 무뚝뚝하고 차가운 것을 모두 알고 있다. 하지만 그가 유일하게 어려워하는 상대가 바로 선우미하임을 아는 이는 드물다. 또한 차갑기로 유명한 그가 미하와 있을 때면 부드럽고 말이 많은 사내로 변한다는 것 또한 극소수의 몇몇만이 알고 있을 뿐이다. 영우가 미하의 말에 뭐라 대답을 못하고 있자 미하는 설명을 하기 시작했다.

"너 방금 위 소협과 검을 겨루어본 소감이 어때?"

"……."

"말을 못하는 걸 보니 엄청 놀랐나 보네?"

"그래… 내 검을 막아낸 최초의 사내니까……."

영우가 힘을 잃은 목소리로 말하자 미하는 그의 어깨를 건드리며 말했다.

"넌 자부심을 가져도 돼. 넌 그의 검강을 막은 최초의 사람이거든."

"검강? 그게 무슨 소리지?"

"왜? 너도 봐서 알잖아? 네 검을 막는 그의 검을 말이야."

생각해 보니 그의 검이 푸른빛으로 물들었었다. 그리고 길게 늘어났었다.

"설… 마? 그게 검강?"

"그래, 검강."

그녀의 말에 영우는 급히 고개를 흔들었다.

"말도 안 돼! 내 검은 검강도 자른 적이 있어! 그런데 막아냈다니… 말도 안 돼."

"이, 바보야. 네가 무슨 검강을 잘라?"

"진짜야. 흑혈대주(黑血隊主)와 비무를 벌일 때 난 분명 그의 검강을 잘랐었어."

"흥! 그딴 사이비 검강을 자른 걸 가지고."

"사, 사이비 검강이라니?"

"넌 할아버지 직속 부하면서 검강도 자세히 몰라?"

미하의 말에 영우는 급히 기억을 더듬기 시작했다. 미하의 말대로 그녀의 할아버지인 대막천존은 20년 전부터 검강에 미친 상태였다. 그가 입버릇처럼 하던 말이 '진정한 강기를 완성해야 할 텐데……' 였으니까.

그럼… 설마?

"그, 그, 그럼… 저 친구가 쓴 것이?"

"그래. 이제 알겠지?"

"마, 말도 안 돼! 천존께서도 익히지 못하신 무공인데… 하물며 저렇게 새파랗게 젊은 친구가……."

"이 바보야. 넌 이곳의 시체들을 보고도 느낀 게 없어?"

그도 이곳에 시체들이 널려 있음을 알고 있었다. 하지만 신경 쓸 겨를이 없었기에 생각하지 못하고 있었다. 하지만 미하의 말에 그는 급히 부하들을 불렀다.

"가서 시체들을 조사해 보도록."

"존명."

부하들이 시체들을 살피러 가자 영우는 미하에게 물었다.

"정말이야? 그가 검강을 익혔다는 게?"

"안 그럼 내가 왜 그를 따라다니겠어?"

"그럼… 이 모든 시체들을 저 친구 혼자……."

"호호, 이제야 감이 잡히나 보네."

미하의 말대로 영우는 서서히 위문의 무서움을 실감하기 시작하고 있었다. 시체들은 언뜻 봐도 정파의 고수들이 분명했다. 그런 고수들

수백을 단신으로 모두 죽이다니… 그로선 상상도 가지 않는 일이었다. 영우가 경악으로 입을 벌리고 있자 미하는 그런 영우의 어깨에 손을 올리며 위로해 주었다.

"이제 내가 자부심을 가지라고 한 이유를 알겠지? 넌 그의 검강을 막은 최초의 남자라구."

"으, 으응……."

그의 낙일검법이 제아무리 악마의 검이라 하나 진정한 강기 앞에선 상대도 되지 못함을 잘 안다. 하지만 그는 분명 위문의 검강과 동수를 이루었다. 비록 위문이 지칠 대로 지쳐서 펼친 검강이긴 했지만 말이다.

"그래, 할아버진 잘 계셔?"

아직 주눅이 들어 있는 걸 본 미하는 더 이상 그 문제를 거론하지 않고 화제를 바꾸어 할아버지에 관한 것을 물었다. 영우는 미하의 마음을 알고 애써 검강에 대한 생각을 지워 버리며 대답했다.

"네 걱정만 하시지. 그보다 넌 왜 가출을 한 거야?"

왜 이제야 이걸 생각해 냈는지 한심해져 오는 자신이었다. 만나면 가장 먼저 물으려고 했던 것이었는데 말이다. 갑자기 미하가 가출을 하는 바람에 그는 엄청난 충격을 받았었다. 천웅단주가 미하의 소식을 알아내기까지 걸린 3년의 시간 동안 그는 단 하루도 미하의 생각을 안 해본 적이 없었다. 그리고 스스로에게 물었었다. '왜 그녀가 가출을 했을까?' 하고, '혹시 나와 혼인하는 게 싫어서 가출을 한 것은 아닌가?' 하고 고민을 하기도 했었다. 그는 어서 미하의 입이 열리길 초조히 기다렸다. 하지만 대답은 다른 곳에서 들려왔다.

"그건 내가 대답해도 되겠나?"

흠칫!

영우는 재빠른 동작으로 몸을 일으켜 소리가 들려온 방향으로 몸을 틀었다. 그곳엔 황의를 입은 사내가 서 있었다. 황의사내가 이토록 가깝게 올 때까지 그의 부하들은 그에게 아무런 연락을 취하지 않았다. 그 말은 그의 부하들조차 눈치 채지 못했다는 것, 그만큼 나타난 상대가 대단한 고수라는 말이었다. 영우는 목소리가 낯설지 않다고 느끼며 사내의 얼굴을 바라보았다. 그리고 그 사내가 자신이 알고 있는 사람임을 확인할 수 있었다.

"오, 오빠……."

미하는 놀람으로 가득 찬 눈을 하고 황의사내를 바라보았다. 그는 바로 그녀의 친오빠였기에.

"대, 대공자님이 여긴 어떻게……."

영우 역시 놀란 눈을 하고 황의사내를 바라보며 물었다. 대막에 있어야 할 그가 이곳에 나타났으니 말이다.

"네 뒤를 쫓았다면 대답이 되겠지."

황의사내, 선우무극(鮮于無極)은 여전히 무표정한 얼굴로 영우의 의문을 풀어주었다. 그때 미하가 믿을 수 없다는 표정으로 그녀의 오빠를 노려보며 말했다.

"그, 그랬나요? 오, 오빠도… 그랬나요?"

알 수 없는 물음. 하지만 무극은 그 물음의 의미를 알고 있었다.

"그렇다, 미하."

그는 말을 하며 한 손을 들어 올렸다. 그러자 사방에서 수백의 황의인들이 나타나기 시작했다. 그들에게서 살기가 흘러나오자 영우의 수하들은 재빨리 영우와 미하를 둘러싸고 전투 태세를 취했다.

"이게 무슨 일입니까, 대공자님?"

갑작스런 사태에 영우는 무슨 영문인지 몰라 무극에게 다급히 외쳤다. 그러자 무극은 미하를 한 번 보더니 이내 그에게로 시선을 돌리며 되물었다.

"자넨 미하가 왜 천궁을 떠난 것인지 궁금하겠지?"

"…그렇습니다."

당황하던 표정은 사라진 지 오래이다. 사태의 심각함을 깨달은 영우는 이제 대막의 죽음, 흑살대주의 모습으로 되돌아간 것이다. 그의 입에서 나온 삭막한 목소리, 그게 무극은 마음에 들었는가 보다. 그는 미소를 지으며 말했다.

"하하, 그게 대막의 죽음으로 불리는 흑살대주의 진면목인가?"

"어떻게 된 일인지 설명을 바랍니다."

냉기가 철철 넘치는 목소리였다. 그의 물음에 무극은 천천히 입을 열었다.

"자네는 신선초(神仙草)라는 약초를 알고 있나?"

뜬금없이 약초를 이야기하는 무극이었으나, 영우는 무슨 이유가 있음을 느끼고 천천히 고개를 저었다. 그러자 무극은 설명을 시작했다.

"신선초라는 영약은 선계에서만 자라는 약초라고 한다. 게다가 그 약초는 5백 년에 한 치씩 자라기 때문에 적어도 5천 년은 묵어야지 효능이 있다고 전해진다. 그 약초의 효능이란 별것이 아니라 인간의 수명을 1백 년 정도 늘려준다는 것이지."

"1백 년?"

무극의 말에 미하가 믿을 수 없다는 표정으로 물었다. 무극은 한 번 미하를 쳐다보더니 설명을 계속했다.

"그래, 1백 년이다. 이유 여하를 막론하고 무조건 한 인간의 생명을 1백 년씩이나 늘려주는 약초가 바로 신선초라는 것이다."

"그게 어쨌다는 겁니까?"

영우의 물음에 무극은 서서히 본론으로 들어가기 시작했다.

"그 신선초라는 영약을 한 산촌의 나무꾼이 발견했다. 그것도 5천 년 이상 자란 신선초를 말이다. 그 소식을 들은 할아버님은 수단 방법을 가리지 않고 신선초를 구하기 위해 노력하셨다. 그리고 10년 전 그 신선초를 손에 넣게 되셨지."

그는 잠시 말을 중단하고 뜸을 들였다. 하지만 그사이 영우나 미하는 입을 열지 않았다. 무극의 다음 말이 중요한 것임을 느끼고 있었기 때문이다.

"신선초를 손에 넣은 할아버님은 어떻게 하셨는지 아나? 바로 자신이 그 약을 먹어버렸다. 이미 80년을 넘게 살아오신 분이 그 약을 먹어버린 것이다."

화가 나는지 그의 얼굴이 굳어져 갔다. 하지만 영우는 그 이유를 몰랐다.

"그럼 저희 대막으로선 경사가 아닙니까?"

영우의 말이 끝나기 무섭게 무극의 옷자락이 바람도 없는데 펄럭이기 시작했다. 그것은 그가 분노를 일으키고 있다는 것. 게다가 그의 얼굴은 일그러질 대로 일그러져 있었다.

"경사? 지금 경사라고 했나?"

"그렇습니다. 천존이 1백 년을 더 사신다는 말은 대막의 영화가 1백 년 더 지속된다는 것을 의미하는 것이니까 말입니다."

"하나 너는 그 밑의 사람들을 생각해 봤느냐?"

“무슨 말씀입니까?”

“내 아버님을 말하는 것이다. 대막천왕! 대막천궁의 후계자이신 내 아버님 말이다.”

“천왕님이 어쨌다는 겁니까?”

“아버님의 나이 올해로 57세이시다. 젊다고는 할 수 없는 나이시지. 아버님은 20년 전에 후계자의 자리에 오르셨다. 그리고 기다리셨지. 당신이 대막을 물려받게 될 날을 말이다. 한데 생각을 해봐라! 할아버님은 앞으로 1백 년은 더 사실 것이다. 신선초의 힘으로 말이다. 그때가 되면 아버님의 연세는 무려 1백 57세가 된다. 인간이 그때까지 살 수가 있을까? 없다! 제아무리 내공으로 노화를 억누른다고 해도 1백 20년 안팎이 한계이다. 그럼 어떻게 될까? 아버님은 영원히 후계자의 자리에 남아 계시다가 돌아가시게 될 것이다. 또한 나는 어떻게 될까? 아버님의 맏아들인 나는 어떻게 될까? 1백 년 뒤면 나는 1백 28살이 된다. 내가 그때까지 살 수 있을까? 없다. 난 그전에 늙어서 죽을 것이다. 영원히 아버님처럼 후계자의 딱지를 떼지 못하고 말이다. 너는 그런 고통을 알겠느냐? 언젠가 내가 대막을 다스려 지금보다 더 강한 대막으로 만들겠다는 희망으로 살아온 나였다. 그런데 영원히 후계자로 남아서 죽는다면? 내 꿈은 어떻게 되는 것이지? 내가 품어왔던 꿈은 어떻게 되는 것이지?”

여기까지 열변을 토한 무극은 숨이 찬지, 아니면 흥분 때문인지 잠시 말을 중단했다. 그사이 미하의 차가운 말이 울려 퍼졌다.

“그래서인가요? 그래서 반란을 일으키려는 건가요?”

미하의 말에 영우는 반사적으로 미하를 돌아보았다. 반란이라니? 그가 막 미하에게 물어보려고 할 때 무극의 입이 다시 열렸다.

"그렇다, 미하. 어쩔 수 없는 선택이었다. 할아버님이 살아 계신 이상 아버님도 나도 대막의 주인이 될 수는 없으니까."

"어째서죠? 어째서 할아버지가 1백 년 동안 계속 권좌를 누릴 거란 생각을 하는 거죠? 곧 아버지께 권좌를 양위하실 계획인지도 모르잖아요?"

"하하, 너는 그 노인의 욕심을 모르느냐? 그 끝없는 욕심을 모르느냐? 너도 알고 있겠지? 그 노인이 지금 뭐에 미쳐 있는가를 말이다. 그 노인은 20년이 넘게 강기란 허무맹랑한 꿈에 미쳐 있다. 왜냐고? 그 노인은 원하는 건 모조리 가져야 성이 풀리는 사람이니까. 그 노인은 평생을 자신이 원하는 것은 모조리 가져 왔다. 모조리! 그런 그가 쉽게 권좌를 내줄 것이라 생각하느냐? 자신의 생명을 늘리기 위해 신선초까지 먹은 노인네가?"

"그……."

막상 반박을 하려 하니 뭐라 해야 할지 몰랐다. 그녀가 말을 머뭇거리자 무극은 재차 입을 열었다.

"곧 거사가 시작될 것이다. 모든 계획은 완벽하게 준비되어 있다. 그 노인이 죽고 나면 아버님이 대막의 주인이 될 것이다. 그리고 아버님의 다음 대에 내가 대막의 주인이 될 것이다! 하나… 미하… 가슴 아프게 생각한다. 너도 우리의 일에 동참할 수 있었는데… 네가 아버님의 대화를 엿듣고 그 사실을 할아버님께 알리러 가겠다는 말에 난 어쩔 수가 없었다."

"그래서군요? 그래서 친동생인 저를 죽이려고 자객을 보낸 거군요? 그 자객을 오빠가 보냈던 거군요? 아버님도 친딸인 저를 죽이는 데 동참하셨구요!"

절규에 가까운 고함. 미하의 눈엔 어느새 눈물이 흘러내리고 있었다.

"그, 그래서… 그래서 네가 대막을 떠난 거야?"

영우의 목소리는 심하게 떨리고 있었다. 방금 믿을 수 없는 이야기를 들은 까닭이었다. 아들과 손자가 합심해서 할아버지를 죽이려고 하다니… 그리고 할아버지에게 사실을 알리려는 친딸을, 친동생을 죽이려고 자객을 보내다니… 영우가 입을 열자 무극은 미하의 절규를 무시하고 그를 바라보며 말했다.

"사실 영우, 네가 미하를 찾겠다고 떠난 것은 우리에겐 더없이 좋은 기회였다. 처음엔 널 우리의 거사에 끼울까 했었으나 넌 그 노인을 신처럼 떠받들고 있으니 그건 불가능했지. 그래서 넌 우리에겐 눈엣가시 같은 존재였다. 오직 그 노인만의 명을 들으며 강직하기 이를 데 없는 너였으니까."

"내가 미하를 찾으러 온 게 기회란 뜻은?"

영우의 차가운 물음에 무극은 웃으며 대답했다.

"하하, 넌 그 노인의 직속 무력 단체인 흑살대의 대주이다. 그러니 우리가 그 노인을 제거하려 할 때 너는 우리를 방해하겠지. 그래서 널 제거할 기회를 수차례 노려왔었는데 마침내 그 기회가 온 것이다. 게다가 우리의 일을 알고 있는 미하까지 한꺼번에 제거할 수 있으니 더없이 좋은 기회이지."

웃으며 말을 한 그였으나 그 말뜻은 잔인하기 이를 데 없었다. 친동생을 죽이겠다는 뜻이 포함되어 있었으니까. 무극은 다시 입을 열며 손을 들어 올렸다.

"미안한 말이지만 너희들은 여기서 죽어야 한다. 내 야망을 위해서!"

그가 손을 들자 영우와 미하 일행을 에워싸고 있던 황의인들이 저마다 무기를 뽑아 들었다. 그러자 영우의 부하들 또한 저마다 무기를 뽑아 들고 황의인들과 대치 자세를 취했다.

"그게 가능할 거라 생각하십니까, 대공자?"

전신의 내공을 끌어올리며 영우는 차갑게 물었다.

"물론 가능할 거라 생각한다. 흑살대가 제아무리 강하다고 해도 천랑대(天狼隊) 3백이면 충분히 몰살시킬 수 있다. 또한 네가 아무리 낙일검법을 익혔다고 해도 천랑대 2백을 상대하기에는 벅찰 것이다."

"처, 천랑대?"

미하의 찢어지는 고함에 무극은 고개를 끄덕였다.

"그래. 천랑대다. 대막 서열 제2위의 무력 단체, 난 여기에 그 절반인 5백을 데리고 왔다. 이만하면 너희들의 상대로 부족함이 없겠지?"

그의 말이 끝나는 것을 신호로 오백의 천랑대가 영우와 미하 일행을 덮쳐 갔다. 그에 1백의 흑살대가 마주 부딪쳐 갔고 영우와 미하도 무기를 들고 싸움에 끼어들었다. 그렇게 흑죽림에서는 두 번째 전투의 막이 올랐다.

대막천궁에서 흑살대는 서열이 존재하지 않는다. 천존 직속의 개인 무력 단체이기 때문이다. 다만 천존이 직접 무공을 가르친 데다 과거 그들이 해낸 성과를 봐서 대충 5위 안에 들 것이라 짐작하고 있다. 하지만 그 5위 안이라는 것이 흑살대의 숫자가 1백 명뿐인 걸 감안한다면 개개인의 무공은 1, 2위와 별 차이가 없거나 오히려 그들보다 더 뛰어날 것으로 보고 있다. 그리고 그것은 사실이었다. 흑살대의 1백 명은 지금 5백의 천랑대와 대등한 전투를 벌이고 있으니까 말이다. 그들이 팽팽한 대결을 벌일 수 있었던 가장 큰 이유는 바로 영우 때문이었다. 그의 검이 한 번 번쩍일 때마다 반드시 하나 혹은 둘이 피를 뿌리며 쓰러졌다. 낙일검법, 천랑대원들조차 그 악마의 검을 막을 수는 없었던 것이다.

챙챙챙! 펑펑펑!

"으아악!"

"케에엑!"

검과 검이 부딪치는 소리와 요란한 폭음이 쉬지 않고 들려왔다. 그리고 간간이 비명 소리도 들려왔다. 그렇게 시간이 흐르자 이미 바닥에 널브러져 있는 5백의 시체 위로 차츰 새로운 시체들이 쌓이기 시작했다. 대충 그 비율을 보자면, 천랑대원 둘이 쓰러질 때 흑살대원 하나가 쓰러지고 있었다. 영우는 벌써 50명 가까이 죽였다. 하지만 그는 그 대가로 자잘한 상처를 입었고, 체력이 바닥나고 말았다. 게다가 그는 미하까지 보호하는 입장이었기 때문에 더욱 지쳐 가고 있었다. 흑살대원의 숫자는 이제 30명이 채 남지 않았다. 하지만 죽은 70명이 혼자 죽지 않고 끝까지 천랑대원들을 물고 늘어졌기에 천랑대원들 1백 50명 가까이를 죽음의 동반자로 끌어들였다.

삼백 대 삼십.

영우는 절망을 느꼈다. 승산이 없었던 것이다. 최고라 믿었던 그의 수하들, 그들을 막을 수 있는 건 없다고 믿어왔었는데 그 믿음이 산산이 부서지고 있었다. 그와 동고동락을 같이했던 수하들이 대부분 싸늘한 시체가 되어 바닥에 쓰러져 있는 것이다. 전방을 바라보았다. 아직 무극은 움직이지 않은 상태였다. 그저 팔짱을 낀 채 전투를 지켜보고 있을 뿐이다.

“꺄악!”

여자의 비명, 이곳에 여자라고는 미하뿐이다. 그렇다면? 고개를 돌리자 다리에서 피가 뿜어져 나오고 있는 미하가 보였다.

“미하!”

젖 먹던 힘까지 끌어올렸다. 그리고 미하에게 달려가 미하를 공격하는 세 천랑대원들에게 검을 휘둘렀다.

“이아압! 죽어랏!”

희디흰 백광에 세 천랑대원들은 두 토막이 나고 말았다.

“괜찮아?”

“차, 참을 수… 윽! …있어!”

신음을 삼키며 억지로 일어나는 미하를 보며 영우는 분노를 느꼈다.

“이아얍!”

그는 그대로 달려가 다시 싸움판에 끼어들었다. 모조리, 모조리 다 죽여 버리고 싶었다. 그런 영우를 보며 미하는 생각했다.

‘이대로는 승산이 없어… 뭔가 기적이라도 일어나지 않으면…….’

이변은 한쪽 구석에서 시작되었다.

위이잉~ 서걱!

푸른 빛이 번쩍인 순간 천랑대원 넷이 동시에 허리가 잘려져 쓰러졌다.

그것이 시작이었다.

슈우웅!

다시 셋이 토막이 났다. 그제야 누군가를 느낀 천랑대원 셋이 그 누군가에게 검을 휘두르며 돌진했지만 그들은 자신들의 무기와 함께 토막이 나는 것으로 생에 작별을 고했다.

"크아악!"

"케엑!"

푸른 빛이 번쩍일 때마다 두세 명씩의 천랑대원들이 토막이 났다. 갑자기 들려오는 비명 소리에 무극은 그쪽으로 시선을 돌렸다. 그리고 자신의 부하들을 토막 내고 있는 한 사내를 볼 수가 있었다. 그의 검은 새파랗게 빛이 나고 있었다.

'뭐지? 누구지?'

머리가 혼란스러워졌다. 전혀 예상하지 못했던 일이 벌어진 까닭이었다. 지금 이 순간에도 그의 부하들은 쓰러지고 있었다. 벌써 수십 명이 손도 써보지 못하고 쓰러졌다.

'이, 이러다간……'

그는 무슨 수를 써야 한다고 생각했다. 그 생각을 하자마자 그는 크게 외쳤다.

"3분대는 미하를 죽여라! 반드시 미하를 죽여라! 4분대는 저자를 막아라! 3분대가 미하를 죽일 동안 반드시 저자를 막아라!"

미하만 죽으면 음모를 들키지 않을 수 있다. 그의 아버지는 만일의 사태에도 대비를 했었고 지금이 그 만일의 사태였다.

'미하만 죽으면 그 죄를 영우에게 뒤집어씌운다. 영우가 살아 대막으로 간다 해도 그의 말을 믿을 자는 없다. 철저히 그를 죄인으로 몰고 가면 되니까. 그러기 위해선 반드시 미하를 죽여야 한다.'

그의 할아버지인 대막천존은 맺고 끊는 것이 정확한 인간이었다. 그는 분명 영우에게 1년 안에 미하를 데려오라고 했었다. 하지만 미하가 죽었다면? 천존은 영우를 용서하지 않을 것이다. 그에겐 두 번의 기회란 것이 없었다. 한 번 실수하면 그것으로 끝이었으니까. 게다가 무극 자신과 자신의 추종자들이 약간 수작을 부린다면 영우는 그대로 목이 떨어지고 말 것이었다. 그때가 되면 영우가 제아무리 천존을 죽이려는 음모가 있다고 해도 살려고 발버둥 치는 거짓말 정도로 생각할 것이었다. 그러기 위해선 반드시 미하가 죽어야만 했다.

무극의 명령이 떨어지자마자 80명 정도의 천랑대원들이 미하에게로 달려들었다. 하지만 그들은 30명의 흑살대원들에게 막혔고 곧 그들 간의 전투가 벌어졌다. 그사이 나머지 천랑대원들은 최대한으로 위문을 붙잡아두고 있었다. 하지만 위문을 막고 있는 천랑대원들은 빠른 속도로 숫자가 줄어 들어갔다. 위문의 검이 한 번 번쩍일 때마다 반드시 두세 명씩 토막이 났으니까. 무극은 이제 자신이 움직일 때라고 생각했다. 해서 그는 그대로 미하 쪽으로 몸을 날렸다.

영우와 30명의 흑살대원들은 조직적으로 튼튼한 방어 벽을 구축해 천랑대의 공격을 막아내고 있었다. 하지만… 무극이 가세하자마자 그 튼튼한 방어 벽은 삽시간에 무너지고 말았다.

슈악! 퍼펑펑!

무극이 익힌 무공은 사우권(死雨拳)이란 막강한 권법으로 대막천궁의 직계 후계자들에게만 전해지는 비전의 무공이었다. 그의 주먹이 뻗어짐과 동시에 대기를 찢어발기는 날카로운 회오리가 생성되었다. 그리고 그 회오리는 정통으로 흑살대원들의 몸을 휘감았다.

"으악!"

"크으윽!"

세 명의 흑살대원이 순식간에 박살이 나고 말았다. 그것을 본 영우는 재빨리 무극에게 몸을 날리며 마지막 힘을 다해 낙일검법을 전개했

다. 그만 죽이면 그의 부하들은 물러날 것이었다. 그래서 필생의 힘을
다해 검을 날렸다. 무극은 자신에게 날아오는 백광을 보았다. 하지만
그 백광은 그다지 빠르지가 않았다. 영우는 이미 지쳐 있었기에. 무극
의 두 주먹이 반원을 그리며 그대로 백광에 부딪쳐 갔다.

쿠콰콰쾅!

“으윽!”

요란한 폭음이 들리고 영우의 몸이 끊어진 실처럼 허공으로 튕겨 올
랐다. 그의 입에서 뿜어지는 피가 허공에 궤적을 그렸다.

“여, 영우야!”

그걸 본 미하는 미친 듯이 영우에게 달려갔다.

털썩! 쿵!

영우의 몸이 바닥에 내동댕이쳐졌다.

“으윽!”

“괘, 괜찮아?”

영우를 부축해 일으키며 안쓰럽게 물어보는 미하였지만 영우는 대
답 대신 다시 한 모금의 피를 토해냈다.

“우욱! 커컥!”

“여, 영우야…….”

“으윽… 비, 비켜! 어서!”

미하를 거칠게 뿌리치며 영우는 두 발로 버티고 앞을 바라보았다.
전방에 무극이 천천히 걸어오고 있었다. 그의 몸에선 강렬한 살기가
뿜어져 나왔다.

“도, 도망 가! 어서!”

미하는 살려야 했다. 자신이 죽는 한이 있어도 미하만은 반드시 살

려야 했다. 하지만 미하는 도망가지 않았다. 아니, 도망갈 수 없었다. 영우를 두고 그녀 혼자 도망갈 수는 없었다. 어릴 때부터 맘에 들었던 사내였다. 무뚝뚝함 속에 숨겨져 있는 열정을 그녀는 사랑했었다. 그리고 이미 그녀와 영우는 약혼을 한 사이이다. 그녀에게 있어 영우는 앞으로도 언제까지나 함께해야 할 사람인 것이다. 그런 영우를 두고 그녀 혼자 도망갈 수는 없었다. 이렇게 다시 만난 이상 절대 헤어지지 않을 작정이었다. 또한 그들은 서로 지켜준다며 티격태격하기도 했었다. 갑자기 그 생각이 떠오른 미하는 피식 웃으며 영우에게 말했다.

"넌 잊었어? 내가 널 지켜주겠다고 했잖아?"

저벅저벅.

무극이 3장 앞으로 다가왔다. 그는 주먹을 들어 올려 금방이라도 내뻗을 수 있게 준비를 하고 있었다. 그때, 영우는 재빨리 미하를 저 멀리 떠밀었다. 그리곤 소리쳤다.

"내 대답을 잊었어? 내가 널 지켜줄 거라고 했지? 이야얍!"

말을 끝냄과 동시에 영우는 무극에게로 달려갔다. 고갈될 대로 고갈된 체력이었지만 정신력으로 달려간 것이었다. 그러면서 그는 검을 휘둘렀다. 세 살배기 어린애보다도 힘이 없는 그런 검이었다.

"잘 가라, 영우."

슈우우욱!

무시무시한 회오리가 무극의 주먹에서 생성되었다. 그리고 그 회오리는 정확하게 영우의 몸으로 날아들었다.

'끝인가?'

자신에게 날아오는 회오리를 막을 힘이 그에겐 없었다. 조용히 체념하고 눈을 감았다. 마음속으로 '미하가 무사히 도망쳤으면……' 하고 바랐다.

슈우욱!

회오리는 이제 영우의 면전까지 다다랐다. 그대로 둔다면 영우는 죽고 말 것이었다. 한데 그때 누구도 생각지 못했던 이변이 일어났다. 영우에게 떠밀렸던 미하가 영우의 앞을 가로막고 나선 것이었다.

"어릴 때 니가 한 번 날 지켜줬으니, 이번엔 내가 널 지켜줄 차례야. 그래야 공평하잖아. 안 그래?"

슈우우욱!

퍼펑펑!

"까아아악!"

회오리에 정확히 가격당한 미하의 몸은 허공으로 치솟더니 그대로 터져 버렸다. 몸이 수백 조각으로 터져 버린 것이었다. 영우는 환청을 들었다고 생각했다. 죽기 전에 마지막으로 환청을 들은 것이라 생각했다. 하지만 미하의 비명이 들리고 그녀의 몸이 산산조각나는 걸 보면서 그가 들은 말이 환청이 아니었음을 깨달았다. 미하는 자신 대신에 죽은 것이다.

후두두둑.

하늘에서 그의 몸으로 피육이 떨어져 내렸다. 미하의 피육이었다.

"호오, 이거 수고를 덜은 셈인가?"

한가로울 정도로 여유있는 무극의 말이 그의 귓가에 메아리쳤다.

"네, 네놈! 네놈이! 네놈이이!"

눈에 핏발이 섰다. 그의 전부라 할 수 있는 미하가 죽었다. 유일하게 그를 따뜻하게 대해주었던 미하가 죽었다. 그것도 그가 보는 앞에서 그를 구하고 대신 죽었다.

중오에 가득 찬 눈으로 무극을 노려보았다. 눈빛만으로 사람을 죽일 수 있다면 벌써 수십 번은 더 죽였을 만한 중오로 가득 찬 눈으로 말이다. 하지만 무극은 그를 보고 있지 않았다. 그는 고개를 옆으로 돌리고 있었다.

'저자를 막을 수는 없다. 벌써 거의 다 죽었다. 나도 저자의 검을 막기는 불가능할 것이다. 대체 어떤 놈인지는 모르지만 지금 그게 중요한 게 아니지. 어쨌든 목적은 달성한 셈이다. 미하가 죽었으니까. 그럼……'

여기까지 생각한 그는 크게 외쳤다.

"철수한다! 모두 철수한다!"

그의 명령이 떨어지자 남아 있는 1백 50여 명 정도의 천랑대원들이 재빠른 속도로 경공을 전개해 사라지기 시작했다. 그리고 무극도 빠른 속도로 사라져 버렸다.

위문은 '그들을 쫓을까?' 생각했지만 이내 그만두었다. 남아 있는 사람이 더 중요했으니까. 이곳에 서 있는 사람은 그와 영우 둘뿐이었다. 영우의 부하들은 모조리 다 죽음을 면치 못한 것이다. 영우는 바닥에 얼굴을 묻고 흐느끼고 있었다. 그 이유를 위문은 알고 있었다. 그도 미하의 비명을 들었기에.

이때는 그저 가만히 내버려 두는 게 최선이라는 걸 그는 알고 있다. 해서 그는 영우의 근처까지 다가가 더 이상 다가가지 않고 멈춰 서서 그가 진정하기를 기다렸다. 그렇게 멍하니 영우가 진정하기를 기다리자 갑자기 이런 의문이 떠올랐다.

'난 왜 이 싸움에 끼어든 것인가?'

운공 도중에 병장기가 부딪치는 소리가 들려왔었다. 의문이 일었지만 도중에 운공을 멈출 수는 없었기에 재빨리 일주천을 마치고 소리가 들려오는 쪽으로 달려갔었다. 달려가는 그의 몸은 거의 다 나은 상태가 되어 있었다. 한 번의 일주천으로 인해 그의 내상은 거의 회복되었고 검에 베인 외상마저 거의 다 나아버린 것이었다. 그는 이미 내공의 운기만으로도 내, 외상을 치료할 수 있는 경지에 올라 있었으니까. 그렇게 거의 다 나은 몸으로 싸움 장소에 도착했을 때, 미하와 영우 일행이 공격당하고 있는 게 보였다. 그에 그는 그저 도와야겠단 생각에 바닥에 널브러져 있는 검을 하나 집어 들고 전투에 끼어들었다. 사람들을 죽이면서도 분노 같은 건 일어나지 않았다. 그저 이들을 빨리 해치우고 미하와 영우 일행을 구해야 한다는 생각뿐이었다. 생각해 보면 그가 이렇게 맑은 정신으로 사람들을 죽인 것은 이번이 처음이었다. 그전까진 모두 알 수 없는 분노 때문에 자신을 주체하지 못하고 미친 듯이 살인을 했었지만, 이번엔 차분한 마음으로 아무런 감정 없이 사람을 죽인 것이었다. 그것도 수백 명을… 또한, 아무런 죄책감도 일어나지 않았다. 무감각해졌다고 해야 할까? 아니면 익숙해졌다고 해야 할까? 아무런 감흥이 없었다. 흥분도, 심장의 두근거림도, 피의 역류도 없었다.

사소한 것 같지만 큰 문제였다.

하지만 위문은 곧 그 의문을 지워 버렸다. 그리고 깊게 생각해 보지 않았다. 지금 그에게 중요한 건 그런 문제가 아니라 영우가 고개를 들고 있단 것이었으니까.

제22장

술과 친구

술과 친구

"술을…… 할 줄 아시오?"

한참 만에 고개를 든 영우가 처음 한 소리였다. 위문은 술을 마셔본 적이 없었다. 태어나서 단 한 번도. 한 번 마실 기회가 있었으나 결국 마시지 못했었다. 하지만 그는 영우의 눈에서 흐르는 피눈물을 보며 고개를 흔들 수가 없었다. 그는 고개를 끄덕이는 것으로 대답을 대신 했다.

날이 저물었을 때 그들은 한 허름한 객잔에 도착할 수 있었다. 객잔 은 작았다. 그리고 손님도 없었다. 다만 주인 혼자 그들을 반겨줬을 뿐 이다. 아니, 정확히 말하자면 그들이 피를 뒤집어쓴 꼴을 하고 술을 달 라고 하자 냉큼 술 두 단지를 내려놓고 사라졌다는 게 정확한 표현일 것이다. 영우는 술 단지에 바가지를 넣어 술을 가득 담아 단숨에 들이 켰다.

"꿀꺽꿀꺽! 크아아!"

술은 독하기로 유명한 죽엽청(竹葉靑)이었다. 영우가 한 잔을 마시자 위문도 영우처럼 술 단지에 바가지를 넣어 술을 가득 채운 뒤 단숨에 들이켰다.

"크아아! 컥컥!"

목이 찢어지는 것만 같았다. 뜨겁게 타오르는 이 느낌, 단전에서 뜨거운 열기가 치솟았다. 그리고 기분이 좋아졌다.

'이 맛에 술을 마시는 것인가?'

손이 저절로 술 단지 안으로 들어갔다.

"꿀꺽꿀꺽."

그에 질세라 영우도 술을 들이켰다.

"꿀꺽꿀꺽."

그러자 다시 위문이 술을 들이켜고… 그러면 영우가 술을 들이켜고… 그렇게 둘은 말없이 술만 마셔대기 시작했다.

"크크크… 형장… 내 이야기 한번 들어보겠소?"

술 두 단지가 비워지고 다시 새로운 두 단지가 나왔을 때, 굳게 다물려 있던 영우의 입이 열렸다. 그리고 그는 위문의 대답을 듣지도 않고 주절주절 말을 하기 시작했다.

"난 고아라오. 큭큭… 어미가 누군지, 아비가 누군지도 모르는 고아란 말이오. 7살 때던가? 후후, 우연히 한 노인의 눈에 띄어 대막천궁으로 가게 되었소. 그때부터 내 인생이 바뀌었지. 큭큭큭… 미하… 큭큭… 그녀를 처음 봤을 때 난 심장이 멎는 줄만 알았다오. 8살의 눈이 아름다웠던 소녀… 활달하고 천진하기 이를 데 없었던 소녀… 그게 미하였다오… 난, 난… 그녀를 처음 본 순간 한 가지 결심을 했다오. 후

후후… 웃을지도 모르지만 난 그녈 꼭 내 여자로 만들겠다고 다짐했
소. 꼭 말이오. …그때부터였을 거요. 내가 무공이란 것에 미치기 시작
한 것은… 대막은 힘이 지배하는 곳이라오. 힘이 모든 것을 말해 주는
곳이지. 난 힘이 있으면 그녀를 차지할 수 있을 거라고 생각했소. 후후
후… 우린 어릴 때부터 곧잘 같이 놀곤 했다오. 대부분 그녀가 날 억지
로 끌고 다닌 것이지만… 난 차갑고 무뚝뚝한 사람이라오. 내가 익힌
무공 탓도 있겠지만 천성이 그런가 보오… 하지만, 하지만 말이오…
미하, 그녀와 함께 있을 때면 난 다른 사람이 되었소. 그녀의 활달한
말투와 거침없는 행동, 자유 분방한 몸짓이 날 그렇게 만든 것이라오…
그건… 후후후… 사랑이었소. 그래, 사랑이었소… 한 소년의 가슴에
사랑이 생겨난 것이었소… 난 열아홉에 흑살대의 대주가 되었다오. 파
격적인 승진이었지. 그리고 난… 미하와… 약혼을 하게 되었다오… 약
혼을 말이오… 큭큭큭… 그때 내가 얼마나 기뻤는지 형장은 모를 것이
오… 남몰래 방에서 춤을 출 정도였으니까… 미하… 미하… 내 사랑
미하… 난 그녀를 위해서라면 뭐든 할 용기가 있었다오. 뭐든 말이
오… 그만큼 그녀를 사랑했던 거라오… 큭큭… 한데 그녀가 갑자기 실
종되었소. 갑자기… 난 그 이유를 몰랐지. 어제까지만 해도 나와 활짝
웃으며 이야기를 나누던 그녀가 갑자기 실종되다니 말이오… 대공자,
아니, 무극! 그리고 천왕! 그들이 미하를 죽이려고 했다니… 큭큭… 난
그것도 모르고 미하가 나와 혼인하는 게 싫어서 도망친 건 아닌지 상
심했다오… 내가 싫어서 도망친 건 아닌가 하고 말이오… 큭큭큭… 젠
장! 빌어먹을! 왜! 넌 왜 그런 바보 짓을 했냔 말이야! 도대체 왜! 흐
흑… 네가 죽으면 난, 난… 난 어떻게 살라고… 네가 죽으면 난… 너
하나만을 위해 살아온 나였는데… 네가 죽으면 난 어떻게 하라

고……."

와장창!

마지막에 절규를 토하며 영우는 술 단지를 바닥에 내동댕이쳤다. 그리고 그는 두 주먹을 불끈 쥐고 얼굴을 탁자에 묻었다.

"흐흐흐흑……."

오열… 그의 몸이 주체할 수 없을 정도로 떨려왔다. 불끈 쥔 두 주먹에선 피가 새어 나오고 있었다. 너무 세게 쥔 탓이다. 위문은 그런 영우에게 아무런 말도 건넬 수가 없었다. 그저 그 모습을 지켜보고만 있을 따름이었다.

그렇게 얼마나 시간이 흘렀을까? 흐느끼던 영우는 자신을 추스르고는 고개를 들었다.

"형장, 고맙소. 내 이야기를 들어줘서 말이오."

진심이었다. 그는 이렇게 속 시원히 속마음을 이야기한 적이 없었다. 이렇게 속 시원히 이야기를 다 하자 기분이 어느 정도 나아진 것 같았다.

"하면… 이제 어떻게 하실 작정입니까?"

위문의 물음에 영우는 한참을 가만히 있더니 굳은 표정을 지었다. 그리고 결의에 찬 음성으로 대답했다.

"돌아갈 것이오, 대막으로! 가서 반드시 미하의 복수를 할 것이오! 반드시! 반드시 미하의 혈채를 갚아줄 것이오!"

영우의 결의에 찬 표정을 보며 위문은 약간 씁쓸해져 왔다. 그래서 자조적으로 말했다.

"후후, 그래도 형장은 목표가 확실히 있군요. 복수할 대상도 확실히 있고 말이오."

그의 말에서 영우도 씁쓸함을 느낀 것일까? 그는 물었다.

"형장의 말은 무슨 뜻이오?"

"난… 누구에게 복수해야 하는지 모른다오… 내 여인이 죽었건만 난… 누구에게 복수해야 하는지도 모른다오… 그리고 또 한 여인은 지금 어디에 있는지, 어디서 무얼 하고 있는지도 모른다오……."

이 남자도 자신과 비슷한 괴로움이 있음을 영우는 느끼고 있었다. 그래서 그는 술이 가득 든 바가지를 들어 올렸다.

"…어찌 보면 우린 처지가 매우 비슷하구려. 자, 한잔 듭시다."

"그렇군요… 좋습니다."

둘은 동시에 술을 들이켰다. 그리고 누가 먼저랄 것도 없이 웃음을 터뜨리기 시작했다.

"하하하하……."

"하하하하……."

눈물을 감추기 위한 사나이들의 슬픈 웃음…….

그렇게 밤은 깊어가고 있었다.

*　　　*　　　*

"으웩! 웩! 으웨엑!"

"야, 너 왜 그래?"

단리설지는 한다정의 등을 토닥여 주며 짜증스럽게 외쳤다. 그러자 다정은 오히려 설지에게 물었다.

"우웩! 너, 넌 아무렇지도… 않아?"

"넌 사내자식이 이깟 것 가지고 토하고 난리냐?"

“이, 이깟 거 우웨에엑! …라니! 이런 시체의 바다를 보고도 넌… 아무렇지도 않단 말야?”

“좀… 놀랍긴 하지만 너처럼 토하고 난리 칠 정도는 아니다, 뭐!”

“…….”

설지의 말에 무안함을 느낀 다정은 급히 고개를 들었다. 그리고 입에 묻어 있는 토사물을 닦아냈다. 여인인 설지가 이토록 태연한데 사내인 자신이 너무 오두방정을 떨었다는 것을 이제야 느끼기 시작했기 때문이었다. 하지만 그는 아직도 눈앞의 광경에 익숙해지지가 않았다. 적어도 수백 구의 시체들이 그의 눈앞에 널려 있었으니까. 하나 설지는 뭐가 그리도 즐거운지 웃음을 터뜨렸다.

“호호홋! 역시 중원은 재미있는 곳이란 말야. 북해에서라면 이런 일은 상상도 못할 텐데.”

그녀의 말에 다정은 발끈해서 외쳤다.

“뭐가 재미있어? 이렇게 많은 사람들이 죽었는데… 이 사람들 모두 친구가 있을 거고, 가족이 있을 거고, 또 혼인을 했다면 아이도 있을 거고, 부인도…….”

다정이 주절주절 말을 늘어놓자 설지는 그의 말을 중단하며 외쳤다. 그가 이렇게 나오면 질질 짤 거란 사실을 그녀는 경험을 통해 알고 있었기 때문이었다.

“그만! 이들은 무인들이야. 무인이 싸우다 죽는 것은 당연한 거라구.”

“다, 당연하다고 해도 우리 북해에서라면 적어도 시신은 묻어주잖아? 근데 이렇게 시체를 방치하다니… 중원인들은 너무 몰인정한 것 같아.”

"헛소리 그만 하고 가던 길이나 가자. 더 있다간 네가 시체를 다 묻어주고 가자고 하겠다."

그녀의 말에 다정은 놀라서 말을 더듬으며 말했다.

"너, 너 그, 그럼… 이 시체들을 그, 그냥 내버려 두고 갈 생각이었어?"

'아이구, 골이야.'

설지는 마음속으로 탄식을 터뜨렸다. 자기들과 아무런 상관도 없는데다 그 숫자도 어마어마하지 않은가? 근데 다정은 이들을 다 묻어주고 갈 생각을 하고 있다니… 그때 그녀는 무슨 생각이 들었는지 즐겁게 웃으며 말했다.

"호호호, 그래. 넌 이런 시체들을 그냥 내버려 둘 수 없겠지?"

"그, 그렇지. 적어도… 묻어는 줘야……."

"호호, 그래. 그럼 넌 이 시체들을 묻어주라구. 난 내 갈 길을 갈 테니까."

말을 끝내자마자 설지는 다정을 쳐다보지도 않고 급히 뒤로 돌아서서 걸어가기 시작했다. 그런 그녀의 모습에 다정은 잠시 갈등했다. 하지만 갈등은 잠시였다. 시체들도 중요했지만 그에겐 설지가 더 중요했으므로.

"가, 같이 가. 설지야!"

다정은 재빨리 설지가 걸어가고 있는 방향으로 달려갔다.

"아, 다리 아파."

설지가 길을 걸으며 자신의 다리를 문지르자 다정은 기다렸다는 듯이 외쳤다.

“그러기에 누가 말을 돌려보내라고 했어?”

“야, 이미 지나간 일 갖고 시비 걸지 마.”

“시, 시비가 아니라 사실이 그렇잖아? 말만 있었어도 이렇게 고생하지는 않을 거잖아.”

설지는 중원에 와서 며칠 동안 말을 데리고 있다가 바로 다정의 말과 함께 북해로 돌려보내 버렸다. 이유는 걸어다니며 중원의 모든 곳을 자세히 구경하고 싶다는 것이었다. 지금 와서 후회하는 설지였지만 막상 다정의 잔소리를 듣게 되자 짜증이 났던지 벌컥 소리를 질렀다.

“내 말에 찬성한 게 누군데? 너도 내가 말을 돌려보내고 걸어가자고 하니까 찬성했잖아!”

“아, 아니… 난 그, 그냥… 그냥… 네가 너무 힘든 것 같아서…….”

설지의 고함에 다정은 주눅이 들었는지 기어 들어가는 목소리로 말했다. 그에 설지는 쐐기를 박았다.

“그러니 앞으로 말 이야기는 하지 마. 알겠어?”

“…어. 어? 근데 너 지금 어디로 가고 있는 거야?”

다정은 설지가 이상한 방향으로 걸어가자 다급히 물었다. 설지는 귀찮다는 듯이 말했다.

“보면 몰라? 날도 저물었으니 객잔에서 쉬어야지.”

“근데 왜 이 길로 가?”

“뭐가?”

“저기, 저기 좀 봐.”

다정은 손가락으로 어느 한 곳을 가리켰다. 설지는 다정이 가리킨 곳을 보고는 심드렁한 말투로 물었다.

“저게 왜?”

“저게 왜라니? 이왕 객잔에서 쉬려면 크고 깨끗한 데서 쉬어야 하잖아? 유운객잔(流雲客棧). 벌써 이름부터 고급스럽잖아?”

“그래서?”

여전히 심드렁한 말투. 그에 다정은 흥분하여 씩씩거렸다.

“그래서라니? 그럼 당연히 저곳으로 가야지. 넌 왜 이 길로 가고 있는 거야?”

다정의 흥분한 모습을 보며 설지는 한숨을 푹 내쉬며 손가락을 들어 올렸다.

“휴우… 너 저기 보여?”

“그래.”

“저기 뭐가 있어?”

“허름하고 다 낡아 빠진 객잔.”

“우린 여기 왜 왔지?”

“여, 여행…….”

“그럼 넌 여기까지 여행 와서 북해에도 있는 저런 고급 객잔에 묵을래? 아니면 사람 냄새가 풀풀 풍기고 중원의 평범한 사람들을 볼 수 있는 저 허름한 객잔에 묵을래?”

그녀의 말에 다정은 당연하다는 듯 외쳤다.

“그, 그야 당연히 저 고급스런 객잔에…….”

“그래? 그럼 넌 저 고급스런 객잔으로 가. 난 저 허름한 객잔에 갈 테니까. 안녕.”

다정의 말을 더 듣기 싫은 듯 설지는 재빨리 허름한 객잔 쪽으로 달려갔다. 다정도 할 수 없이 땅이 꺼져라 한숨을 내쉬며 설지가 달려간 쪽으로 달려갔다.

"설지야, 같이 가."

"하하하하~"
"하하하하하~"
허름한 객잔으로 다가가자 사내들의 웃음소리가 들려오기 시작했
다. 그 소리를 음미하던 설지는 다정의 옆구리를 찌르며 빙긋 웃었다.
"봐, 벌써 분위기부터 다르잖아. 안 그래?"
"그, 그래도… 영……."
"원래 여행의 묘미란 게 이런 거야. 저런 허름한 곳이야말로 그 지
방 사람들의 삶을 볼 수 있는 거거든."
"…에휴."
다정의 한숨을 뒤로하고 설지는 객잔으로 다가갔다. 그때 그런 그녀
의 후각에 비릿한 향기가 맡아졌다.
'혈향!'
향기가 맡아진 순간 그녀는 걸음을 멈추었고 다정 역시 피 냄새를
맡았기에 멈춰 섰다. 피 냄새는 저 객잔 안에서 흘러나오고 있었다.
"우, 우리… 딴 곳으로 가자."
괜히 사건에 말려들기 싫은 다정이 설지를 잡아끌었지만 설지는 그
런 그의 손을 뿌리쳤다.
"호홋! 뭔가 재미있는 일이 기다리고 있을 것 같은걸?"
그녀가 중원으로 여행을 온 목적이 뭐였던가? 바로 따분한 일상에서
의 탈출이 아니었던가? 해서 그녀는 중원에 온 이상 뭐든지 겪어보고
싶었다. 여러 가지 일들을 말이다. 그러니 이번에도 놓칠 수는 없었다.
그녀는 성큼성큼 걸어서 객잔 안으로 들어갔고 그녀의 뒤를 따라 다정

이 투덜거리며 따라 들어갔다.

그들이 객잔에 들어와서 느낀 것은 우선 역겨울 정도로 비릿한 피 냄새였다. 그리고 또 한 가지는 썰렁하다는 것이었다. 그리 크지 않은 객잔이었지만 이곳에 있는 사람은 그들을 제외하고는 단 두 사람뿐이었다. 한쪽 구석 탁자에 마주 보고 앉아 있는 두 명의 사내. 그들의 탁자엔 이미 술 동이들이 널려 있었고, 그들은 미친 듯이 웃고 있었다. 다정은 그들을 보자마자 인상을 찌푸렸다. 그들은 머리끝에서 발끝까지 온통 피로 덮여 있는 데다 역겨운 피 냄새가 그들에게서 흘러나오고 있었기 때문이다. 흡사 핏물을 뒤집어쓴 듯했다. 그는 재빨리 설지의 옷자락을 잡으며 속삭였다.

"우리, 여기서 나가자."

"싫어."

하지만 설지는 짧게 거절하고는 성큼 두 사내에게로 다가가 그들의 바로 옆 탁자에 자리를 잡고 앉았다. 그에 질세라 다정이 설지의 옆에 자리를 잡았고, 그가 앉자마자 설지가 크게 외쳤다.

"주인, 여기 주문받아요."

그녀의 목소리가 꽤 컸건만 아무도 나오지 않았다. 또한 두 명의 사내들 역시 그녀를 거들떠보지도 않고 여전히 웃으며 술을 마시기만 했다. 반응이 없자 그녀는 더욱 큰 소리로 외쳤다.

"아무도 없어요? 주문받으라니까요?"

그녀의 고함이 있고 나서 잠시 뒤, 주방 뒤에서 웬 사내가 빼꼼이 얼굴을 내밀었다. 그의 눈은 '어떤 미친년이?' 라고 말하고 있었는데 상대가 허리에 검을 찬 여인이라는 것을 보고는 조심스레 밖으로 나왔다. 그는 설지에게 다가가 조심스레 물었다.

"뭘… 드릴깝쇼?"

"으음… 이 집에서 잘하는 게 뭐죠?"

"지, 지금은 밤이라… 오리탕밖에 안 되는뎁쇼?"

"흐음… 그럼 오리탕 두 그릇과 술은 뭐가 있죠?"

"죽엽청과 국화주가 있는뎁쇼?"

"그럼 죽엽청 한 병, 국화주 한 병."

"예, 예."

그는 천천히 나온 것에 비해 들어갈 때는 순식간에 들어가 버렸다. 그런 그의 등에 대고 설지는 한마디 덧붙였다.

"빨리 주세요, 우린 배가 고프거든요."

"예, 예."

그때 피를 뒤집어쓴 사내 중 하나가 미친 듯이 웃으며 설지를 손가락으로 가리키고는 마주 보고 있는 상대에게 침을 튀길 정도로 거칠게 소리쳤다.

"하하하하, 바로 저랬소! 그녀가 저랬단 말이오! 그녀도 언제나 자기가 음식을 시키고 모든 걸 자기 마음대로 했단 말이오. 하하하하. 난 가만히 앉아서 그녀가 시킨 걸 먹으면 되는 거였지. 하하하하."

그러자 마주 보고 있던 사내가 역시 미친 듯이 웃으며 대답했다.

"하하하하, 나도 그랬습니다. 아설은 언제나 내게 '이거 먹어라, 저거 먹어라' 했으니까 말입니다. 하하하하."

그들의 말에 설지보다 다정이 발끈해서 일어나 외쳤다.

"당신들은 지금 소생을 모욕하는 것이오?"

하지만 그의 말에 대답하는 이는 없었다. 피를 뒤집어쓴 두 사내는 다시 웃음을 터뜨렸다.

"하하하하, 나도 저랬다오. 내가 가만히 있고 미하가 모든 주문을 하니까 어떤 놈들이 사내가 쥐여산다고 하면서 비웃더란 말이오?"

"하하하, 그래서 어쨌습니까?"

"하하하하, 놈들을 그냥 모조리 죽여 버렸소이다. 난 그때 모욕을 받았다고 생각했으니까 말이오. 하하하, 물론 그들을 죽이고 나서 미하에게 며칠 동안을 쥐어뜯겼지만 말이오. 하하하하."

"하하하, 그랬군요. 하하하하."

"하하하, 저 친구는 나보단 한참 나은 사람이구려. 난 바로 검을 뽑아 들고는 상대를 덮쳤는데 저 친구는 그래도 우선 말이라도 건네니 말이오. 하하하하."

"하하하하, 그것도 그렇군요."

이들의 대화에 어이가 없어지는 다정이었다. 하지만 모욕을 받은 이상 이대로 물러설 수는 없었기에 그는 호기있게 다시 외쳤다.

"당신들은 내 말이 들리지 않소?"

말을 하며 그는 약간 살기를 내뿜었는데 두 사내는 꿈쩍도 하지 않고 서로 웃으며 술을 마시기만 할 뿐이었다. 이 황당한 사태에 다정은 황급히 설지를 바라보았다. 그의 눈은 도움을 요청하고 있었는데 설지는 그저 어깨를 한 번 으쓱해 보이며 이내 고개를 돌려 버렸다. 여기서 제대로 하지 못하면 설지가 더욱 그를 우습게 볼 것이었다. 해서 다정은 한 발짝 앞으로 걸어가며 더욱 살기를 내뿜었다.

"일어서시오. 모욕을 받은 이상 이대로 참을 수는 없소. 그대들이 사나이라면 내 결투를 받아들여야 할 것이오."

자신이 생각해도 멋있는 말이었기에 다정은 내심 흐뭇해져서 설지를 돌아보았다. 역시 설지도 다정의 말에 감동을 받은 듯 두 눈을 초롱

초롱하게 빛내고 있었다. 더욱 힘을 내며 다정은 두 사내를 노려보았다. 그러자 두 사내 중 한 사내가 일어났다. 그는 여전히 웃고 있었는데 웃으며 다정에게 말을 건넸다.

“하하하, 죄송합니다. 우린 당신을 모욕할 생각이 없습니다. 그저 우리들끼리의 대화일 뿐입니다. 그러니 그만 화를 푸시죠. 하하하하.”

하며 그는 핏물로 뒤덮인 손을 들어 다정의 오른쪽 어깨를 가볍게 툭툭 쳤다. 그리고는 다시 자기 자리로 가서 앉았다. 이 사태에 다정은 어쩔 줄 몰라 하며 급히 설지를 바라보았다. 이런 경우에 어떻게 해야 하는지 전혀 몰랐기 때문이었다. 다정의 눈빛을 받은 설지는 가만히 있을 순 없다고 판단했는지 차갑게 말을 내뱉었다.

“흥! 중원인은 다 이렇게 무례한가요?”

“하하하, 무례라뇨?”

“그렇지 않으면요? 처음엔 내 행동을 가지고 트집을 잡더니 이젠 내 일행의 옷을 더럽히기까지 하는군요. 이게 무례가 아니면 뭔가요?”

아닌 게 아니라 다정의 오른쪽 어깨엔 핏물로 손자국이 선명하게 새겨져 있었다. 더구나 술도 조금 섞인 듯 술 냄새도 풍겨지고 있었다. 그녀의 앙칼진 말에 두 사내는 다시금 웃음을 터뜨렸다.

“하하하, 이거 낭패로군.”

“하하하, 그러게 말입니다. 이럴 줄 알았으면 형장이 나서게 하는 건데 말입니다. 졸지에 중원인을 무뢰한으로 평가하게 만들었으니. 하하하하.”

“하하하, 그게 무슨 소리요? 내가 나섰으면 우리 대막인이 무뢰한으로 불려질 뻔했잖소?”

“하하하, 그게 그렇게 되는군요. 하하하하.”

이유야 어찌 됐건 설지는 태어나서 처음으로 자신의 말이 씹혔음을 느꼈다. 여태껏 그녀의 말을 씹은 사람은 아무도 없었는데 오늘 이 허름한 객잔에서 핏물을 뒤집어쓴 사내들에게 무참히 씹힌 것이었다. 당연 설지는 발끈해 자리를 박차고 일어났다. 그리고 외쳤다.

"흥, 내 말이 대답할 가치도 없단 건가요?"

그녀의 흥분에 놀란 것은 두 사내가 아니라 다정이었다. 그는 급히 설지의 옷자락을 잡았다.

"설지야……."

"놔. 이런 무뢰한들에겐 따끔한 맛을 보여줘야 한다구!"

그녀는 차갑게 외치며 두 사내를 도전적으로 바라보았다. 그 살기 풀풀 날리는 차가운 모습에 두 사내는 처음으로 낭패한 기색을 떠올렸다.

"으음… 큰일이구려."

"뭐가 말입니까?"

"미하가 저런 부류라 내가 그 성격을 조금 안단 말이오."

"그래서요?"

"저런 부류가 한 번 화가 났다 하면 끝장을 보는 성미거든요."

"으음… 하면 어떻게 하지요?"

"방법은 두 가지인데……."

"뭡니까?"

"하나는 화가 풀릴 때까지 맞아주거나, 아니면 절대적인 힘을 보여줘 스스로 질려 버리게 하는 거요."

"하면 어떤 방법이 좋겠습니까?"

"내가 미하의 성격을 잘 알아서인데 첫 번째 방법은 아무래도 힘들 것 같소. 아마 우리를 두들겨 패는 데 그칠 것이 아니라 아예 죽어 버리릴 것 같으니까 말이오."

"형장의 말은……?"

"으음… 두 번째 방법이 좋은데… 알다시피 난 지금 부상자란 말이오. 그러니……."

"하하하, 알겠습니다. 그럼 내가 나서야 하겠군요."

"하하, 아마 형장이라면 질려 버리게 할 수가 있을 거요."

미하는 두 사내의 대화를 그저 듣기만 했다. 너무 황당했기에 말이다. 그녀의 말을 다시 씹은 데다 대화 내용이 너무 가당찮은 것이었기 때문이었다.

'절대적인 힘을 보여줘 스스로 질려 버리게 한다구?'

그녀가 누군가? 북해에서 거의 적수가 없을 만큼 강한 무공을 소유하고 있는 그녀가 아닌가? 빙궁의 장로들조차도 한 수 접고 들어가는 것이 그녀의 무공이었는데, 절대적인 힘?

다정의 얼굴은 이제 시뻘겋게 붉어져 있었다. 그도 사내들의 대화 내용을 들었기 때문이었다. 평생 이 같은 모욕은 받아본 적이 없었다.

"도, 도저히 말로는 통하지 않는 자들이군!"

"흥! 내 오늘 따끔한 맛을 보여주겠어!"

다정과 설지는 동시에 살기를 내뿜으며 허리춤을 끌러 검을 검집에서 뽑아냈다.

스르르릉!

차가운 한기를 발하며 두 자루의 검이 뽑혔다. 그 모습을 보며 그중 한 사내, 위문은 천천히 몸을 일으켰다. 그리고는 주위를 둘러보았다. 그의 눈에 탁자 위에 널브러져 있는 젓가락 하나가 들어왔다.

"흐음, 이게 좋겠군."

그는 망설임없이 젓가락을 집어 한 손에 들었다.

'미, 미친 자식!'

설지는 황당한 마음에 속으로 욕을 퍼부었다. 저딴 나무젓가락을 들고 무슨 배짱인지 알다가도 모를 일이었다. 그 모습에 다정은 상대가 너무 술에 취했다고 생각하고는 급히 말했다.

"형장! 이건 장난이 아니오. 그대가 아무리 술에 취했다고 해도 우린 모욕을 받았소. 그러니 손속이 날카롭다고 해도 원망하지 마시오!"

그는 큰 소리로 말해 사내의 정신을 차리게 하려고 했다. 아무래도 술 취한 사내를 공격하는 것은 도리에 어긋나는 일인 것 같았기에 말이다. 하지만 위문은 여전히 젓가락을 들고 비틀거리며 한 걸음 앞으로 내딛었다.

"흥! 내 손속이 잔인! 하다… 고오……. 워어언……."

위이이잉~

설지의 목소리가 점점 가늘어졌다. 그것은 사내가 들고 있는 젓가락에서 변화가 일어나기 시작했기 때문이었다. 젓가락에 푸른 빛이 돌기 시작했다. 그러더니 그 푸른 빛이 점점 길어지기 시작했다. 더구나 푸른 연기가 그 푸른 빛을 감싸기 시작했다. 황홀할 정도의 푸른 빛, 그 빛은 막대기 형상으로 3척 정도로 늘어났다.

"거! 거, 거, 거, 거, 거, 거, 검강! 거, 검강!"

사정없이 떨리는 목소리로 다정이 외쳤다. 그와 동시에 그의 검이 서서히 아래로 내려오기 시작했다. 그것은 설지도 마찬가지였다. 검을 들고 있는 사람치고 검강을 모르는 이는 단 한 명도 없었다. 풍문으로도 한 번쯤은 들어본 무학이 검강이란 것이었으니까. 더구나 상대는 아무런 초식도 쓰지 않았다. 그저 가만히 있는데 젓가락에서 검강이 생성된 것이었다. 그 말은 초식에 구애받지 않고 검강을 썼다는 것. 그녀 역시 검강에 관한 전설을 잘 알고 있었다.

'초식을 넘어선 진정한 강기, 의지만으로 만들어지는 진정한 강기. 그것을 얻는 자 고금제일인이라 불리리라.'

여기까지 생각이 미친 순간 그녀의 검은 다정과 마찬가지로 슬그머니 아래로 내려가기 시작했다. 그녀와 다정이 함께 덤빈다 해도 이길 수 없음을 직감적으로 느끼고 있었기 때문이다. 그런 그녀의 귀에 위문의 음성이 들려왔다.

"하하, 우린 그저 소저가 우리의 여인들과 너무도 성격이 닮은 것 같아서 그랬던 것뿐입니다. 소저나 형장을 모욕할 생각은 전혀 없었습니다. 그러니 그만 화를 푸시는 게 어떨는지요?"

여기서 뻗대면 저 보기만 해도 소름이 끼치는 푸른 막대기가 그들을 토막 낼 것임을 그들은 잘 알고 있었다. 해서 설지는 더듬거리며 그 말을 수락했다.

"그, 그러죠. 하지만 정식으로 사과해 주세요! 옆의 친구 분도 함께요."

아무리 겁이 나더라도 할 말은 하고 마는 그녀였다. 그녀의 말에 다정이 위문의 눈치를 보며 걱정했지만 위문은 웃으며 영우에게 말을 건넸다.

"하하, 형장. 아무래도 사과를 해야 끝이 날 것 같소만……."

"하하, 그렇군요. 그럼."

영우는 웃으며 자리에서 일어났다. 그리고 설지를 보며 포권을 취해 보였다.

"소생은 서문영우라 합니다. 소저나 형장에게 모욕을 줄 생각은 없었습니다. 그러니 화를 푸시기 바랍니다."

그의 사과가 끝나자 위문은 강기를 거두며 다시 사과의 말을 건넸다.

"소생은 위문이라 합니다. 저 역시 소저나 형장에게 모욕을 줄 생각은 없었습니다. 화를 푸시지요."

그들의 사과가 끝나자 설지와 다정도 마주 포권을 취하며 사과에 응했다.

"저는 단리설지라고 해요. 두 분의 사과를 받아들이죠."

"저는 한다정이라고 합니다. 저 역시 두 분의 사과를 받아들이겠습니다."

그렇게 일이 일단락되자 설지가 한 가지 제의를 해왔다.

"이렇게 만나게 된 것도 인연인데 우리 합석하는 게 어떻겠어요?"

그러자 영우가 난처한 기색을 떠올렸다.

"하하, 하지만 보시다시피 저희의 행색이 이 모양이라……."

설지는 개의치 않는다는 투로 대답했다.

"괜찮아요. 그다지 나쁘지는 않은데요, 뭘."

"한 가지 물어봐도 될까요?"

"예, 뭐가 궁금하십니까?"

"두 분의 행색이 왜 그 모양인지 궁금해서요."

"으음……."

설지의 말에 영우가 얼굴을 굳혔다. 다시 미하의 죽음이 떠올랐기 때문이었다. 그것을 안 위문은 설지에게 말했다.

"그건 저희들의 사적인 일이라 말하기가 곤란하군요."

단호한 말이었다. 그에 설지는 그 대답을 들을 수 없음을 느끼곤 화제를 바꾸어 위문에게 물었다.

"호호, 그럼 그건 묻지 않도록 하죠. 한데 좀 전 위 소협이 쓴 것이 검강이 맞나요?"

"하하, 그렇습니다. 놀라게 해드렸다면 사과드리겠습니다."

"아, 아니에요. 전 그저 어떻게 전설로 불려지고 있는 무공을 위 소협이 쓸 수 있는가 해서요."

"전설?"

의문스런 위문의 말에 설지는 황당하다는 표정을 감추지 않으며 말했다.

"그, 그럼 그 무공이 어떤 건지 모르고 계신단 말이에요?"

"검강이 전설적인 무공이란 말입니까?"

전혀 모르겠다는 표정이다. 그에 영우가 대신 대답하고 나섰다.

"하하, 단리 소저가 놀란 것도 무리는 아니오. 나 역시 형장이 검강을 쓰는 것을 보고 놀랐으니까 말이오."

"하하, 내 검강이 놀랍다고 하나 난 형장의 그 무시무시한 낙일검법이 더 놀랍소이다. 지금도 그 백광을 생각하면 온몸에 소름이 끼치니 말이오."

"하하하, 과찬이오."

그때 설지가 저도 모르게 소리쳤다.

"낙일검법!"

"야, 왜 그래?"

다정이 조심스럽게 묻자 설지는 경악으로 굳어진 얼굴을 하고 천천히 입을 열었다.

"태양마저 베어버린다는 악마의 검객… 대막 1만 마적단을 부하 1백과 함께 단 하루 만에 몰살시켜 버린 낙일검객, 그가 쓴 무공이 바로 낙일검법. 흰 백광이 번쩍인 순간 상대는 영문도 모른 채 죽고 만다는 악마의 검… 그 검을 막을 수 있는 것은 존재하지 않는다고 전해지는……. 그렇다면 당신이?"

그녀의 마지막 말은 영우를 가리키고 있었다. 그에 영우는 쑥스러운 듯 말했다.

"하하, 이거 소저의 칭찬에 몸 둘 바를 모르겠소이다."

자신이 낙일검객임을 시인하는 말이었다. 그에 설지는 경악으로 아무 말도 하지 못했다.

'세상에… 하나는 전설적인 무공을 익힌 자요, 다른 하나는 악마의 검법을 익힌 자라니…….'

전신에 소름이 돋았다. 만약 그녀가 좀 전 이들과 싸웠다면 그 결과는 안 봐도 알 것 같았다. 보나마나 그와 다정은 차디찬 시체가 되어 있겠지…….

"험험, 그럼 두 분 다 엄청난 고수셨군요."

다정이 약간은 주눅이 든 표정으로 말하자 영우가 무슨 말이냐는 투로 대답했다.

"하하, 형장 역시 보통이 아니면서 왜 그런 말을 하시오? 다른 이는 몰라도 나는 형장이 자신의 무공을 감추고 있음을 느끼고 있소이다. 아마 나에 비해 뒤질 것 같지 않아 보이는군요. 하하하하."

흠칫!

영우의 말에 다정은 흠칫 놀라며 재빨리 설지의 눈치를 살폈다. 설지는 다정이 왜 놀라는지, 또 왜 자신의 눈치를 살피는지 잘 알고 있었지만 일부러 그런 다정의 행동을 모른 척했다. 하지만 다정은 설지가 그의 비밀을 알고 있다는 것을 몰랐기에 그녀가 깊게 생각하지 못하도록 급히 얼버무렸다.

"하하, 과찬이십니다."

"하하, 그리고 북해제일미(北海第一美)의 위명에 비한다면 제 명성은 보잘것없는 것이지요."

영우의 말에 설지는 기절할 정도로 놀랐다. 자신의 신분에 관해서는 한마디도 하지 않았는데 영우가 눈치를 챘으니 말이다.

"어, 어떻게……."

그때 가만히 있던 위문이 영우에게 물었다.

"북해제일미?"

"하하, 그렇소이다. 이제야 생각이 나는군요. 북해제일의 미녀. 북해빙궁 궁주의 하나뿐인 여식이자 얼음 꽃의 미녀라고도 불리는 여인, 그 여인의 이름이 아마 단리설지라고 하는 것 같았소이다."

그의 설명에 위문은 호탕한 웃음을 터뜨렸다.

"하하하, 이거 정말 보기 드문 인연이군요. 중원인과 대막인과 북해인까지 이렇게 한자리에 모이다니 말입니다. 하하하하."

"하하하, 그러고 보니 그렇군요. 하하하하."

영우가 따라 웃었고 설지와 다정도 그 분위기에 합세해 같이 웃음을 터뜨렸다. 그렇게 네 명의 남녀는 밤이 새도록 서로 웃으며 대화를 나누었다.

제23장

화수수란 여인

화수수란 여인

영우는 새벽녘에 홀로 떠났다. 위문은 그에게 치료라도 하고 가라고 타일렀지만, 영우는 그저 미소만 지어 보인 채 길을 떠났다. 그의 길이 험난함을 위문은 알고 있었다. 그 혼자의 힘으로 대막천존의 시해 음모를 밝혀야 하고, 대막천왕과 선우무극에게 미하의 혈채를 받아내야 했다. 말은 안 하지만 힘들 것이었다. 위문은 영우에게 도움을 주고 싶었으나 그가 낄 자리가 없음을 알고는 마음을 거두었다. 영우의 일은 그 누구도 대신해 줄 수 없었다. 오직 그만이 해야 하는 일이었다. 왠지 사라져 가는 영우의 뒷모습이 쓸쓸해 보인다고 생각했다.

'힘내시오, 당신의 곁엔 언제나 미하 소저가 지켜보고 있음을 알 것이오. 힘내시오… 난 이 말밖엔 해줄 수가 없구려……'

그의 곁엔 두 명의 남녀가 역시 영우를 배웅하고 있었다. 어젯밤에 알게 된 설지와 다정이었다. 영우가 저 멀리 사라지자 설지가 위문에게 물었다.

"위 소협, 이젠 어쩌실 거죠?"

"저도 가야지요, 화산으로."

"그전에 뭔가 빠진 것이 없으세요?"

"빠진 거라뇨?"

설지는 말없이 위문의 아래위를 훑어보았다. 그녀의 눈길을 따라 위문도 자신의 아래위를 훑어보았고, 곧 설지의 말뜻을 깨달을 수 있었다.

"하하, 아무래도 좀 씻어야 하겠군요."

그의 얼굴엔 아직까지 피가 덕지덕지 발라져 있었다. 그리고 옷도 피가 말라붙어 봐줄 수 없을 정도로 변해 있었다.

"하면, 기다려 주시겠습니까?"

"하하, 우린 식사를 하고 있을 테니 천천히 씻고 나오시지요."

"고맙습니다."

그들과는 화산까지 같이 동행하기로 했다. 설지와 다정 역시 화산으로 가는 길이었으니까. 설지는 중원에 오자마자 비무대회가 열린다는 소식을 듣고는 그 길로 다정을 이끌고 화산으로 길을 재촉했었다. 그러다 만난 것이 위문이었다. 그러니 그녀로서는 그와의 동행을 거절할 이유가 없었다. 아니, 그녀가 먼저 동행을 제의했으니까. 위문은 씻으러 객잔의 이층으로 올라가고, 다정과 설지는 탁자에 앉아 서로 이야기를 나누며 식사를 즐겼다.

그로부터 한 식경 뒤, 위문은 몸을 다 씻고 점원이 가져다 준 허름한 흑색 장삼을 입고 내려왔다. 그는 일층으로 내려오며 다정과 설지를 바라보았는데 그들은 자신을 보며 멍한 표정을 짓고 있었다.

"하하, 소생의 얼굴에 뭐가 묻기라도 했습니까?"

그들에게 다가가 말을 건네자 그들은 그제야 정신을 차리고는 멍한 표정을 거두었다.

"허, 험험."

다정은 무안한지 헛기침을 해댔고, 설지는 붉어진 얼굴을 감추기 위해 고개를 돌려 버렸다. 위문은 이들이 왜 이런 반응을 보이는지 처음엔 몰랐으나 곧 그 이유를 깨닫고는 뒤에 있는 점원을 불렀다.

"점원."

"예, 예."

그의 부름에 점원은 잽싸게 튀어 왔고 위문은 그에게 은자를 건네며 말했다.

"가서 얼굴을 다 가릴 수 있을 정도로 큰 죽립을 하나 사 오게나."

"헤헤, 알겠습니다. 조금만 기다리십쇼. 잽싸게 다녀오겠습니다."

점원은 은자를 거머쥐고 재빨리 밖으로 달려갔고 위문은 의자에 앉았다.

"위, 위 소협이 이렇게 잘… 생기신 줄은 몰랐군요……."

설지가 말을 더듬으며 수줍게 말하자 위문은 미소를 지으며 대답했다.

"하하, 칭찬으로 받아들이겠습니다."

그런 위문을 보며 다정은 내심 걱정에 휩싸이기 시작했다.

'나보다도 더 강한 고수에 더 잘생긴 얼굴. 게다가 사내답고 품위까지 있다. 이러다간…….'

그의 불안도 무리는 아니었다. 모든 걸 비교해 봐도 그가 저 사내보다 나은 점을 발견할 수는 없었으니까. 또한 지금 설지는 저 사내를 호기심 가득한 눈으로 바라보고 있으니까 말이다.

"한데 죽립은 왜 사 오라고 시키신 거죠? 죽립으로 가리고 다니기엔 그 얼굴이 너무 아깝다고 생각하는데요?"

너무도 당차고 노골적인 질문이었다. 하지만 위문은 다시 웃으며 대답해 주었다.

"하하, 쓸데없는 소란에 말려들기는 싫어서라고 할까요."

"아아~ 예에~"

그도 그렇겠다는 생각이 들었다. 저 얼굴을 드러내고 다니면 여자들로 인해 피곤해질 것 같았으니까.

"하하, 그건 그렇고 두 분은 화산에 무슨 일로 가시는 겁니까?"

자신의 얼굴 이야기를 더 하고 싶지는 않았기에 위문은 화제를 바꾸어 물었다. 그러자 설지가 기다렸다는 듯이 그의 말을 받았다.

"호호, 당연히 비무대회에 구경을 가는 거죠. 중원의 고수들은 어떤 무공을 쓰고 있는지 궁금해서 미칠 지경이에요. 한데 위 소협은 화산에 왜 가시는 거죠?"

"하하, 그게……."

잠시 말을 머뭇거리며 그는 고민에 빠졌다. 이들에게 사실대로 말해야 할지, 아니면 대충 얼버무려야 할지를 가지고 말이다. 그의 고민은 짧았다. 구태여 이들에게 자신의 개인적인 일을 말하고 싶은 생각은 들지 않았으니까.

"…저도 여러분과 마찬가지로 비무대회 구경을 가는 길이랍니다."

그의 말에 설지와 다정은 그러려니 하고 넘어갔고 그들은 계속 대화를 나누었다.

그로부터 한 식경 후 죽립을 쓴 위문과 설지, 다정은 객잔을 나서서 화산이 있는 방향으로 길을 걸어가기 시작했다.

*　　　　*　　　　*

　부들부들부들…….
　자그마한 쪽지를 쥐고 있는 두 손이 사정없이 떨리고 있었다. 믿을
수 없는 보고, 방금 그걸 접했기 때문이었다.

　　〈실패, 그의 그림자는 육백이었음.
　　전원 사망. 적은 사백 오십이 죽었음.
　　내당당주 행방불명, 그를 추적 중임.〉

　짧은 내용, 하지만 그것이 가져다 주는 파문은 엄청난 것이었다.
　'전원 사망, 전원 사망, 전원 사망…….'
　종리화의 머리 속에 이 글귀가 메아리쳤다.
　'도대체 어떻게 이런 일이… 전원 사망이라니! 전원 사망이라니…
소림의 3명뿐인 용등제자 중 하나인 미불, 아미 절진 사태의 둘째 제자
의성(意星), 무당 구대장로 중 한 명인 소허자(邵虛子), 화산오검 중 셋
째인 낙화검 마진우… 아아… 그런 명성이 자자한 고수들을 대거 투입
했는데, 무림공적을 처단할 때보다도 더 많은 수의 고수들을 투입했는
데, 그런 지나치게 많은 숫자를 동원했는데, 개개인이 다 일류고수들인
데…….'
　휘청.
　다리에 힘이 풀렸다. 종리화는 재빨리 옆의 탁자에 손을 받치고 다

리에 힘을 주었다. 다행히 쓰러지진 않았으나 여전히 머리가 어지러웠다.

털썩.

그러다 그녀는 더 서 있기가 힘들었던지 의자에 주저앉았다.

'생각을 해보자, 생각을! 종리화! 생각을 해보자.'

그녀는 머리를 두 손으로 지근지근 누르며 차분히 생각을 하려고 애썼다.

'우린 육백을 보냈어. 구파, 오대세가, 군소방파의 떨거지들. 떨거지들 팔십을 제외한다고 해도 사백이십. 가히 파천의 힘이라고 할 수가 있어. 육백이라고? 위문의 그림자가 육백이었단 말이지? 그렇게 많은 인원이 움직이는데 어떻게 우리의 정보망에 걸려들지 않았지? 아아, 가슴이 갑갑해지는구나. 도대체 사파는 얼마나 많은 힘을 길렀단 말이야? 오백 대 육백으로 붙어서 이길 정도라니… 구파와 오대세가의 사백 이십이 사파 육백을 맞서 싸우는 동안 위문이 군소방파 떨거지들을 모조리 죽이고 육백의 숫자에 합세한다? 그럼? 그의 무공은 상상을 초월하는 것이니 그렇다면 가능성이 있었겠군… 애초에 그의 무공을 계산하지 않은 게 패인이었어. 그리고 그의 그림자들이 육백씩이나 됐다는 것을 몰랐던 것도 패인이었고… 아아… 이 사실을 알리긴 알려야 하는데… 도저히 발걸음이 떨어지질 않는구나……'

탄식을 터뜨리며 종리화는 천천히 방문을 열고 밖으로 나갔다. 소식이 들어왔으니 수뇌들에게 알리긴 해야 했으니까.

*　　　*　　　*

뚜두둑.

"아하암~ 아이고, 삭신이야……."

기지개를 켜다가 뭔가 잘못됐는지 허리를 두들기며 다정은 죽는 소리를 해댔다. 그러자 먼저 일어나 있던 설지는 급히 다정에게 달려가 그의 허리를 두들겨 주었다.

"야, 너 왜 그래? 어제까진 멀쩡했잖아?"

퉁명스럽긴 하나 걱정이 잔뜩 묻어 있는 목소리였다.

"아야야, 좀 살살 해. 잠을 잘못 잤나 봐."

"여기, 여기 아파? 여기?"

"아, 아니. 좀, 좀 더 아래."

"여기?"

"아악! 그, 그래 거기. 거기. 아악!"

"좀 참아, 근육이 좀 늘어난 것 같으니까. 으이그, 이 푼수."

"아악! 아, 아프다니까."

두 남녀의 실랑이를 보며 위문은 흐뭇한 미소를 지었다. 너무도 보기 좋은 모습이었기에. 그리고 두 남녀의 끈끈한 정을 느낄 수 있는 모습이었기에.

'사랑이란 저런 것이겠지… 훗훗.'

아련히 예청과 예설의 모습이 떠올랐다. 그녀들도 설지만큼이나 그를 사랑해 주었다. 그는 그런 그녀들의 사랑을 느낄 때마다 한없이 행복했었다. 한없이… 그때 그의 상념을 깨는 목소리가 들려왔다.

"헤헤, 너도 꽤 안마를 잘하는데?"

"흥! 이번 한 번만이야. 다음엔 국물도 없어. 알겠어?"

"알았어, 조심할게. 이렇게 산에서 자는 건 처음이라 그런 것뿐이야.

걱정 끼쳐서 미안해.”

“흥, 알았으면 조심해. 특히 그… 허리는 말야. 알겠어?”

얼굴이 붉어진 것은 왜일까? 다행히 다정은 그녀의 말뜻을 눈치 채지 못한 것 같았다.

“알았어, 조심할게.”

그는 그저 그렇게 대답했을 뿐이니까. 그때 위문의 목소리가 들려왔다.

“하하, 두 분 이쪽으로 오시지요. 요기는 해야 하지 않겠습니까?”

그들은 위문 쪽으로 다가가 간단한 음식으로 배를 채웠고, 곧 짐을 챙겨 일어났다.

“위 소협, 화산까지는 얼마나 남았죠?”

“아마… 경공을 쓴다면 천관이 열리기 전엔 도착할 수 있을 겁니다.”

“그래요? 그럼 어서 가요.”

3명은 나란히 경공을 전개해 앞으로 달려갔다.

두두두두두… 멀리서 말 발자국 소리가 들려왔다. 귀를 바닥에 댄 채 땅의 진동을 느끼고 있던 전삼(田三)은 고개를 들어 옆의 소칠랑(小七郎)에게 말을 건넸다.

“형님! 먹이가 옵니다. 어떡할까요?”

“우선 준비해 놓고 있어. 그리고 내가 소리치면 하는 거야.”

“소리치지 않으면요?”

“그럼 당연히 안 하는 거지.”

“장육(張六), 두팔(杜八)! 들었지? 어서 건너편으로 가.”

전삼이 나직이 소리치자 두 사내가 건너편으로 가서 몸을 숨겼다.

두두두두…….

소리가 점점 더 크게 들려왔다. 전삼은 손에 더욱 힘을 주어 밧줄을 움켜잡았다. 그러자 소칠랑도 전삼의 옆에 서서 그가 잡고 있는 밧줄을 같이 움켜잡았다. 이들이 잡고 있는 밧줄의 다른 쪽 끝은 반대 편에 몸을 숨기고 있는 장육과 두팔이 잡고 있었다. 그리고 소칠랑이 소리치면 넷은 동시에 밧줄을 끌어당길 것이었다. 그럼 밧줄은 팽팽해지고 달려오는 말은 그 밧줄에 걸려, 쿠당탕!

그 뒤 멋지게 등장해,

"가진 것 다 내놔라! 그럼 목숨만은 살려준다! 아하하하하!"

하고 호기있게 외칠 것이었다. 이게 그들 산적 사인방의 오랜 수법이었으니까.

두두두두…….

말은 한 필이었다. 더구나 말 위엔 아리따운 여인이 혼자 타고 있었다.

'흐흐흐, 이게 웬 떡이냐?'

소칠랑은 입맛을 다시며 말이 더 가까이 다가오기를 기다렸다.

두두두…….

이윽고 말이 사정거리에 이르자 그는 잽싸게 소리쳤다.

"당겨!"

밧줄이 삽시간에 팽팽해졌다. 말 위에 타고 있던 여인은 밧줄을 발견했으나 이미 늦은 뒤였다.

이히히힝! 쿠당탕!

"꺄아악!"

언제나 그랬던 전개가 펼쳐졌다. 말은 바닥에 대가리를 처박고 쓰러졌고 그 위에 타고 있던 여인은 저 멀리 나가떨어졌다.

"흐흐흐, 애들아, 가자!"

소칠랑의 말이 떨어지기 무섭게 산적 사인방은 숲에서 튀어나와 여인 쪽으로 달려갔다.

"으으으……."

여인은 신음을 흘리며 바닥에 쓰러져 있었다.

"크헤헤헤, 간만에 몸 보신 좀 하겠구나."

"헤헤헤, 형님. 저희한테도 돌아오는 거죠?"

"헤헤, 당연한 것 아니냐? 내가 먼저 시식할 테니 너희는 나 다음에 하도록 해라."

"헤헤헤, 역시 형님밖에 없습니다. 케헤헤."

소칠랑을 필두로 산적 사인방은 음흉한 미소를 지으며 여인에게로 다가갔다.

"아, 아흑! 다, 당신들은 누, 누구죠?"

그들의 목소리를 듣고 여인은 상체를 들었다. 하지만 다리를 다친 듯 일어나지는 못하고 있었다. 여인의 얼굴을 보는 순간 소칠랑은 그 자리에 얼어붙고 말았다.

'간밤에 돼지꿈을 꿨더니… 이런 횡재가 있나! 꾸울꺽!'

너무도 아름다웠다. 평생 이토록 아름다운 여자는 본 적이 없었다. 약간 초췌한 빛을 띠고 있긴 했으나 그것마저 여인의 미색을 더욱 돋보이게 만들 뿐이었다.

"혀, 형님. 지, 진짜 저희한테도 너, 넘겨주시는 거죠?"

전삼이 떨리는 목소리로 소칠랑에게 재삼 확인하고 나섰다. 그도 여인의 얼굴을 봤기 때문이었다. 하지만 소칠랑은 대답하지 않고 여인에게로 다가가 음흉하게 외쳤다.

"헤헤헤, 이곳을 지나려면 통행세를 내야 한다. 헤헤헤, 그러니 자, 순순히 따라올래? 아니면 몇 대 맞고 따라올래?"

노골적으로 눈에 색기(色氣)를 드러낸 채 묻는 흉악하게 생긴 사내를 보며 여인 화수수는 그만 소름이 끼치는 것을 느꼈다.

'아윽!'

다리에 엄청난 통증이 느껴졌다. 아무래도 뼈가 부러진 것만 같았다.

'여기서 이렇게 보낼 시간이 없는데… 어서 빨리 가야 하는데…….'

그녀는 상대를 한 번씩 훑어보았다. 모두 네 명, 그다지 무공이 강한 자들 같지는 않았다. 저 정도 사내들이라면 앉아서도 처리할 수 있을 것 같았다.

'빨리 해치우고 가자.'

그녀는 마음속으로 결심을 하고는 검 자루를 움켜잡았다.

"헤헤헤, 내 말이 안 들리느냐? 이 어르신들을 따라가자꾸나. 헤헤헤헤."

소칠랑은 수수에게로 한 손을 내밀었다. 그리고 내민 손으로 수수의 얼굴을 만지려고 했다. 그 순간 수수는 검을 뽑아 소칠랑을 죽이려고 했다. 하지만 그전에 어디선가 낭랑한 목소리가 들려왔다.

"멈춰! 협녀(俠女)가 등장하신다."

슈슈슉.

말이 끝남과 동시에 한 여인이 수수의 바로 옆에 모습을 드러내었다. 협녀를 자처하며 한껏 자신감을 드러내고 있는 여인이었다.

‘아, 아니! 이건 또 웬 떡이냐?’

소칠랑은 여인이 어떻게 나타났는지도 잊고 그 여인의 미색에만 관심을 보였다.

“흐흐흐, 이 어르신이 간밤에 돼지꿈을 꿨더니 이렇게 좋은 일이 생기는구나. 흐흐흐, 얘들아, 저년을 잡아라.”

그의 동생들 정도면 저 여인을 잡을 수 있을 거라고 생각했다. 그의 말이 떨어지자 그의 동생들은 여인에게로 달려갔고 그와 동시에 세 명은 달려가던 기세 그대로 반대로 날아가 버렸다.

“으악!”

“케엑!”

한줄기 비명과 함께.

“뭐야? 뭐가 이렇게 시시해?”

여인은 오른손을 들고 있었는데 상대가 너무 쉽게 당하자 어이없어하는 것 같았다.

‘헉! 이제 보니 고수였잖아!’

그제야 정신이 든 소칠랑. 뒤를 바라보자 그의 동생들은 쓰러진 채 일어나질 못하고 있었다.

‘그, 그럼… 방법은 한 가지다. 튀자!’

결심한 순간 그는 재빨리 여인과 반대 편으로 죽어라 뛰어갔다. 하지만 여인의 손이 그보다 한 박자 빨랐다.

“어딜!”

슈슉! 퍼펑!

“케에엑!”

산적 소칠랑은 그렇게 생에 작별을 고했다. 그리고 산적들을 쓰러뜨린 여인 설지는 바닥에 앉아 있는 여인에게로 다가가 말을 건넸다.

"괜찮아… 요?"

'젠장! 괜히 구해줬나?

여인의 얼굴을 본 순간 그녀에게 든 생각이었다. 여인은 자기만큼이나 예뻤으니까. 어쨌든 그녀가 그렇게 묻자 수수는 감사의 말을 건넸다.

"감사해요. 절 구해주셔서요. 윽!"

"괜찮아요?"

"아, 아니. 괜찮아요. 다리가 좀 삐끗했나 봐요."

하며 그녀는 억지로 일어나려고 했는데 설지가 그걸 말렸다.

"아니, 그렇게 억지로 일어나려고 하지 말아요. 우선 상처를 좀 봐요."

"…예."

설지가 막 수수의 상처를 보려고 할 때 어디선가 탄식이 들려왔다.

"에휴… 하루라도 사건에 휘말리지 않으면 어디 병이라도 나나?"

"하하, 그래도 불의를 보고도 그냥 지나치는 것보단 낫지 않습니까?"

흠칫!

수수의 고개가 반사적으로 휙 돌려졌다. 잊을 수 없는 목소리를 들은 까닭이었다. 그녀의 눈에 점점 다가오고 있는 두 명의 사내가 보였다. 한 사내는 순진하게 생긴 미남자였고, 다른 한 사내는 얼굴을 다 가릴 정도로 큰 죽립을 쓰고 있었다. 수수의 눈은 그중 죽립 사내에게 고정되었다.

저 체구, 저 분위기. 또한 그는 밖에 나올 땐 언제나 얼굴을 가리고 다닌다. 그렇다면?

그녀의 머리가 재빨리 회전하기 시작했다. 그가 어떻게 흑죽림을 빠져나온 것인지는 모르나 지금은 그게 중요한 게 아니었다. 그가 지금 다가오고 있단 것과 기억을 잃었다는 것, 그리고 그녀가 그를 좋아하고 있다는 것이 머리 속에 떠오르면서 그녀의 두뇌는 맹렬히 회전하기 시작했다. 그리고 그가 가까이 다가오자 그녀의 머리에는 한 가지 야무진 계획이 만들어졌다.

"이, 이, 이… 이럴 수가… 위 대가!"

그녀는 믿지 못할 광경을 본 것처럼 몸을 부르르 떨며 위문을 애타게 불렀다. 그에 위문은 소리가 들려온 쪽으로 고개를 돌렸고 곧 바닥에 앉아 있는 수수를 볼 수 있었다.

'헉! 그녀가 어떻게 여기에!'

수수의 얼굴을 알아본 그는 놀라 제자리에 걸음을 멈추었다. 그러자 설지는 당황한 마음에 수수에게 물었다.

"어? 저분을 알고 있어요?"

하지만 수수는 그녀의 말에 대답하지 않고 대신 흐느끼기 시작했다.

"<u>흐흐흑, 흐흐흐흑……</u>."

"이, 이봐요. 도대체 왜……."

설지는 더욱 당황해 수수의 어깨를 붙잡고 그녀를 진정시키려고 했다. 우선 진정을 시켜야 대답을 들을 수 있을 테니까. 그러는 사이 위문과 다정이 그녀에게로 다가왔다. 그에 설지는 위문에게 물었다.

"위 소협, 이분을 알고 있나요?"

설지의 물음에 위문은 망설였다. 그는 분명 수수를 알고 있다. 하지만 그는 기억을 잃은 것으로 되어 있었기에 아는 척하기는 곤란했다.

"아, 아닙니다. 처음 보는 분인데……."

"흐흐흑… 이럴 수가… 설마 설마 했는데… 이럴 수가… 흐흐흐흑……."

위문의 부정에 수수는 더욱 크게 흐느꼈다. 그러자 위문은 당황한 마음에 수수에게 물었다.

"소, 소저는 저… 를 알고 계십니까?"

그의 말이 끝나기 무섭게 수수는 절규하기 시작했다.

"저를 모르신단 말이에요? 저를요? 정말 저를 모르신단 말이에요? 흐흐흐흑……."

신파극 같은 분위기에 한껏 짜증이 난 설지는 수수를 향해 빽 고함을 내질렀다.

"이봐요! 그렇게 울지만 말고 천천히 설명을 해봐요. 당신이 사람을 잘못 본 것일 수도 있잖아요!"

"내가 잘못 본 것이라뇨? 꿈에라도 잊을 수 없는 저 목소리를 어떻게 내가 잊을 수가 있단 말이에요? 위 대가, 정말 제가 기억나지 않으세요?"

'난처하게 됐군.'

그녀가 도대체 왜 저러는지 알 수는 없으나 참으로 곤란한 일이었다.

"전 정말 당신을 모릅니다. 사람을 착각하신 것은 아닙니까?"

하며 그는 자신이 쓰고 있는 죽립을 벗었다. 그러자 황홀할 정도의 아름다운 얼굴이 드러났고, 그 얼굴을 바라보는 수수는 더욱 서럽게 흐느꼈다.

"마, 맞아요… 흐흐흐흑… 위 대가가 맞아요… 기억을 잃으셨다고 하더니… 그게 정말이었군요… 그게 정말이었어요… 흐흐흑……."

배우 뺨치게 연극을 하는 수수였다.

"그러니까 소저가 제… 정혼녀라구요?"

"…예."

"하하, 뭔가 오해가 있는 것 아닙니까? 제 정혼녀는 사예청이라는……."

"아니에요! 그건 위 대가가 잘못 알고 계신 거예요!"

"제가 잘못 알고 있는 거라뇨?"

"위 대가의 정혼녀는 저예요. 사예청은 위 대가를 이용하기 위해 그들이 만든 가짜라구요."

"하하… 무슨 말씀인지……."

"하긴… 기억을 잃으셨으니……."

그때 가만히 옆에서 듣고 있던 설지가 끼어들었다.

"제가 끼어도 될까요?"

"아뇨, 죄송해요. 이건 저희들의 일이에요."

그렇게 수수가 잘라 거절했지만 설지는 개의치 않고 말을 이어갔다.

"그러니까 대충 요약해 보면 위 소협은 기억을 잃은 상태고, 수수 소저는 위 소협이 기억을 잃기 전에 정혼한 정혼녀이다. 대충 그런 건가요?"

"그래요."

"으음… 복잡하군요. 끼어들어서 죄송해요. 그럼 계속 얘기 나누세요."

그녀는 그 말을 끝으로 다정에게로 걸어갔고 다시 위문과 수수는 대화를 하기 시작했다.

"정혼녀라… 죄송합니다, 너무 갑작스런 일이라……."

"흐흐흑… 저만은 잊지 않았을 거라 믿었었는데……."

"죄, 죄송합니다. 저는 소저의 말대로 과거를 기억하지 못합니다. 정말 죄송합니다."

"흐흐흑……."

"하면 저는 과거에 어떤 사람이었습니까?"

"위 대가는… 저희 화산파의 문하이셨어요. 아버님의 총애를 받던 분이셨죠. 그래서 저와 정혼까지 한 것이구요……."

"……."

내색하진 못했지만 위문은 이 황당한 사태에 어떻게 대처해야 할지 난감했다. 그녀는 지금 분명 거짓말을 하고 있다. 그건 확실했다. 하지만 왜 이런 거짓말을 하는 것인지 도무지 알 수가 없었다. 정말 자신을 좋아해서 이러는 건지, 아니면 무슨 음모가 있는 건지 말이다.

'으음… 도대체 왜 이런 짓을 하는 걸까? 어쨌든 지금은 그녀가 하는 대로 내버려 두는 수밖에 없을 것 같다. 내가 과거를 기억하고 있다는 사실은 아무도 알아서는 안 되는 것이니까. 또, 어쩌면… 그녀를 이용해 아청을 찾을 수도 있겠지.'

예청은 정파에서 데리고 있을 것이었다. 그리고 화산의 어딘가에 가 두어져 있을 것이었다. 수수는 화산파 장문인 화중문의 하나뿐인 딸이 다. 그러니 잘만 하면 그녀를 이용해 예청이 가두어져 있는 곳을 알아 낼 수도 있을 것도 같았다.

"제가 화산파의 문하였다구요?"

"그래요, 아주 촉망받는 무사셨죠. 하지만 그 간악한 자들이 위 대가를……."

"저를… 어떻게 했다는 말씀입니까?"

"저, 저는 잘 몰라요. 다만 그들이 위 대가의 기억을 잃게 만들었고, 지금 위 대가를 이용하고 있단 것밖에는요. 자세한 건 아버님이 알고 계세요. 아버님께 가시면 다 말씀해 주실 거예요."

"으음… 그렇다면 소저의 아버님을 한번 만나봐야 할 것 같군요. 어차피 지금 화산으로 가고 있는 길이었으니까요."

위문의 말에 수수는 떨 듯이 기뻤다. 그가 자신의 말을 믿고 있다는 생각이 들었기 때문이다. 그녀의 아버지라면 위문의 과거를 자세하게 꾸며낼 수 있을 것이었다. 그렇게만 되면 그녀와 그는 혼인하여 같이 살 수 있을지도 몰랐다. 대충 일이 마무리 지어지자 위문은 저 멀리 떨어져 있는 설지와 다정을 불렀다. 그들이 다가오자 그는 그들에게 말했다.

"저는 사실 몇 달 이전의 기억이 없답니다. 한데 이분이 제 과거를 알고 있는 듯하여 이분과 동행을 해야 할 것 같습니다. 두 분은 괜찮으시겠습니까?"

그의 물음에 다정은 흔쾌히 고개를 끄덕였고, 설지도 못 이기는 척하며 고개를 끄덕였다. 그녀는 여인 특유의 직감으로 뭔가 이상함을 느끼고 있었지만 딱 꼬집어 그게 뭐라고는 말하기 힘들었기에 수수와 동행하며 차차 알아볼 생각을 하고 있었다.

"한데 수수 소저는 다리가 부러진 듯한데 걸을 수 있을까요?"

다정이 묻자 그에 설지가 대답하고 나섰다.

"내가 접골을 했으니 한 이틀 정도만 있으면 나을 거야. 문제는 그 이틀 동안 움직이지 못한다는 거지."

"그럼……."

다정이 말을 잇지 못하자 위문이 웃으며 문제를 해결해 주었다.

"하하, 아무래도 제가 수수 소저를 업어야 할 것 같군요. 지금부터 부지런히 움직여야 화산에 천관이 열리기 전에 도착할 수 있을 테니까요. 괜찮을까요?"

그는 마지막 말을 하며 수수를 돌아보았는데 수수는 못 이기는 척 살포시 고개를 끄덕이며 대답했다.

"…예."

*   *   *

"다시… 한 번 말씀해 주시겠습니까?"

사내는 이글거리는 눈으로 전면의 태사의에 앉아 있는 두 노인을 올려다보며 되물었다. 그의 눈엔 의혹과 불만이 가득 담겨 있었는데 그건 다름 아니라 두 노인의 말이 그를 자극시켰기 때문이었다. 그의 물음에 왼쪽의 흑의노인이 대답했다.

"아미파의 일을 비무대회가 끝날 때까지 막아달라고 했네."

그의 말이 끝나기 무섭게 사내는 외쳤다.

"이제 와서 그게 무슨 소리십니까? 제가 그 일에 얼마나 많은 시간과 공을 들였는지 누구보다 잘 알고 계시지 않습니까?"

"……."

그의 외침에 두 노인은 말이 없었다. 그에 사내는 말을 이어갔다.

"제 명령만 떨어지면 아미파가 금붕문 내당당주와 그의 수하들에 의해 괴멸당했다는 소문이 삽시간에 중원 전역에 퍼질 것입니다. 그러면 정파 측에선 비무대회를 중단하고 그 사건을 조사하려고 할 것이고, 그에 마도는 비무대회를 강행하려고 할 것입니다. 그러면 자연 두 세력 간의 알력이 발생할 것입니다. 또한 아미파의 괴멸이 금붕문 내당당주의 소행으로 확인되면 정파는 그간 쌓아놓았던 분노가 폭발해 마를 핍박할 것이고, 그에 마 역시 사예설의 죽음과 그 외 저희의 공작으로 인해 쌓여 있던 분노가 폭발할 것입니다. 그러면 두 세력은 크게 맞붙게 될 것입니다. 아마 서로 양패구상할 것이 분명합니다. 분열되어 있는 정파는 한데 뭉칠 것이고, 마도는 위문이란 전무후무한 초강고수를 앞세워 서로 끝장을 보려고 할 것이니까요. 한데, 이제 와서 그 소문을 막으라니요? 그간의 일을 모두 포기하라니요?"

사내가 왜 불만을 터뜨리는 것인지 두 노인은 너무도 잘 알고 있다. 하지만 노인들도 물러설 수는 없었다. 사내의 불만에 오른쪽의 적의노인이 자신들의 말을 설명하기 시작했다.

"우린 자네가 왜 그렇게 분노하고 있는 줄 잘 아네. 하지만 그 일은 비무대회가 끝난 뒤에도 얼마든지 할 수가 있지 않은가? 그때 가서 정, 마를 이간질해도 늦지는 않을 것이네."

그의 말이 끝나자 왼쪽의 흑의노인이 덧붙였다.

"더구나 우리에겐 아직 다른 계획들이 있지 않은가? 우린 자네가 이중 삼중으로 계획을 만들었음을 알고 있다네. 그러니 아미파의 일은 우리의 뜻대로 하도록 하세."

사내는 갈등했다. 그동안 혼신의 노력을 다해 심혈을 기울인 계획이 이렇게 두 노인의 말 한마디로 허무하게 사라져 갈 운명에 처한 것이었으니까. 하지만 여기서 굳이 대립을 할 필요는 없다는 생각이 들었다. 그에겐 두 노인이 무엇보다 필요했기 때문이다. 아니, 두 노인이 가지고 있는 힘이 필요했다. 그 힘이 있었기에 그는 자신이 만든 계획을 실행할 수 있었고, 이렇게 한 걸음씩 목표에 접근할 수 있었으니까. 또한, 너무 아쉽긴 하지만 노인들의 말대로 그에겐 아직 남은 계획들이 많이 있었기 때문이다. 하지만 사내는 이것만은 알아야겠다고 생각했는지 입을 열었다.

"휴우… 두 분의 뜻이 정 그러시다면 그렇게 하도록 하겠습니다. 아미파의 일은 비무대회가 끝난 뒤 알려지도록 조치를 취하겠습니다. 역시… 두 분 소주님들도 영웅제일좌라는 자리를 탐내고 계시는 거겠지요?"

"으음……."

"험험."

사내의 말에 두 노인은 정곡을 찔린 듯 신음과 헛기침을 터뜨렸다. 두 노인의 반응으로 사내는 두 노인에게 압력을 가한 것이 그 어린 두 녀석임을 알 수가 있었다. 아미파의 괴멸이 중원 전역에 퍼지면 비무대회는 흐지부지될 가능성이 컸다. 그러면 비무대회에 출전한 상태인 그 녀석들은 영웅제일좌를 차지할 수가 없게 될 것이었다.

'빌어먹을 꼬마 놈들! 내가 그토록 심혈을 기울인 계획을!'

하지만 사내는 자신의 분노를 겉으로 드러내지 않으며 우선은 그 문제를 덮어두기로 하였다. 이 일은 차후에 갚아주면 되는 것이었으니까. 그는 한 번 숨을 고른 뒤 화제를 바꿔 다음 문제로 넘어가 두 노인에게 물었다.

"하면 사예설에 관한 것과 사예청에 관한 계획, 교환 건에 대해선 예정대로 진행해도 되겠습니까?"

흠칫!

그러자 적의노인이 움찔하며 옆의 흑의노인을 바라보았다. 흑의노인 역시 적의노인을 마주 바라보았으며 두 노인은 잠시 서로의 눈을 응시한 채 말이 없었다.

"두 분, 왜 그러십니까? 뭐가 잘못되기라도 하였습니까?"

사내가 묻자 적의노인은 반사적으로 사내에게 시선을 돌리며 뭔가 생각하는 듯하더니 곧 천천히 입을 열었다.

"아니, 아무 일도 아니네, 그 건은… 예정대로 진행하도록 하게나."

"알겠습니다. 그럼 그렇게 알고 이만 물러가겠습니다."

뭔가 의아한 감이 있긴 했으나 사내는 개의치 않고 정중히 노인들에게 포권을 취해 보이고는 그 자리를 빠져나갔다. 그에겐 지금 해야 할 일이 있었다. 자신의 계획을 수정해야 하고 앞으로 일을 어떻게 진행해야 할지를 생각해야 했다. 해서 그는 두 노인의 잠시 드러났던 변화를 깊게 생각해 보지 못했다.

그렇게 사내가 사라지자 장내엔 한동안 침묵이 감돌았다. 두 노인은 아무런 말도 하지 않은 채 석상처럼 앉아 있었다. 그렇게 얼마나 지났을까? 흑의노인이 침묵을 깨고 적의노인에게 물었다.

"으음… 자네의 결심은 변하지 않았나?"

"그건 내가 물어볼 말인 것 같군. 자넨 정말 후회하지 않을 텐가?"

"허허허, 난… 후회하지 않을 것이네."

"…나 역시 후회는 없네."

어느 허름한 장원에서 일어난 일이었다.

제24장

달[月]과 얼음[氷]

달[月]과 얼음[氷]

거짓말을 듣는다는 것은 여간 찝찝한 일이 아니다. 더구나 자신이 뻔히 알고 있는 사실을 거짓말로 꾸며내는 것을 듣고 있노라면 기가 차고 어이가 없을 것이다. 지금 위문이 바로 그랬다. 지난 사흘 동안 수수는 아주 열심히 그의 과거를 만들어서 떠들었다. 그가 8살 때 그녀와 같이 꽃밭에 놀러 가서 어쩌고저쩌고, 그가 무공을 배울 때 어쩌고저쩌고, 그녀를 얼마나 사랑했는지, 둘이 얼마나 다정했었는지 어쩌고저쩌고 등등 말이다. 그 때문에 몇 번이나 자신이 기억을 잃지 않았음을 밝히고 싶었지만 밝혀서 득 될 것이 없었기에 꾹 참고 있는 중이었다.

그의 계획은 이랬다. 우선 수수의 말에 고개를 끄덕여 줘서 그가 그녀의 말을 믿고 있음을 보여준다. 그리고 그녀와 같이 화산에 간다. 화산에 가서 그녀와 같이 화중문을 만난다. 화중문은 수수와 같이 들어

오는 자신을 경계하지 않을 것이다. 아니, 오히려 반길 것이다. 잘만 하면 화산파의 커다란 힘이 될지도 모른다고 생각할 테니까. 그때 그는 화중문을 인질로 삼는다. 그리고 정파를 협박해 화중문과 예청을 교환한다. 화중문은 화산파의 장문인이다. 그러니 그를 인질로 한다면 정파에선 예청을 안 내놓고는 못 배길 것이었다. 예청보다야 화중문이 중요할 테니까. 그러니 지금은 꾹 참는 수밖엔 없었다.

"으음, 알겠습니다, 수수 소저."

"아이, 소저란 말은 빼시라니까요. 너무 거리감이 느껴지잖아요. 그냥 편하게 수수라고 부르세요, 위 대가."

"험험, 아, 알겠습니다, 수… 수."

그때 다정이 헛기침을 터뜨리며 위문에게 말했다.

"험험, 위 형. 우린 잠시 밖에 나가 이곳을 구경하다 오겠습니다. 괜찮겠지요?"

아무래도 수수의 행동이 그에겐 불편한 것 같았다. 그건 설지도 마찬가지인 듯 그녀는 위문의 대답도 듣지 않고 자리에서 일어났다.

"호호, 우린 구경하다 올 테니 두 분은 계속 대화나 나누세요."

말을 하며 그녀는 다정의 손을 이끌고 밖으로 나갔다. 그들이 빠른 속도로 사라지는 모습을 보며 위문은 급히 대답했다.

"그, 그럼 다녀오십시오."

그의 대답에 막 객잔 밖으로 나가던 설지와 다정은 손을 한 번씩 흔들어주었다. 그들이 나가자 수수가 위문에게 물었다.

"위 대가는 왜 저분들과 함께 다니시는 거죠?"

"하하, 저와 목적지가 같거든요."

"그럼… 저들도 화산에?"

"예, 비무대회에 구경을 간다고 하더군요."

위문의 입에서 비무대회란 말이 나오자 수수의 안색이 급변했다. 그것이 이상했던지 위문은 의아스런 빛을 감추지 않으며 물었다.

"왜 그러십니까? 뭐가 잘못되기라도……."

"아, 아니에요… 그저… 설마 위 대가께선 아직도 비무대회에 출전하실 맘이 계신가요?"

"……."

그가 말이 없자 수수는 간절히 애원하듯 말했다.

"그들은… 위 대가를 이용해 영웅제일좌를 차지하려 하고 있어요. 또한 기억을 잃게 만든 것도 그들… 그들은 위 대가의 원수나 다름이 없는데 그들을 도우실 건가요?"

그녀의 뻔뻔스러운 말을 듣자 순간 그의 머리 속에서 뭔가 확! 하고 지나갔다.

'혹! 힘으로 되지 않으니까 회유를? 흑죽림에서 나를 공격했던 자들은 정파의 사람들이었다. 그들은 내가 누군지 알고 있었던 것 같다. 아마 날 화산으로 가지 못하게 하려고 그랬던 거겠지. 내가 비무대회에 출전하지 못하게 하려고. 하지만 그들은 실패했다. 난 지금 화산으로 가고 있으니까. 그래서 이 여인을 보내 날 회유하려고 하는 것인가? 그런 것인가?'

가슴속에서 뭔가 울컥하는 것을 느꼈다. 물론 그의 추측일 뿐이었지만 가능성이 높은 추측이었다. 이대로 수수를 제압해 자초지종을 듣고 싶은 충동을 느꼈다. 하지만 섣불리 행동할 수는 없는 일이었다. 또한 화중문에게 접근하기 위해선 수수가 필요했으니까. 해서 그는 충동을 억누르며 대신 나직이 수수의 말에 대답했다.

“…우선 화 장문인을 만나뵙고 결정할 생각입니다.”

*　　　*　　　*

화르르륵. 타탁타탁.

나뭇가지가 타오르고 있는 모닥불 주위에 다섯 명의 사내가 둘러앉아 있다. 그들의 눈은 모닥불의 위, 노릇노릇하게 구워지고 있는 토끼 고기에 머물러 있었다.

“정보가 정말 정확한 걸까요?”

가장 어리게 보이는 사내가 토끼 고기를 뒤집으며 그의 맞은편에 앉아 있는 가장 나이 든 사내에게 물었다. 그에 그 사내는 고개를 끄덕였다.

“여러모로 확인한 바이니 정확할 것이다. 그러니 너무 불안해하지 말거라.”

“아, 아니 제가 언제 불안해했다고 그러세요, 대형은? 전 그저……”

“케헤헤, 오제(五弟)는 아직 젖비린내가 가시지 않아 떨리나 보지?”

그의 말이 끝나기도 전에 다른 한 사내가 악의없는 야유를 터뜨리며 다섯째를 놀렸다.

“삼형(三兄)!”

그에 다섯째는 셋째를 노려보며 으르렁거렸다.

“케헤헤, 왜? 내 말이 틀렸느냐? 난 네가 북해를 출발할 때부터 벌벌 떨고 있었음을 기억하고 있단다.”

“크크크, 사실 오제는 아직 실전 경험이 없지 않소? 그러니 떨릴 만도 한 일이지.”

“아, 아니, 사형(四兄)까지 절 놀리실 거예요?”

“하하, 셋째, 넷째, 그만 하거라. 안 그래도 떨고 있는 아이한테 그게 무슨 짓이냐?”

“아, 아, 아니! 이형(二兄)까지!”

둘째, 셋째, 넷째는 마치 약속이라도 한 듯이 다섯째를 놀리며 웃음을 터뜨렸다. 다섯째가 얼굴을 붉히며 씩씩거리자 첫째가 모두를 돌아보며 말했다.

“그만들 해라, 고기도 다 익었으니 고기나 먹자.”

그의 말에 네 명은 저마다 자신이 가지고 있는 단검으로 토끼의 고기를 발라내어 한 점씩 먹기 시작했다. 첫째는 고기를 먹으며 입을 열었다.

“모두 자신의 임무를 잊지 않았으리라 생각한다.”

그의 말에 모두들 고개를 힘차게 끄덕였다. 그에 첫째는 흡족해하며 말을 이어갔다.

“이번 일은 생각보다 쉽지가 않을 것이다. 하지만 우리가 힘을 모은다면 충분히 해낼 수가 있을 것이다. 둘째, 셋째, 넷째. 막내는 그동안 연공실에서 무공만 수련했기에 실전은 이번이 처음이다. 그러니 너희들이 잘 돌봐주어야 한다.”

그의 말이 끝나기 무섭게 다섯째가 볼멘소리로 투덜거렸다.

“아, 아무 걱정 마시라니까요. 저도 충분히 잘해낼 수 있다구요.”

“나도 안다. 넌 누구보다 잘해낼 것이다. 하지만 우리 상대는 그리 만만하지가 않다는 걸 명심해라. 그럼 한번 임무를 검토해 보기로 하자. 둘째.”

첫째가 둘째를 가리키자 둘째는 자신만만한 목소리로 대답했다.

“내 임무는 막내와 함께 한다정이란 애송이를 처치하는 거요.”

“셋째.”

“내 임무는 넷째와 함께 단리설지의 힘을 빼버리는 거요.”

“그렇다. 모두 잘 알고 있구나. 둘째와 다섯째라면 그 한다정이란 자를 처치할 수가 있을 것이다. 너희들은 처음부터 전력을 다해 그를 죽여야 한다. 그리고 나서 우리들을 돕도록 해라.”

“염려 마슈, 대형.”

“예, 대형.”

“셋째, 넷째. 너희는 단리설지의 힘을 빼는 것도 중요하지만 그보다 그녀가 도망치지 못하게 해야 함을 명심해라. 그녀를 제압하는 건 내가 할 테니까.”

셋째와 넷째는 고개를 끄덕이는 것으로 자신들의 대답을 대신했다.

“모두 명심하도록 해라. 이 일에 우리 대월의 존망이 걸려 있다고 해도 과언이 아니다. 모두 내 말 알겠지?”

네 명은 힘차게 고개를 끄덕였다. 그들의 어깨에 걸려 있는 짐이 얼마나 무거운지 너무도 잘 알고 있었다. 하지만 그들은 해낼 것이다. 첫째의 말대로 일의 성사 여부에 따라 대월의 미래가 바뀔 것이기에. 모닥불 주위에 앉아 토끼 고기를 먹고 있는 다섯 사내의 눈엔 하나같이 굳은 의지가 가득 담겨 있었다.

“북해무림의 지존이라… 어째 실감이 나지 않는군요.”

아침부터 경공을 전개했기에 모두들 지쳐 있었다. 그래서 산 중턱에서 잠시 쉬기로 하였는데 수수가 화산파의 자랑을 시작하자 설지가 못마땅했는지 그녀의 집인 빙궁의 자랑을 쏟아내었다. 빙궁이 북해무림의 지존이며 어쩌고저쩌고… 그래서 위문이 상상이 가지 않는다는 투로 입을 연 것이었다.

"호호호, 그건 왜죠?"

"중원엔 무수히 많은 무력 세력들이 있습니다. 크게는 정과 마로 나뉘고, 정파엔 구대문파와 오대세가를 중심으로 수천여 개의 문파들이 있고, 마도에도 역시 칠패천을 중심으로 수천여 개의 문파들이 있습니다. 또한, 각 문파들마다 저마다의 독특한 힘이 존재하기에 중원에선 지존이라 불리고 있는 문파는 없답니다. 세력이 강한 문파들은 존재하지만, 그 모든 세력들을 발 밑에 둘 수 있을 정도의 힘을 가진 문파는 만들어지지 않았으니까요."

위문의 말에 설지는 자랑스럽다는 듯이 한껏 무게를 잡으며 말했다.

"호호, 하지만 우리 빙궁은 그걸 해냈어요. 지금부터 1백 년 전, 제19대 빙궁주셨던 제 증조부님께선 엄청난 힘을 길러 하나하나씩 북해의 다른 방파들을 제압하셨죠. 그 결과 지금은 저희 빙궁의 말이 북해의 법이 되었어요. 정말 굉장하죠?"

"하하, 그렇군요."

위문은 그렇게 어색한 미소를 지으며 대답했지만 수수는 배알이 틀린 듯 설지를 보며 입을 열었다.

"하지만 그에 불만을 품은 세력들이 한둘은 있을 텐데요?"

그녀의 말에 설지의 눈꼬리가 치켜 올라가더니 곧 코웃음을 치며 대답했다.

"흥, 감히 어떤 문파가 있어 본 궁에 불만을 가지겠어요?"

그녀는 말을 하며 한껏 오만한 표정을 지었는데 그 표정은 수수의 다음 말에 의해 무참히 일그러지고 말았다.

"제가 알기로 북해엔 대월파란 곳이 있어 그 세력이 빙궁과 맞먹는 다고 하던데요?"

수수의 말대로 북해엔 빙궁 말고도 대월파란 막강한 세력이 존재했다. 1백 년 전 북해를 일통한 빙궁조차도 대월파만은 건드리지 않았다고 전해진다. 그만큼 그들의 힘은 막강했으니까. 하지만 근래에 들어 그들은 전혀 활동을 하고 있지 않기에 빙궁의 명성에 가려져 점점 잊혀져 가고 있는 추세였다.

"흥! 대월이 강했던 건 아주 먼 옛날일 뿐이에요! 지금은 본 궁이 무서워 꼬리를 감추고 있는 처지니까요. 그런 그들이 어떻게 본 궁에 불만을 가지겠어요?"

설지가 톡 쏘아붙이자 수수는 잠시 주춤했다. 하지만 그건 말 그대로 잠시일 뿐이었다.

"하지만 제가 들은 것은 그게 아닌데요? 대월파는 지금도 막강한 힘을 가지고 있지만 빙궁에서 금제를……."

"그만! 당신은 지금 무슨 소리를 하고 싶은 거죠? 아니, 지금 날, 우리 빙궁을 모욕하는 건가요?"

수수가 말을 다 하기도 전에 설지는 두 눈에 불꽃을 튀기며 수수에게 소리쳤다. 수수는 황급히 손을 내저으며 말했다.

"아, 아니에요. 전 그저……."

하지만 한 번 화가 난 설지는 씩씩거리며 외쳤다.

"흥! 전 지금 제 생애에서 가장 심한 모욕을 당했어요. 그뿐 아니라 저희 빙궁마저 모욕을 당했어요! 위 소협! 우린 이만 헤어져야 할 것 같군요! 다정!"

설지는 씩씩거리며 다정을 불렀다. 그리고 그의 손을 잡고 누가 말릴 새도 없이 앞으로 달려나갔다. 다정은 당황하긴 했지만 설지의 표정을 보고는 두말없이 위문에게 포권을 취해 보이고는 설지를 따라 달려갔다. 그 역시 위문과 헤어지긴 싫었으나 수수가 마음에 들지 않던 차였기 때문이었다. 멀어져 가는 설지와 다정의 뒷모습을 보며 위문이 황당한 표정으로 서 있을 때, 저 멀리서 설지의 악에 받친 외침이 들려왔다.

"화수수라고 했던가? 당신, 다음에 날 만날 땐 조심하는 게 좋을 거야! 그땐 이대로 물러서지는 않을 테니까!"

너무 심한 모욕을 받았기에 당장 저 화수수란 년을 찢어 죽이고 싶었지만 그렇게 되면 위문이 가만히 있지 않을 것이었다. 그렇다고 그냥 못 들은 것으로 할 수도 없는 일이니 그녀로선 떠나는 것이 최선의 선택이었다. 하지만 다음에 만날 땐 반드시 이 모욕을 갚아주겠다고 그녀는 다짐하고 있었다.

어쨌든 그들이 떠나자 수수는 내심 회심의 미소를 지었다. 어떻게든 그들을 떨쳐 버리려고 했었는데 마침내 그렇게 되었으니까.

'다행이야, 북해에 대한 정보를 들어두어서.'

그녀는 빙궁과 대월파의 미묘한 관계를 약간이나마 알고 있었다. 그래서 설지를 한번 떠본 것이었는데 그 결과는 대성공이었다.

'이제 우리 둘이 오붓하게 여행할 수 있겠구나.'

다시 한 번 흡족해하는 그녀였다.

＊　　　＊　　　＊

콰!

"내 이 사파의 쓰레기들을 그냥!"

생각할수록 분통이 터지는지 청성파 장문인 조양수는 탁자를 거세게 치며 씩씩거렸다. 그에 혜불 성승이 조양수를 말리고 나섰다.

"아미타불, 진정하시지요. 섣부른 행동으로 일을 그르쳐서는 아니 됩니다."

하지만 조양수는 더욱 큰 소리로 외쳤다.

"이 기회에 사파의 쓰레기들을 모조리 쓸어버립시다! 도저히 더 이상은 참지 못하겠소."

그런 조양수를 이번엔 화중문이 다독거렸다.

"우리 모두는 조 장문인과 같이 분노하고 있습니다. 하나 신중하게 일을 처리해야 합니다. 그러니 우선 종리 소저의 말을 들어봅시다."

하며 그는 종리화에게 눈짓으로 어서 일어나 말하라고 했다. 종리화는 천천히 자리에서 일어나 입을 열었다.

"모두들 화가 많이 나셨을 거라고 생각해요. 저 역시 그러니까요. 하지만 화 장문님의 말씀대로 신중하게 일을 처리해야 합니다. 그러니 제 말을 들어주시겠어요?"

그녀는 조양수를 보며 말했고, 조양수는 못 이기는 척 자리에 주저앉았다. 종리화는 조양수에게 고개를 끄덕이며 감사의 말을 건넸다.

"감사합니다. 그럼, 시작하겠어요."

장내에 침묵이 감돌았다. 모두의 시선이 자신을 향해 있음을 느낀 종리화는 숨을 고르며 천천히 입을 열었다.

"이것은 분명 사파의 계획된 함정이었어요. 그들은 금붕문 내당당주, 아니, 이제는 위문이라고 불러야겠죠. 그들은 위문을 화산파 밖으로 내보내면 우리가 그를 공격할 걸로 짐작했어요. 당연하겠죠. 그는 0순위 우승 후보이니 우리가 그를 제거하려고 고수들을 보내는 건 당연하다고 생각했겠죠. 그리고 우리는 그들의 계획에 빠져 그들의 뜻대로 위문을 제거하기 위해 고수들을 대거 보낸 것이구요. 그 육백 명, 전 그들이 어떻게 위문의 뒤를 따르고 있었는지 전혀 밝혀내지 못했어요. 그리고 그들이 어디에 소속되어 있는지조차 밝혀내지 못했어요. 마치 하늘에서 뚝 떨어진 것처럼 그들은 갑자기 나타난 것이니까요. 그 말은 사파에서 그들을 비밀리에 키웠다는 것, 사파는 이번 일에 혼신의 힘을 다한 것이에요. 우리 정파의 힘을 약화시키기 위해서 말이죠. 물론 그들도 이번 일을 통해 사백오십이 죽었어요. 하지만 우린 오백 전원을 잃었습니다. 그들보단 우리가 더 큰 타격을 잃은 게 사실이에요. 이제 우리는 선택을 해야 해요! 이대로 참을 것인지, 아니면 그들에게 똑같은 보복을 해야 하는지 말이에요!"

그녀의 굳은 결의가 담겨 있는 외침에 조양수가 가장 먼저 호응하고 나섰다.

"당연히 피의 보복을 해주어야지! 청성은 도저히 이대로는 못 넘어가오!"

그러자 여기저기서 고함이 터져 나왔다. 여태껏 체면 때문에 참고 있었지만 조양수의 외침으로 분노가 표면화되었기 때문이었다.

"무당 역시 도저히 묵과할 수가 없소!"

"해남도 이번 일은 도저히 그냥 지나치지 못하오!"

"전진 역시! 이번 기회에 사파에게 우리의 힘을 보여주어야 한다고 생각하오!"

이렇게 소란스러워지자 종리화는 두 손을 들어 장내를 진정시켰다.

"그럼 이제 제 계획을 말하겠어요. 아마 모두들 흡족해하시리라 생각합니다.”

그녀의 목소리는 그리 크지 않았다. 하지만 수뇌들은 약속이라도 한 듯이 동시에 입을 다물었다. 그녀의 계획이 무엇인지 어서 듣고 싶었던 것이다. 주위의 침묵에 흡족해진 종리화는 천천히 그녀의 계획을 설명해 나갔다.

“아시다시피 열흘 후에 저흰 사파와 거래를 하게 됩니다. 예청과 장진인 일행의 교환 말이죠. 제 계획은 이래요. 바로 그 교환을 이용하자는 거예요. 그 교환의 중요성을 미루어 짐작해 보건대 그때엔 사파의 수뇌들이 모두 나올 것입니다. 물론 저희들도 장문님들과 가주님들이 모두 참석하시겠죠. 사파는 지금 득의양양한 상태일 거예요. 자신들의 계획이 적중했으니 아마 자만에 빠져 있겠죠. 그러니 교환 때도 그다지 큰 방비는 하지 않을 것이라고 봐요. 만약 그때 저희들이 매복을 해놓고 기다린다면 어떻게 될까요? 그것도 수백 수천의 정예들을 매복시켜 놓는다면 어떻게 될까요?”

“오오! 그것 참 좋은 계획이오! 하하하, 그렇게만 되면 사파는 끝장이오.”

조양수가 신이 나서 외쳤지만 화중문은 그런 그를 거들떠보지도 않고 종리화에게 신중한 어투로 물었다.

“하지만 사파에서도 대비를 하고 있을 텐데? 또한 그들도 매복을 숨겨놓았을 수 있지 않겠느냐?”

그의 의문은 당연한 것이었다. 이미 저번 회의 때 마도가 그 기회를 이용해 정파의 수뇌인 자신들을 제거하려 할지도 모른다는 의견이 나왔었으니까. 하지만 종리화는 자신만만한 목소리로 화중문의 의심을 사라지게 해주었다.

"물론 그럴 수도 있겠죠. 하지만 머릿수 계산을 해보면 상황은 명백해져요. 지금 화산에 있는 칠패천의 수는 대략 8백 명이에요. 그 외 사파의 군소방파의 숫자는 대략 5천 명쯤 되죠. 하지만 그 교환 땐 군소방파의 무리들은 동원되지 않을 겁니다. 그건 어디까지나 칠패천의 일이니까요. 그러니 최대한으로 잡아도 칠패천에서 동원할 수 있는 인원은 8백이 고작이겠죠. 하지만 우린 달라요. 우린 지관이 끝나자마자 회의에서 고수의 숫자가 적다고 판단되었기에 자파로 전서구를 날려 고수들을 불러들였어요. 지금 그 고수들은 여기에 도착했거나 오늘내일내로 도착할 예정이죠. 우린 자파에서 1백 명씩을 추가로 불러들였습니다. 그럼 계산을 해볼까요? 이미 이곳엔 자파의 고수들이 5∼60명 정도씩 있어요. 거기다 이제 1백 명씩을 보태야 하죠. 그럼 우리에겐 일류고수 2천 1백 명 정도가 있는 셈이 되요. 물론 그들이 모두 움직일 수는 없지만 여유 인원은 1천 6백 명 정도나 됩니다. 우린 그들을 모두 교환 작전에 투입할 수가 있는 거죠. 팔백 대 천육백. 누가 봐도 뻔한 결과가 아닐까요?"

"아하하하! 하하하하! 과, 과연 그렇군! 하하하하!"

화중문의 모든 근심을 씻어내는 호탕한 웃음. 그 뒤를 이어 다른 수뇌들도 저마다 큰 소리로 웃어대었다.

"하하하하!"

"크하하하!"

그렇게 밤은 깊어가고 있었다.

*　　　*　　　*

"온다. 모두 준비해라."

첫째는 나직이 입을 열었다. 그러자 그의 뒤에 서 있던 동생들은 저마다 기합을 넣으며 전방을 바라보았다. 그들의 눈엔 아무것도 보이지가 않았지만 첫째가 온다고 했으니 오고 있을 것이다. 그때 첫째의 귀에 다섯째의 불평 소리가 들려왔다.

"대형, 우리가 왜 이렇게 정면 승부를 하려는 거죠? 그냥 숨어 있다가 기습을 하면 더 쉬울 텐데요?"

첫째는 노기 섞인 목소리로 뒤도 돌아보지 않고 다섯째를 꾸짖었다.

"우린 자랑스런 대월의 무사들이다. 대월의 무사는 비겁하게 기습을 가하지 않는다. 오직 정면 승부만이 있을 뿐이다. 설령 그것이 우리에게 불리하다 할지라도! 그걸 명심하도록."

"예, 옛! 미, 미안해요, 대형. 저, 전······."

다섯째가 풀이 죽은 목소리로 말하자 첫째는 이번엔 부드러운 목소리로 말했다.

"아니다, 넌 아직 어려서 그런 것이다. 너도 차차 대월의 율법에 익숙해질 것이다."

첫째의 말이 끝나자마자 셋째가 옆의 둘째를 쿡쿡 찌르며 키득거렸다.

"킥킥, 이번에 돌아가면 막내한테 율법부터 가르쳐야 할 것 같은데? 형은 어떻게 생각하슈?"

"그전에… 돌아가면 우선 매질부터 해야 할 것 같구나. 저런 철딱서니없는 말을 하다니, 누가 들으면 우리를 어떻게 생각하겠느냐?"

그의 나직하면서도 차가운 말에 다섯째는 반사적으로 둘째의 얼굴을 바라보았다. 그의 얼굴은 새파랗게 질려 있었다. 매질이라니… 그 모습이 재미있었던지 셋째가 다시 키득거렸다.

"크크크, 막내 얼굴 좀 보게. 벌써부터 새파랗게 질린 것하고는."

하지만 다섯째는 셋째의 말을 못 들었는지 조심스런 말투로 둘째에게 물었다.

"이, 이형. 저기… 그, 그 말… 진담… 이세요?"

"흐어험, 아직 율법도 모르다니. 돌아가면 각오해 두는 게 좋을 것이다."

"…에휴……."

둘째의 얼굴에서 굳은 결의를 본 다섯째는 한숨을 내쉬며 고개를 힘없이 돌렸다. 아마도 돌아가면 좀 많이 시달릴 것 같았다. 하지만 자신의 잘못이었기에 그는 체념하고는 앞의 일에만 신경 쓰기로 했다. 괜히 미래의 일을 걱정해서 머리 아프기는 싫었으므로. 전방을 바라보자 흐릿하게 두 개의 점이 보이기 시작했다. 아마 한다정과 단리설지일 것이다.

'앞의 일에만 전념한다! 내 임무는 한다정, 그를 이형과 같이 제거하고 대형을 돕는 것. 반드시 성공한다! 반드시!'

그가 자기 자신에게 다짐을 하는 동안 두 개의 점은 점점 그들에게 다가오고 있었다. 이윽고 두 개의 점은 한 쌍의 남녀의 모습이 되었고 그들의 삼장 앞으로까지 다가왔다.

멈칫!

설지는 오인의 삼장 앞에서 걸음을 멈추었다. 그녀는 좀 전부터 자신들이 가려는 길목에 다섯 명의 사내가 서 있음을 보았다. 그리고 그들에게서 나오는 살기도 느꼈다. 하지만 그녀는 피하지 않고 이렇게 그들의 앞으로 당당히 걸어갔다. 뜨내기 산적들이 그녀의 앞을 가로막고 있다고 생각했기 때문이었다. 한데 그들의 앞에 서자 긴장감이 엄습해 왔다. 너무도 강렬한 살기, 또한 저 자신만만한 얼굴들. 그것들이 저들 오인은 평범한 산적이 아니라는 것을 말해 주고 있었기 때문이다. 하나 이미 엎질러진 물, 그녀는 콧대를 높이고 오만하게 전방의 가운데에 서 있는 우두머리로 보이는 자에게 날카로운 목소리로 외쳤다.

"당신들은 누군데 이렇게 우리의 앞길을 가로막고 있는 거죠?"

그러자 가운데에 서 있는 사내의 입이 열렸다.

"그전에, 소저의 이름이 단리설지가 맞습니까?"

"그래요! 그걸 아는 당신들은 누구죠?"

당황함을 숨기기 위해 더욱 날카롭게 외친 설지였지만 오인의 사내는 그녀의 말에 미소를 지었다. 그때 가운데 서 있는 첫째가 말했다.

"우린 '대월'에서 나왔습니다. 용건은… 잘 아시리라 생각합니다."

"대월?!"

첫째의 말에 다정이 경악한 어투로 외쳤다. 설지 역시 놀라운 마음을 감추지 못했다. 보통 사람은 아니라고 생각했었지만 이들이 대월의 사람들이라곤 생각지도 못했으니까.

"대, 대월에서 우리에게 무슨 볼일이죠?"

그에 첫째는 눈을 가느다랗게 만들며 나직하지만 살기가 넘치는 목소리로 말했다.

"잘 아시리라 생각합니다."

"모, 모르겠는데요?"

그녀의 반문에 첫째는 더욱 눈을 가느다랗게 뜨며 혼잣말처럼 중얼거렸다.

"역시… 빙궁의 인간들은 낯짝이 곰 가죽만큼이나 두껍군."

“뭐, 뭐라구요! 지금 뭐라고 했죠?”

설지의 독기 서린 외침에도 첫째는 표정 하나 변하지 않은 채 말했다.

“우린 당신을 대월로 데려갈 생각입니다. 순순히 따라가시겠습니까? 아니면 피를 보시겠습니까?”

첫째의 눈이 싸늘하게 식어갔다. 그의 말이 장난이 아님을 느낀 설지는 잠시 당황했으나 곧 호기있게 외쳤다.

“흥! 감히 빙궁의 소궁주인 본녀를 건드릴 생각을 하다니! 대월은 빙궁의 분노를 어떻게 감당하려고 그러는 거죠?”

그녀의 말에 첫째의 안면이 싸늘히 굳어졌다. 그만큼 분노하고 있는 것이다.

“대월이 빙궁을 무서워한다고 생각하나? 그렇게 생각하나?”

“뭐, 뭐…….”

반말로 바뀐 데다 너무도 차가운 말투 때문에 설지는 일순 얼어붙고 말았다. 첫째는 그런 그녀의 모습을 보며 다시 입을 열었다.

“착각하지 마라. 네놈들의 비열한 술수 때문에 참고 있을 뿐, 대월은 빙궁을 두려워하지 않는다.”

그의 말이 끝날 때까지 설지는 그 자리에 얼어붙은 듯 꼼짝하지 않았다. 때문에 보다 못한 다정이 설지를 대신해 나섰다.

“우리의 앞을 가로막은 이유는 무엇이오?”

“말하지 않았나? 단리설지, 잘난 빙궁의 소궁주를 데려가기 위해서라고 말이다.”

“대체 그녀를 데려가서 뭘 하려고 그러는 거요?”

첫째는 다정의 두 눈을 뚫어지게 바라보았다. 정말 모르는 건지, 아니면 알면서도 모르는 척하는 건지 알아보기 위해서였다. 다정의 두 눈엔 의혹과 분노만이 가득했다. 그리고 사내답지 않게 맑은 빛을 띠고 있었다. 첫째는 빙긋이 웃으며 말했다.

"의외로군, 빙궁에 저런 눈을 가진 녀석이 있었을 줄이야."

"당신은 대답을 하지 않았소."

다정의 호기있는 외침에 첫째는 다시 빙긋 웃으며 대답했다.

"우린… 아니, 자네의 옆에 있는 잘난 빙궁의 소궁주에게 물어보게나. 그녀가 더 잘 알고 있을 것이네."

다정이 반사적으로 설지를 바라보자, 설지는 의식적으로 다정의 눈길을 회피하며 첫째를 향해 악을 질렀다.

"난 몰라! 내, 내가 그걸 어떻게 알아?"

"흐흐, 그렇게 나올 줄 알았지. 그럼 다시 한 번 묻지. 조용히 따라갈 텐가? 아니면 피를 볼 텐가?"

"흥! 나, 난 너희들을 따라갈 생각은 없어! 절대로!"

설지가 악을 지르자 첫째는 기다렸다는 듯이 외쳤다.

"모두 계획대로 한다!"

그와 동시에 그의 뒤편에 서 있던 네 명의 동생들이 설지와 다정에게로 덮쳐들었다.

쉬익, 쉭!

"다정! 조심해!"

설지는 빠르게 외치며 자신을 향해 달려오는 두 명의 사내를 향해 검을 뽑아 들었다.

캉! 채챙!

셋째의 검과 설지의 검이 맞부딪치며 날카로운 소음을 발했고, 그와 동시에 설지는 한 발짝 뒤로 물러났다. 상대의 힘이 그녀보다 조금 더 셌기 때문이었다. 그녀가 뒤로 물러나자마자 넷째의 검이 그녀의 왼쪽 무릎을 노리고 날아들었다. 너무도 쾌속한 동작이었다. 설지는 다급히 오른발을 축으로 왼쪽으로 몸을 회전시켰다.

휘이잉.

넷째의 검은 간발의 차이로 허공을 찔렀고 설지는 회전의 탄력을 빌어 그대로 넷째의 허리를 베어갔다.

카캉!

하지만 셋째가 그녀의 검을 막았고, 그 순간 넷째가 설지의 왼쪽 무릎을 다시 노리고 검을 찔렀다.

헉!

절로 헛바람이 삼켜졌다. 설지의 검은 셋째의 검에 달라붙어 떨어질 줄을 몰랐다. 마치 아교로 붙여놓은 듯했다. 그 순간에도 넷째의 검은 설지의 왼쪽 무릎을 베어갔고, 설지는 다급히 왼손을 아래로 내려 힘껏 기합을 내질렀다.

"이얍! 빙백신장(氷白神掌)!"

순간적으로 설지의 왼손이 하얀 연기로 뒤덮이고 그 하얀 연기는 넷째의 검에 부딪쳐 갔다.

카카캉! 챙그랑!

하얀 연기에 부딪힌 넷째의 검은 그 힘을 견디지 못하고 그대로 부러지고 말았다. 넷째가 황당한 마음에 가만히 서 있자 곁에서 지켜보고 있던 첫째가 다급히 외쳤다.

"넷째! 어서 검을 버려라! 어서!"

그의 다급한 목소리에 넷째는 자신의 검을 내려다보았다. 검은 빠른 속도로 얼음으로 뒤덮이고 있었다. 그 소름 끼치는 장면에 그는 재빨리 검을 손에서 놓아버렸다. 검은 바닥에 떨어졌고, 곧 전신이 얼음으로 뒤덮이고 말았다. 넷째는 이게 무슨 일이냐는 눈빛으로 첫째를 바라보았고 첫째는 짧게 설명해 주었다.

"빙백신장에 스친 물건은 순식간에 꽁꽁 얼어붙고 만다. 조심해라."

말을 하며 첫째는 자신도 움직일 준비를 했다. 그 순간 넷째는 맨손으로 설지에게 덮쳐들었고, 다시 셋째와 힘을 합해 그녀를 몰아붙였다. 하지만 설지는 그리 만만한 상대가 아니었다. 그녀는 오른손으로 검을 휘두르고 왼손으론 빙백신장을 사용해서 조금도 꿀리지 않고 두 사내를 상대해 나갔다. 그런 그녀를 보며 첫째는 놀라운 빛을 감추지 못했다.

'놀랍군. 그녀의 무공이 빙궁 서열 10위라기에 설마 설마 했었는데… 아무래도 내가 나서야겠군.'

그는 천천히 몸을 움직였다.

슈슈슉!

그러다 갑자기 경공을 전개해 설지 쪽으로 달려들었다. 달려가는 그의 오른손이 앞으로 쭉 뻗어지고 다섯 손가락이 팅겨 오르듯 펼쳐졌다.

쌔애애애앵!

대기를 가르는 날카로운 파공음이 들리고 그의 다섯 손가락에서 다섯 줄기의 은빛 선이 설지에게로 꽂혀들었다. 그때 설지는 셋째와 넷째의 합공을 겨우겨우 막고 있던 참이었다. 그녀는 자신에게 날아오는 다섯 줄기의 선이 범상하지 않음을 느끼고 피하려 했지만 셋째와 넷째에게 길목을 차단당해 그것마저도 용이하지 않았다.

퍼퍼퍽!

"윽!"

결국 그녀는 다섯 줄기의 지풍 중 두 개에 격중당하고 말았다. 지풍에 격중당한 그녀는 맥없이 무릎을 꿇었다. 두 가닥의 지풍이 그녀의 마혈을 제압했기 때문이었다.

"욱! 우욱! 제기랄!"

설지가 제압당한 것을 본 넷째는 참았던 신음을 터뜨렸다. 그리고 그는 한 사발이나 피를 토했다.

"넷째! 괜찮으냐?"

첫째의 물음에 넷째는 고개를 설레설레 저었다.

"젠장! 더럽게 세구먼. 대형이 아니었음 지금쯤 골로 갔을 거유."

그의 말대로 설지는 강했다. 이대로 조금만 더 겨뤘더라면 그와 셋째는 설지의 손에 쓰러지고 말았을 것이다. 첫째는 셋째를 바라보았다. 셋째는 어느새 바닥에 앉아 운기를 하고 있었다. 그의 전신엔 자잘한 검상이 생겨나 있었다. 모두 설지에 의해 만들어진 것이었다.

'이쪽은 정리가 됐고… 둘째는?'

그가 둘째 쪽을 바라보자 아직도 다정과 싸우고 있는 둘째와 다섯째의 모습이 보였다. 다정은 전신에 자잘한 상처를 입었지만 끝까지 둘째와 다섯째를 물고 늘어지고 있었다.

'정보가 잘못된 것인가? 한다정의 무공은 별 볼일 없는 것이라고 하던데, 희한한 일이로군.'

원래의 계획대로라면 둘째와 다섯째는 얼른 다정을 해치우고 설지를 제압하는 데 도왔어야 했다. 만약 그랬더라면 셋째와 넷째는 부상을 입지 않았을 것이었다. 하지만 다정의 무공이 상상외로 강해서 둘째와 다섯째는 아직 그를 죽이지 못했고 팽팽한 대결을 펼치고 있었다.

그때 다정의 비명이 들려왔다.

"서, 설지야! 설지야!"

그는 그때까지 싸움에 정신이 팔려 있다가 이제야 설지가 제압당한 것을 본 것이었다. 다정은 분노를 느꼈다. 태어나서 처음으로 분노를 느꼈다. 세상 그 누구보다도 착하고 온순한 그였다. 그런 그가 처음으로 분노를 느낀 것이었다. 얼른 설지에게로 달려가 그녀를 구하고 싶었지만 눈앞의 두 사내는 악착같이 그를 놓아주지 않았다.

"윽!"

분노에 빠진 탓인가? 다시 상대의 검에 베이고 말았다. 그 통증으로 그는 정신을 차릴 수 있었다. 눈을 들어 전방을 바라보았다. 두 사내는 이번에 끝장을 내려는 듯 엄청난 기세를 동반한 검을 그에게 찔러왔다.

'네놈들! 네놈들이 설지를! 설지를!'

그의 눈이 차갑게 식어갔다. 그리고 그의 전신에서 차가운 한기가 피어 오르기 시작했다.

휘오오옹!

그 한기는 그의 전신을 뒤덮더니 그것으로도 모자라 그의 검을 감싸기 시작했다.

"이야압! 죽어랏!"

다정의 입에서 나온 것이라고는 믿을 수 없을 정도의 차가운 외침. 그와 동시에 그의 검이 자신을 향해 날아오는 두 자루의 검에 부딪쳐 갔다.

퍼펑! 카카캉!

"윽!"

"우욱!"

둘째와 다섯째는 다정의 엄청난 힘에 밀려 신음을 터뜨리며 정신없이 뒤로 물러섰다. 그때부터 그들은 죽음의 공포를 느껴야만 했다. 조금 전의 사람과 동일인이라고는 믿을 수 없을 정도로 다정의 살벌한 공격이 시작되었던 것이다.

캉캉캉! 펑펑펑!

둘은 정신없이 뒤로 물러나기에 바빴다. 다정의 몸에 검을 찌르면 뿌연 연기에 막혀 튕겨 나왔고, 그의 검과 부딪칠 때면 극심한 통증을 느껴야만 했다. 이대로라면 그들이 죽는 건 시간문제 같았다. 그런 그들의 모습을 보며 첫째가 신음을 흘렸다.

"이게… 대체 어떻게 된 일이란 말인가?"

그의 말이 끝나자 어디선가 낭랑한 조소가 터져 나왔다.

"호호호호, 이제 너희 맘대로 되진 않을 거야. 다정이 정신을 차렸으니까. 호호호호."

첫째가 흠칫하며 소리의 근원지를 바라보자 설지는 첫째와 시선을 마주치며 다시 웃음을 터뜨렸다.

"내가 너희들이라면 지금 당장 도망칠걸? 이제 누구도 다정을 막을 수는 없으니까. 호호호호."

슈아악! 퍼펑!

"크아아악!"

"이, 이형!"

그녀의 말이 끝나기 무섭게 처절한 비명이 터져 나왔다. 첫째는 두려운 마음으로 소리가 난 쪽을 바라보았다. 그의 눈에 둘째가 허공으로 튀어 오르고 있는 것이 보였다. 둘째를 보는 그의 두 눈이 시뻘겋게 충혈되었다. 그것은 둘째의 몸이 허리 위와 아래로 두 토막이 나 있기 때문이었다.

"두, 둘째야!"

첫째는 비명을 내질렀다. 그의 친동생이나 다름없는 둘째가 죽다니… 그의 비명에 셋째와 넷째가 운기조식을 끝내고 재빨리 몸을 일으켰다.

"이, 이럴 수가……."

셋째의 신음. 그의 두 눈은 도저히 못 믿겠다는 듯이 부릅떠져 있었다. 그건 넷째도 마찬가지였다.

"어떻게… 어떻게……."

지금 이 순간에도 다정은 다섯째를 맹렬히 공격하고 있었다.

"대, 대형!"

셋째가 첫째를 바라보며 간절히 말했다. 어서 다섯째를 돕자는 뜻이었다. 그것은 넷째도 마찬가지였다. 그에 첫째는 두 동생과 함께 다정에게로 달려가려고 했다. 그때, 설지의 조소가 울려 퍼졌다.

"호호호, 그래 봤자 변하는 건 없어. 너희들이 죽는다는 것에는. '얼음의 전설' 앞에선 그 무엇도 소용없는 짓이라구. 호호호호."

"어, 얼음의… 전설?"

셋째가 의문을 터뜨렸다. 하지만 그는 그것보단 다섯째를 살리는 것이 중요했기에 다섯째 쪽으로 달려가려고 했다. 그때, 다섯째의 절규가 들려왔다.

"모두 오지 마! 모두 오지 마! 절대로! 절대로 오지 마! 이 자식은 내가 죽여 버릴 거야! 내가 반드시 죽여 버릴 거야!"

그는 그렇게 외쳐서 그의 형들을 못 오게 막고는 허리춤에 매어져 있는 검집을 뽑아 저 멀리 내팽개쳐 버렸다. 그리곤 다정의 검을 정신없이 피하며 상의를 전부 벗어버렸다. 곧 전신이 핏물로 뒤덮인 다섯째의 상체가 드러났다. 그 순간 다정의 뿌연 연기에 휩싸인 검이 다섯째를 노리고 날아왔다. 그때, 다섯째의 검이…….

순간적으로 사라져 버렸다.

퍼퍼펑!

"으윽!"

"우욱!"

거대한 폭음이 들리고 다정과 다섯째는 세 걸음씩 뒤로 물러났다. 그 뒤 둘은 다시 덤벼들지 않고, 그대로 대치 상태를 벌였다. 그 모습을 보며 첫째는 셋째와 넷째를 불렀다.

"대형! 어서 막내를 도와야……."

"아니, 우린 기다린다. 저자는 막내에게 맡긴다."

"대, 대형!"

"조용! 아무 말도 말도록! 난 막내를 믿는다. 막내는 그 '전설의 무공' 을 쓸 생각인 것 같으니까."

첫째는 마지막 말을 설지를 바라보며 말했다. 설지가 물었다.

"전설?"

"그렇다. 저 친구, 한다정이라고 했나? 그가 '얼음의 전설' 을 열었다고?"

"호호, 그래. 너희들도 귀는 있으니 한 번쯤 들은 적이 있겠지. '얼음의 전설' 을 말이야. 북해 빙궁 전설의 무학. 인간의 힘으론 익힐 수 없다고 전해진 신의 무학, 하지만 그걸 익히게 되면 적수가 없다고 전해지는 무적의 무학. '얼음의 전설' 빙백수라검법(氷白修羅劍法)! 다정은 빙궁 역사상 최초로 그걸 익힌 사람이야. 호호호, 어때? 이제 겁이

나지?"

　설지의 말에도 첫째는 놀라지 않았다. 다만 그는 설지를 보며 싸늘히 웃었다.

　"재미있겠군. '얼음의 전설'이 열리다니… 이렇게 되면 북해 양대 전설이 모두 열린 셈인가? 후훗."

　"뭐, 뭐! 그, 그렇다면?!"

　"후후, 빙궁에 '얼음의 전설'이 있다면 대월엔 '달의 전설'이 있다. 너도 귀가 있으니 한 번쯤은 들어보았겠지. 북해 대월파 전설의 무학. 달빛마저 베어버리는 초극(超極), 무엇이든 파괴하는 초강(超剛), 신조차 막을 수 없다는 초월(超越). '달의 전설' 탈명검법(奪命劍法)! 다섯째는 대월 역사상 최초로 그 탈명검법을 익힌 아이이다. 후훗, 어때? 겁이 나나?"

　첫째는 설지의 말투를 그대로 빌려 설지에게 되돌려주었다. 그러자 설지의 입술이 파르르 떨려왔다.

　"그, 그럴 리가… '달의 전설'은 꾸며낸 이야기라고……."

　"후훗, 우린 '얼음의 전설'이 꾸며낸 이야긴 줄로만 알고 있었는데?"

　"호오, 그럼 저 대결을 통해 알 수 있겠구먼."

　넷째의 말에 셋째가 동조하고 나섰다.

　"그래, 북해 양대 전설의 격돌. 저 대결을 통해 빙궁이 센지, 아니면 우리 대월이 센지 판가름이 날 것 같다. 더구나 다섯째는 이미 부상을 입은 상태이고, 저놈 역시 부상을 입은 상태이니 조건도 비슷하고 말이야. 역시 대형의 말대로 지켜보는 게 낫겠군."

　그들이 그렇게 기다리기로 했을 때, 대치 상태에 있던 다섯째가 다정을 노려보며 차갑게 외쳤다.

"대형이 내 아버님 같은 존재라면 이형은 내 어머님 같은 존재였다. 네놈! 네놈은 그런 내 이형을 죽였다! 내 검은 탈명, 뽑힌 이상 반드시 피를 보고야 마는 필살의 검이다! 내 장담하건대 네놈은 오늘! 내 손에 죽는다!"

"그전에… 돌아가면 우선 매질부터 해야 할 것 같구나… 돌아가면 매질부터 해야 할 것 같구나… 돌아가면… 돌아가면……."

이형의 목소리가 귓가에 맴돌았다. 하지만 이형은 죽었다. 돌아가면 매질을 할 거라던 이형은 죽어버렸다. 눈앞의 저 사내에 의해. 다섯째는 상대를 노려보며 필살의 각오를 다졌다. 그런 그의 귓가에 다정의 뭐에 홀린 듯한 몽롱한 목소리가 들려왔다.

"설지는… 내 소중한 사람이다. 내 목숨보다 더… 소중한 사람이다. 너흰 그런 설지를 내게서 빼앗아가려고 한다. 나의 설지를… 내게서 설지를 빼앗아가려는 놈은 모조리 죽일 것이다. 모조리! 내 검은 빙백 수라, 차가운 수라의 검. 되도록이면 쓰고 싶지 않았던 무공이지만… 되도록이면 숨기고 싶었던 무공이지만… 난 오늘! 악마가 되겠다!"

다정의 말이 끝나자마자 다섯째는 기다렸다는 듯이 외쳤다.

"말이 필요없겠지! 승부닷! 이야얍!"

"나 역시 피하지 않겠다! 으아아악!"

퍼퍼펑! 챙챙챙!

그렇게 북해 양대 전설의 격돌은 시작되었다.

…그들의 대결은 너무도 처절했기에 차마 글로 옮겨 쓸 수가 없다. 다만 반 시진의 격돌 끝에 승자가 가려졌고, 패자는 차가운 시체가 되었다는 것밖엔. 하지만… 한 가지 분명하게 말할 수 있는 것은 이 싸움엔 승자도 패자도 없었다는 사실이다. 그만큼 둘의 대결은 용호상박(龍虎相搏)이었다. 승자는 마지막에 약간의 운을 얻어 승부를 결정지을 수 있었고, 패자는 약간의 실수로 인해 생에 작별을 고했다.

"이, 이럴 수가! 다정! 다아저엉~! 으흐흐흑… 다아저어어어엉! 다아저어어어어엉~!!"

설지의 절규가 온 산에 울려 퍼졌다. 그녀의 눈은 바닥에 쓰러져 일어날 줄 모르는 다정의 시신에 못이 박힌 듯 떨어질 줄을 몰랐다. 맘 같아선 당장 다정에게로 달려가 그를 부둥켜안고 일어나라고 소리치고 싶었지만, 마혈을 제압당해 있는 몸은 주인의 생각대로 움직여 주질 않았다.

"까아아악! 까아아악! 다아정, 다아…….'"

보다 못한 첫째는 그런 설지의 수혈을 짚어버렸다. 설지는 곧 잠에 빠졌고, 그런 설지를 보며 셋째가 씁쓸한 표정을 지은 채 말했다.

"영… 찝찝하군요."

"…어쩔 수 없는 일, 너무 깊게 생각하지 말거라."

그런 셋째를 감상적이 되지 못하게 막는 첫째였다. 자신도 영 개운하지 못한 게 사실이었으나 그렇다고 임무를 포기할 수는 없었기에. 곧 그들은 설지를 업고 다섯째에게로 다가갔다. 다섯째는 넷째의 도움으로 상처를 치료하고 있었다.

"몸은 좀 어떠냐?"

"꽤… 으윽! 괜찮아… 요… 걱정 끼쳐서, 윽! 미안해요, 대형……."

"알면 됐다. 녀석, 둘째의 복수를 하다니 너도 이제 다 컸구나."

말을 하며 첫째는 다섯째의 머리를 쓰다듬어 주었다. 다섯째는 멋쩍은 미소를 지었다.

"셋째야, 몸은 좀 어떠냐?"

"괜찮아요. 왜요?"

"그럼 둘째의 시신을 좀 옮겨라. 저대로 내버려 둘 수는 없지 않느냐?"

"아이구, 내 정신 좀 보게."

셋째는 부리나케 둘째의 시신이 있는 쪽으로 달려갔다. 첫째는 그런 셋째의 모습을 보며 모두에게 말했다.

"우선 여기서 쉬다 간다. 너희들은 모두 상처를 입었으니 휴식이 필요하다. 그러니 모두 움직이지 말고 내가 치료할 때까지 기다려라, 알겠냐?"

"예, 대형."

첫째가 모두의 상처에 금창약을 뿌리고 붕대를 감아주자, 그의 동생들은 저마다 앉아서 내상을 치유하기 위해 운기조식에 들어갔다. 첫째는 내상을 입지도 않았고 내공의 소모도 거의 없었기에 동생들이 운기를 할 동안 옆에서 그들의 호법을 서주었다.

'이로써 임무는 달성했다. 이제 이 여인을 대월로 데리고 가기만 하면 우리 대월은 그동안 접어왔던 날개를 펼칠 수 있다. …1백 년. 무려 1백 년을 기다려 왔다. 이제 더 이상 빙궁은 대월을 억누르지 못할 것이다. 빙궁주는 자신의 하나뿐인 딸을 끔찍이도 아낀다고 들었다. 그러니 그는 반드시 교환에 응할 것이다.'

단리설지가 한다정과 빙궁을 떠나 중원으로 들어갔다는 소식에 대월의 수뇌부는 1백 년 만의 기회를 놓칠 수가 없어 가장 믿음직한 수하들을 시켜 단리설지를 납치해 올 계획을 세웠다. 그에 선택된 것이 첫째와 그의 동생들이었다. 원래라면 더 많은 고수들을 보낼 계획이었지만 그렇게 되면 빙궁에서 낌새를 채고 방비를 할 가능성이 컸기에 그들 다섯만 이번 작전에 투입되었다. 대월은 1백 년 전까지만 해도 빙궁과 더불어 북해의 양대산맥이었다. 하지만 1백 년 전 대월은 한 가지 물건을 도둑맞고 말았다.

대월령패(大月令牌).

대월의 지존신물이 그것이었다.

그래서 대월은 힘을 잃었다. 빙궁에서 그 대월령패를 가지고 핍박하는 바람에 대월은 그 찬란한 힘을 쓸 수 없게 된 것이었다. 그래서 빙궁이 북해를 일통할 때도 대월은 아무런 행동을 취할 수가 없었다. 그들의 지존신물이 빙궁의 손에 있는 이상 빙궁에 거역하는 행동은 취할 수가 없었던 것이다. 하지만 이제 대월령패를 되찾을 기회가 왔다.

이 여인, 단리설지. 빙궁주의 금지옥엽인 이 여인을 대월령패와 교환하자고 하면 빙궁은 그에 응할 것이다. 그들은 대월을 얕보고 있다. 그러니 대월령패를 돌려주어도 무방할 것이라고 생각할 것이다. 단리설지를 무사히 돌려받은 뒤 대월을 멸망시키면 될 테니까. 그들은 그렇게 생각할 것이다.

'그때가 네놈들의 제삿날이 될 것이다!'

뿌드득 소리가 날 정도로 이를 꽉 다무는 첫째였다. 대월은 먼저 싸움을 걸지 않는다. 하지만 받은 것은 배로 돌려주는 율법을 가지고 있다. 대월령패가 대월로 돌아오고 난 뒤, 빙궁이 대월을 공격한다면 그

날이 바로 빙궁의 최후가 될 것이었다. 대월은 지난 1백 년 간 무시무
시한 힘을 길렀으므로.

　휘익.

　그때였다. 첫째의 귓가에 희미한 소리가 들려왔다. 바람 소리라고
착각해도 될 정도의 미약한 소리였다. 하지만 그 순간 첫째는 신음을
삼켰다.

　'무시무시한 고수들이다. 이토록 접근할 때까지 내가 눈치 채지 못
하다니… 적어도 일백 이상! 누군가? 어떤 자들인가?

　그는 사방에서 1백 개가 넘는 인기척을 느끼고 있었다. 그 인기척들
은 빠른 속도로 그와 그의 동생들을 향해 다가오고 있었다. 시간이 없
음을 느낀 첫째는 다급히 외쳤다.

　"셋째, 넷째, 막내야! 어서 진기를 단전으로 돌려보내라! 누군가가
왔다!"

　그의 말이 끝남과 동시에 사방에서 흰 백의를 입고 얼굴마저 흰 천
조각으로 가리고 있는 1백여 명의 사내들이 모습을 드러내었다. 그들
의 가슴엔 은빛 용이 한 마리씩 그려져 있었다. 간혹 두 마리의 은빛
용이 그려진 사내들도 보였고, 세 마리의 용이 그려진 사내도 보였다.
그들이 나타남과 동시에 셋째, 넷째, 다섯째는 운기를 급히 끝내고 자
리에서 일어났다.

　첫째는 어느 한 곳을 보고 있었다. 그의 눈이 머물러 있는 곳은 백의
인들 중 홀로 가슴에 은빛 용 세 마리를 그려놓은 백의를 입고 있는 사
내의 얼굴이었다. 그 사내는 모두 복면으로 얼굴을 가리고 있었는데
비해 홀로 얼굴을 드러내 놓고 있었다.

　"백팔빙룡단주(百八氷龍團主) 마유붕(麻逾鵬)!"

그의 신음에 가까운 말에 그의 동생들의 얼굴은 경악으로 굳어져 버렸다.

"배, 백팔… 빙룡단! 이들이… 어떻게 여기에……?"

"이, 이럴 수가!"

셋째와 넷째가 신음성을 터뜨리자 마유붕은 한 걸음 앞으로 나오며 유들유들한 목소리로 입을 열었다.

"오랜만이로군, 이름도 없는 불쌍한 사내여. 대월 비밀 기관 은월(隱月) 소속 월영오위(月影五位)의 첫째. 그간 안녕하셨나?"

하지만 첫째는 마유붕의 인사말에 대답할 정도의 여유가 없었다. 그는 떨리는 목소리로 외쳤다.

"네, 네가 어떻게 여기에!"

첫째의 물음에 마유붕은 여전히 유들유들한 어투로 대답했다.

"쉬운 일이었지. 저 철딱서니없는 계집은 여기저기에 자신의 흔적을 남기고 다녔거든."

그는 기절해 있는 설지를 가리키며 말했는데 조금도 그녀를 걱정하는 눈빛은 보이지 않고 있었다.

"여, 여기엔 왜……?"

"닥쳐! 내가 지금 네놈의 대형과 이야기하는 게 보이지 않느냐? 조무래기는 조용히 닥치고 있어!"

셋째의 말을 거칠게 자르며 마유붕은 다시 첫째에게로 시선을 돌렸다.

"이무기 작전 이후 처음이니… 4년 만인가, 첫째?"

"…그렇군."

"흐음… 그럼 내 충고를 따르셨나?"

"아니, 난 첫째일 뿐이다. 다른 이름은 필요없다."

그의 말에 마유붕은 이마에 주름살을 만들며 안타까운 어투로 말했다.

"참… 안타까운 일이군. 사람은 누구나 이름이 있을진대 첫째라니… 너무 처량하지 않은가?"

대월 비밀 기관인 은월에 소속된 무사는 이름이 없다. 그저 은월 어디어디의 첫째, 둘째, 셋째… 그렇게 불려질 뿐이다. 여기에 있는 첫째가 은월 월영오위의 첫째라고 불려지듯이. 그 이유는 은월 소속의 무사는 모두 고아들이었기에 성이 존재하지 않았다. 또한 대월의 가장 비밀스런 임무를 위해 키워진 존재들이므로 이름을 갖는 사치는 부릴 수가 없었다. 결정적으로 그들이 임무 도중 적에게 붙잡혔을 때에 대월은 그들의 존재를 부정할 수 있었다. 그들이 대월과 아무런 상관도 없는 자들이라고 부정할 수가 있는 것이었다. 그들은 이름도 없는 존재들이므로. 그들과 대월을 이어주는 건 아무것도 존재하지 않으므로.

4년 전, 북해를 어지럽히던 이무기 한 마리가 있었다. 그에 빙궁에서는 백팔빙룡단을, 대월에서는 월영대(月影隊)와 빙궁의 협박으로 은월 소속의 무사 셋을 이무기를 처치하기 위해 보냈다. 그때 마유붕과 첫째는 만났었다. 그리고 지금 이들은 두 번째 만남을 가지게 되었다. 달라진 점이라면 4년 전에는 우방으로서 만난 것이지만 지금은 적으로서 만났다는 것. 마유붕의 안타까움이 섞여 있는 말을 첫째는 무시하며 차갑게 외쳤다.

"쓸데없는 말은 하지 않기로 하지. 왜 여기에 온 것이지?"

"…알고 있을 텐데?"

"모르겠군."

"…좋아. 그럼 대답해 주지."

마유붕은 선심을 쓴단 표정을 지으며 간단명료하게 설명해 주었다.

"너희는 궁주님의 미끼에 걸려든 거야. 어때? 대답이 되었나?"

"으으음……."

그의 말에 첫째는 무거운 신음을 터뜨렸다. 옆에 있던 셋째가 의아한 듯한 말투로 물었다.

"대형, 그게 무슨 말입니까?"

그의 물음에 첫째는 얼굴을 굳히며 셋째를 보지 않고 정면의 마유붕을 바라보며 나직하게, 또한 무거운 어투로 입을 열었다.

"우리가… 당했다는 말이다. 저들은 처음부터 우릴 노리고 있었다. 우리가 대월령패를 되찾으려 혈안이 되어 있다는 사실은 저들도 알고 있는 것. 저들은 그걸 미끼로 우릴 노린 것이다. 단리설지가 단신으로 빙궁을 떠난다면 우린 기회라 여기고 당연히 그녈 납치해 대월령패와 교환하려 할 것이다. 실제로 우린 그런 계획을 세웠고… 이로써 우린 빙궁이 대월을 침략할 수 있는 명분을 만들어준 것이다. 대월이 단리설지를 납치하려 했단… 아니, 그것보단 단리설지를 죽였단 죄목으로… 그렇군! 애초에 빙궁주가 단리설지를 끔찍이 아낀다는 건 헛소문에 불과했던 것이로군. 이런 때를 대비한. 그렇지 않은가?"

그의 말끝은 마유붕을 향하고 있었다. 마유붕은 두 손으로 박수를 치며 말했다.

"하하핫, 맞았어! 하지만 다 맞았는데 한 가지 틀린 것이 있군. 그건 궁주님은 진정으로 소궁주를 사랑하신다는 것이야. 다만 북해의 진정한 일통과 빙궁의 천년 영화를 방해하는 대월의 멸망을 그분께서 더 중요하게 생각하셨다는 것이 문제지."

"…그렇군. 그럼 우리가 이 여인을 인질로 삼는 건 바보 짓이겠군."

"하하하하! 역시 첫째, 자네는 너무 똑똑하단 말씀이야. 그래, 소궁주는 여기서 돌아가셔야 하네. 그래야 자네의 말대로 빙궁은 대월을 칠 수 있는 명분을 얻는 것이거든. 하하하핫!"

마유붕의 웃음소리에 첫째는 절망감을 느꼈다. 설지를 인질로 삼아서 이곳을 빠져나갈 생각으로 혹시나 하는 마음에 찔러본 것이었는데 시도도 하기 전에 무산된 것이니 말이다. 자신은 건재하나 동생들은 모두 부상을 입었다. 이대로 저들과 붙는다면 결과는 뻔했다. 빙궁의 최정예 군단인 백팔빙룡단의 힘은 자신과 동생들이 모두 성하다고 해도 이길 수 없을 정도로 막강한 것이기 때문이었다. 그런 그의 귓가로 마유붕의 기쁜 외침이 들려왔다.

"하하하, 더구나 저기 죽어 있는 건 본 단의 제4대주인 한다정이 아닌가? 하하하하, 정말 자네들에게 갈채라도 보내고 싶은 심정이네. 이로써 원로원도 대월을 치는 것에 반대하지 않을 테니까. 하하하, 왜냐고? 그건 저기 죽어 있는 한다정의 아비가 바로 원로원의 수장인 한영성(韓英星) 장로이시거든. 하하하하. 내 부하를 내 손으로 죽이기에는 조금 껄끄럽다고 생각되던 참이었는데 자네들이 내 수고를 덜어줬으니… 하하하하, 정말 고마운 일이야."

그의 말을 들으며 첫째는 다섯째에게 급히 전음을 날렸다.

[막내야! 지금부터 넌 내가 시키는 대로 해라, 알겠지?]

그에 막내는 어리둥절하면서도 고개를 끄덕였다.

[셋째, 넷째와 내가 저들을 막겠다. 그사이 넌 반드시 저들의 포위망을 뚫고 탈출해라!]

그의 전음이 끝나자마자 다섯째는 반사적으로 첫째를 노려보았다.

그의 눈은 절대 불가라고 외치고 있었다.

[아무 말 마라! 명령이다! 우리가 막을 동안 넌 반드시 대월로 돌아가 문주님께 이 사실을 알려라!]

전음을 끝낸 그는 셋째와 넷째에게도 자신의 생각을 전달했다. 그런 뒤 그는 마유붕에게 말을 건넸다.

"그럼 넌 우리들을 모두 죽일 셈인가?"

"하하하, 당연한 것이지. 그럼, 대화는 이 정도로 하고 슬슬 시작해 볼까?"

말을 마친 마유붕은 오른손을 들어 올렸다. 그와 동시에 첫째의 귓가에 누군가의 전음이 들려왔다.

[지금부터 내가 하는 말을 잘 듣게. 난 자네들을 돕고자 하는 사람이네. 자넨 지금 마유붕에게 한 가지를 물어보게. '한다정과 단리설지를 죽이라고 궁주가 직접 지시했나?' 라고 말일세. 자네가 그렇게 물어주면 난 자네를 도와주겠네.]

잠시 당황하긴 했지만 첫째는 망설이지 않았다. 아니, 이미 상대가 쳐들어오고 있었기에 망설일 여유가 없었다. 뭐가 어떻게 된 일인지는 모르나 지금은 하나라도 도움이 필요한 상황이었으니 말이다.

"잠깐! 그전에 마지막으로 한 가지 묻고 싶은 게 있다!"

그러자 마유붕은 급히 소리쳤다.

"모두 멈춰!"

그의 말에 공격을 하려던 무사들은 그대로 그 자리에 멈춰 섰다. 마유붕은 그런 수하들을 한 번 쳐다보았다가 첫째에게로 시선을 돌리며 물었다.

"4년 전, 자네의 도움을 받았으니 그 정도 예의는 베풀어주어야겠지. 그래, 마지막 질문은 무엇인가?"

첫째는 한 번 심호흡을 하고서 입을 열었다.

"흐읍! 다른 게 아니라 저기 죽어 있는 한다정과 단리설지를 죽이라고 빙궁주가 직접 지시했는지 알고 싶다!"

"호오, 그건 왜 물어보는 것이지?"

"글쎄… 아비가 하나뿐인 친딸을 죽이라고 지시를 내렸다는 걸 믿을 수 없어서라고 할까?"

그의 말에 마유붕은 고개를 갸웃거렸다. 아마 갈등을 하는 것 같았다. 하지만 그 시간은 짧았다.

"흠흠, 궁금할 만도 하군. 그럼 자네의 죽음의 선물로 가르쳐 주도록 하지. 궁주님은 날 부르시며 이렇게 말씀하셨다. 가서 소궁주를 뒤쫓고 있는 대월의 무사들 중 하나만 산 채로 데리고 오라고. 그리고 소궁주와 한다정의 시신을 가지고 오라고. 궁주님은 소궁주와 한다정의 '시신'을 가져오라고 분명히 말씀하셨다. 흐음, 이만하면 충분한 설명이 되었나?"

"그렇군… 너무도 충분한 설명이었다."

흠칫!

입을 연 것은 첫째가 아니었다. 바로 자신의 등 뒤에서 들려온 것이었다. 마유붕은 반사적으로 고개를 뒤로 돌렸다. 그의 등 뒤엔 10여 명의 백의인들이 복면으로 얼굴을 가린 채 서 있었다. 가슴에 한 마리의 은빛 용이 새겨져 있는 백의인들. 바로 그의 부하들이었다. 하지만 목소리는 분명 그들 중 하나에게서 나왔고 또한 노인의 목소리였다.

"누, 누구냐?"

마유붕은 당황함을 감추지 못하며 백의인들을 훑어보며 소리쳤다.

그의 외침에 10여 명의 백의인들 중 하나가 한 발짝 앞으로 걸어나오며 자신의 얼굴을 가리고 있던 복면을 걷어내었다.

"허헉! 사, 사부님!"

백의인의 얼굴을 보는 순간 마유붕은 그 자리에 얼어붙은 듯 꼼짝도 하지 않으며 경악의 외침을 터뜨렸다. 백의인은 바로 마유붕의 사부이자 빙궁 원로원 소속의 옥성진(玉成眞) 장로였던 것이다.

"사, 사부님이… 어떻게… 여기에……?"

묻는 그의 두 손은 사정없이 떨리고 있었다. 또한 그의 얼굴은 나쁜 짓을 하다 부모에게 들킨 듯한 표정을 짓고 있었다. 하나뿐인 제자의 떨리는 물음에 옥성진은 그저 탄식만 쏟아내었다.

"하아… 유감이구나……."

그의 말이 끝나자 다른 아홉 명의 백의인들도 저마다 자신들의 복면을 걷어내었다.

그리고 드러나는 얼굴.

"허, 허억! 구, 구대장로들이 전부… 그, 그리고… 워, 원로… 원주님?!"

마유붕은 마지막 노인을 보는 순간 숨이 막히는 것을 느꼈다. 그는 바로 원로원주이자 저기 죽어 있는 한다정의 아버지인 한영성 장로였던 것이다.

"똑똑히 말해 보거라. 정말… 궁주님께서 소궁주와… 다, 다정을 죽이라고 직접 지시하셨단 말이냐?"

한영성은 분노를 꾸욱 누르며 떨리는 목소리로 마유붕에게 물었다. 마유붕은 쩔쩔매며 말을 더듬거렸다.

"그, 그게… 그게… 그러니까… 그게……."

　마유붕의 행동으로 한영성은 궁주가 직접 설지와 다정을 죽이라고 지시했음을 확인할 수 있었다. 그런 그의 어깨에 손을 올리며 옆에 있던 축무외(竺無畏) 장로가 허탈한 탄식과 함께 나직이 말했다.

　"하아… 미안하오, 한 형. 이 한 번의 유희가… 이런 결과를 가져올 줄은… 정말 몰랐다오……."

　진심으로 미안해하고 있는 축무외였다.

　빙궁의 원로원에서 하는 일은 아무것도 없다. 물론 궁주의 독재를 방지하고 빙궁이 위기에 처했을 때 나서는 것이 원로원의 업무이기는 하다. 하지만 원로원주와 구대장로는 할 일이 없었다. 궁주의 독재를 감시하는 것은 원로원 소속의 비영대(飛影隊)의 몫이었고, 빙궁이 위기에 처한 적은 지난 1백 년 간 단 한 번도 없었기에. 때문에 원로원주와 구대장로는 매일매일을 따분하게 살아가고 있었다. 바둑을 둔다던가, 밭을 가꾼다던가, 낮잠을 잔다던가 하며 말이다. 그러던 차에 축무외가 한 가지 재미있는 생각을 떠올렸다. 이렇게 매일을 따분하게 살 게 아니라 한번 모험을 해보지 않겠느냐고 말이다. 한영성과 다른 팔대장로들은 쌍수를 들어 동조했다. 그들도 따분함을 못 참고 있던 참이었기에. 마침 백팔빙룡단이 궁주의 명으로 중원으로 떠날 일이 생겼다. 그 사실을 안 축무외는 재빨리 10명의 빙룡단원들을 빼돌렸다. 그리고 그들의 자리에 자신과 나머지 장로들을 끼워 넣었다. 정체를 숨긴 채 젊은 아이들과 함께 궁주가 내린 임무를 달성하기 위해서 말이다. 마치 그들이 젊었을 때처럼. 그간 그들은 백팔빙룡단의 빙룡단원으로서 철저히 자신을 숨긴 채 유희를 즐겼다. 젊은 아이들과 같이 움직이고, 같이 식사하고, 같이 잠을 자고… 젊었을 때의 흥분이 되살아나는 것을 느끼며 그들은 자주 이렇게 정체를 숨기고 즐기자고 약속했었다.

그만큼 이 유희는 그들의 식어 있던 피를 달구어놓았으니까. 불과 어제까지만 해도 말이다.

하지만 유희의 결과가 이렇게 될 줄이야… 차라리 몰랐다면 이렇게 가슴 아프지는 않았을 것을… 한영성은 믿었던 궁주에 대한 배신감으로 전신을 부르르 떨었다.

'원로원을 움직이기 위해 내 아들을… 더구나 소궁주마저… 아아, 그랬던가… 궁주께서 너무 쉽게 소궁주의 중원행을 승낙하셨다 했더니 이런 계획이었던가?

"후후후, 지난 60년의 충성의 결과가 이런 것이라니…….''

자조적인 웃음. 한영성은 지극히 허탈한 표정을 지으며 자조적인 어투로 말을 내뱉었다. 그런 그의 어깨를 축무외는 더욱 굳건히 잡아주었다. 그는 누구보다 한영성의 마음을 잘 알고 있었다. 한다정, 나이 오십이 되어서야 겨우 얻은 하나뿐인 아들이기에 한영성은 한다정을 자신의 목숨보다 사랑했었다. 그런 그의 아들을 빙궁주는 죽이라고 지시했다. 원로원을 움직이게 하기 위해… 나이 10세에 빙궁에 입문해 지금까지 빙궁에 충성을 다해온 그였다. 그런데 그 결과가 이런 것이라니… 축무외는 한영성의 고통을 전신으로 느끼고 있었다. 한편 그때 마유붕의 두뇌는 맹렬한 속도로 회전하고 있었다.

'제길! 다 틀렸다. 사부님과 저분들이 나타난 이상 궁주님의 명을 받들기는 다 틀려 버렸다. 빌어먹을! 이제 어떻게 한단 말인가? 궁주님은 목숨을 걸고 이번 일을 성공시키라고 신신당부를 하셨는데… 가만. 목숨을 걸고? '목숨을 걸고' 라… 97대 10이라… 한번 해볼 만한 숫자이기는 하다. 하지만… 어찌 사부에게 검을 들이민단 말인가? 이대로라면 소궁주는 살아서 빙궁으로 돌아갈 것이다. 그럼 대월을 치는 일은 또다시 미루어질 것. 안 된다! 무슨 일이 있어도 대월은 반드시 쳐야 한다. 대월 전설의 무학 탈명검법! 난 그것이 어디에 잠들어 있는지 알고 있다. 천신만고 끝에 그것이 잠들어 있는 위치를 알아내었다. 반드시 그걸 얻어야 하는데… 그것만 익히면 난 무적이 될 것인데…….'

그가 이렇게 열을 내는 이유가 바로 여기에 있었다. 탈명검법이 잠들어 있는 곳은 대월과 내의 아주 깊숙한 곳이었다. 물론 거기까지 잠입한다는 건 불가능에 가까운 일, 그러니 방법은 한 가지뿐이었다. 대월을 붕괴시킨 뒤 유유히 탈명검법이 숨겨져 있는 곳으로 찾아가 그걸 익히는 것. 그렇게 하기 위해서 반드시 대월은 무너져야 했다.

'생각을 해보자, 생각을… 그래, 우선…….'

"저, 사부님… 이제 어떻게 하실 작정인지요?"

그는 어색한 미소를 지으며 자신의 사부인 옥성진에게 물었다. 그러자 옥성진은 고개를 절레절레 저으며 대답했다.

"모르겠다… 한 형이 어떻게 견뎌낼지……."

그는 탄식을 터뜨리며 한영성을 바라보았다. 한영성은 어느 정도 충격에서 깨어났는지 천천히 움직이고 있었다. 그는 느릿하게 첫째의 일행 쪽으로 걸어갔다. 나머지는 그런 그를 그저 지켜보기만 했다. 한영성은 첫째에게로 다가가 입을 열었다.

"하아… 한 가지 물어도 되겠나?"

"말해 보시오."

첫째는 일이 이상하게 돌아감을 느꼈지만 자신들에게 해가 되는 일은 아니라고 생각되었기에 순순히 승낙했다.

"누가… 한다정을… 죽였는가?"

흠칫!

그의 눈에서 살기를 본 첫째는 급히 뒤로 물러나며 전투 태세를 취했다. 그와 동시에 셋째, 넷째도 몸을 움직여 다섯째를 보호했다. 한다정을 죽인 건 다섯째였으니까.

"내가 죽였소."

하지만 다섯째는 셋째와 넷째의 보호를 빠져나오며 당당히 한영성의 두 눈을 바라보며 대답했다. 그러자 한영성은 다섯째에게로 시선을 돌렸다. 그의 눈과 다섯째의 눈이 허공에서 부딪쳤고 잠시 침묵이 감돌았다.

"좋은… 눈이군."

침묵을 깬 것은 한영성이었다.

"한 가지만 물어보겠네… 자네 혼자 싸웠는가?"

"그렇소."

한영성의 눈에서 분노가 차츰 사라져 갔다. 그는 부드러운 목소리로 다시 물었다.

"정정당당히 싸웠는가?"

"그렇소. 그는… 내 생애 최대의 적수였소. 마지막에 운이 따라주지 않았다면 시체가 된 것은 나였을 것이오."

다섯째의 말이 끝나자 한영성은 노안에 쓸쓸한 미소를 머금었다.

"그럼… 저 녀석은 무인으로서 죽은 것이 맞는가?"

"그렇소. 그는 끝까지 무인이었소."

"고맙네……."

말을 하며 그는 눈을 다정의 시신으로 돌렸지만 곧 다시 다섯째에게로 돌렸다. 다섯째가 그에게 말을 건넸기 때문이었다.

"당신이 그의 아버지라는 걸 들었소. 복수를 하고 싶다면 해도 좋소.

난 피하지 않을 테니까."

하지만 한영성은 그의 말에 고개를 설레설레 저었다.

"부질없는 짓. 그런다고 내 아들이 돌아오는 것도 아니니… 또한, 무인으로서 정정당당한 승부를 통해 죽었다면 후회되지 않는 죽음이었다고 말할 수 있는 것이니… 내가 무엇 하러 부질없는 짓을 하려고 하겠는가?"

"그……."

뭐라 말을 하려 했지만 다섯째는 입을 열 수가 없었다. 저자는 지금 자식의 복수를 접으려 하고 있다. 얼마든지 복수할 힘이 있는데도 불구하고 말이다. 보통의 그릇으로는 불가능한 일이었다. 다섯째가 자신을 존경의 빛으로 보고 있는 것을 아는지 모르는지 한영성은 다정의 시신을 보며 맘이 변하기 전에 첫째에게 말했다.

"자네와 난 약속을 했었지. 자넨 내 부탁을 들어주었으니 나 또한 자네를 돕는 게 당연한 것, 어쩔 텐가?"

"뭘 말이오?"

"방법은 두 가지이네. 하나는 소궁주를 이곳에 두고 자네들끼리 떠나는 것이네. 우린 자네들을 막지 않을 것이야."

"두 번째는 뭐요?"

"둘째는… 소궁주를 데리고 이곳을 떠나는 것이네. 물론 그렇게 되면 우린 자네들을 막을 수밖에 없다네. 난 자네가 첫 번째 방법을 택해줬으면 하네."

첫째로선 선택의 여지가 없는 문제였다. 더구나 설지를 데려간다고 해도 빙궁은 대월령패를 주려고 하지 않을 것이다. 이미 빙궁주는 자신의 딸을 버렸으니까. 그렇다면 여기 더 있을 이유가 없었다. 하루라도 빨리 대월로 돌아가 자신이 보고 들은 걸 문주에게 전해야 했다.

"좋소."

첫째는 동생들에게 눈짓을 보냈다. 동생들도 그와 생각이 같았는지 둘째의 시신을 들쳐 업은 뒤 그의 곁으로 다가섰다. 첫째는 자신의 곁에 엎어져 있는 설지를 들어 한영성에게 건넸다.

"수혈을 짚었을 뿐이오. 잠시 뒤면 깨어날 것이오. 그럼."

그 말을 끝으로 첫째는 자신의 동생들과 등을 돌렸다. 그리고 천천히 걸어가기 시작했다. 그런 그들을 보며 마유붕은 발을 동동 굴렀다.

"사, 사부님, 저들을 이대로 보내실 생각입니까?"

"으음……."

옥성진은 대답 대신 신음을 흘렸다. 한영성의 의도를 알 수가 없었기 때문이었다.

'제길! 저들이 이대로 떠나면 대월은, 대월은 우리의 침공에 대비를 하게 될 것이다. 대월령패가 우리 손에 있는 이상 저들이 모든 힘을 사용할 수는 없겠지만 그래도 미리 대비를 하게 될 것이란 말이다. 그렇게 되어서는 안 된다! 절대로! 더구나 난 궁주님의 명령을 받았다. 궁주님께 직접 명령을 받았단 말이다!'

여기까지 생각한 마유붕은 더 망설이지 않고 큰 소리로 외쳤다.

"1, 2, 3, 4대! 너희는 지금 즉시 저 대월의 무사들을 포위해라! 어서!"

그의 명령이 떨어지자 그의 수하들은 멈칫하더니 재빨리 40여 명 정도가 첫째 일행의 길을 막고 나섰다. 그러자 첫째는 반사적으로 한영성을 노려보았다. 약속이 틀리지 않냐는 것이었다. 첫째의 눈빛을 받은 한영성은 마유붕을 보며 큰 소리로 외쳤다.

"마 단주, 이들을 보내주게. 모든 것은 내가 책임질 테니."

그러자 마유붕은 더욱 큰 소리로 외쳤다.

"안 됩니다! 전 궁주님의 명령을 받았습니다! 궁주님께선 저들 중 하나만을 살려 데려오라고 하셨습니다. 전 그 명령을 지켜야만 합니다!"

"내가 책임진다고 하지 않았는가!?"

산이 울릴 정도의 큰 고함이었다. 한영성은 화가 났는지 마유붕을 노려보고 있었다. 찔끔해진 마유붕은 재빨리 머리를 굴렸다.

'제길! 어쩌지? 원주님은 도대체 무슨 생각으로 저들을 보내주려 한단 말인가? 빌어먹을! 뭔가 좋은 방법이 없나? 뭔가 좋은 방법이… 헙! 가만! 가만… 저, 저들은……'

머리를 굴리고 있는 그의 눈에 저 멀리 떨어진 한 나무 위에 숨어 있는 인영이 보였다. 그의 기억이 맞다면 그 인영은 어제까지 설지와 동행했던 여인이 틀림없었다.

'그녀 혼자뿐인가? 아, 아니다! 그녀가 저곳에 있다면 그자도 그녀의 근처에 있을 것이다. 그 절대자(絶對者)! 그도 저 근처에 숨어 있을 것이다. 그렇다면… 그래! 하하핫! 그런 방법이 있었지!'

한 가지 생각이 떠오르자 그는 어깨를 당당히 펴고 한영성을 마주 쏘아보았다.

"그럼 원주님께선 궁주님의 명을 거역하시겠단 것입니까?"

조금 전까지완 너무도 대조적인 마유붕의 태도에 한영성은 잠시 멈칫했으나 곧 고개를 끄덕이며 말했다.

"그런 셈이지. 난 저 친구에게 내 부탁을 들어주면 나도 도와주겠다고 했네. 저 친구는 내 부탁을 들어주었으니 나도 저 친구의 부탁을 들어주는 것이 당연한 일이지. 허허허, 지난 60년 간 충성만을 해왔으니 이번엔 내 뜻대로 해보는 것도 좋을 것 같군.”

“하면 그 말씀은 궁주님께 반역을 하시겠단 뜻입니까?”

마유붕은 그렇게 소리침과 동시에 전음으로 부하들에게 명령을 내렸다.

[5, 6대주는 내가 고함을 지르는 즉시 대원들과 함께 서북쪽 30장 떨어진 나무 위의 여인을 제압하라! 수단 방법을 가리지 말고 은밀하게! 긴장을 늦추지 말고 대기하도록!]

그가 막 전음을 끝내자 한영성이 이번엔 고개를 저으며 대답했다.

“반역은 아니네… 그저, 저 친구와의 약속을 지키려는 것뿐. 모든 것은 내가 책임지겠으니 자네는 수하들에게 길을 비켜주라고 지시하게나.”

하지만 마유붕은 한영성의 지시대로 하지 않았다. 그는 옆의 옥성진을 보며 물었다.

“사부님, 한 장로님의 행동은 명백한 궁주님에 대한 반역입니다. 어떻게 생각하십니까?”

“으음… 그가 책임을 진다고 하지 않았느냐? 그러니 너는 수하들에게 저들의 길을 비켜주라고 지시하거라.”

옥성진은 한영성의 마음을 알 것 같았기에 그렇게 말했다. 그런 그의 말이 끝나기 무섭게 마유붕은 다른 장로들을 쳐다보며 물었다.

“다른 장로님들께서도 그렇게 생각하십니까?”

그러자 나머지 팔대장로들은 천천히 고개를 끄덕였다.

‘됐다! 노친네들은 스스로 자신들의 무덤을 판 것이다!’

마유붕은 회심의 미소를 지으며 서서히 다음 단계로 접어들었다.

흠칫!

그는 갑자기 놀라는 척하며 어느 한곳을 바라보며 외쳤다.

"거기 누구냐! 썩 모습을 드러내라!"

그의 갑작스런 행동에 모두가 마유붕이 보고 있는 쪽을 바라보았다. 그곳엔 수풀과 나무밖에 보이지가 않았다. 모두가 의아해할 때 마유붕이 다시 외쳤다.

"누군지는 모르나 썩 모습을 드러내라! 어서!"

그의 외침이 끝나고 잠시 뒤, 수풀 속에서 죽립을 쓴 사내가 서서히 밖으로 걸어나왔다. 대부분은 그가 어떻게 나타났는지 몰랐지만 마유붕과 장로들, 그리고 첫째는 그가 한 나무 위에서 뛰어내린 것을 보았다. 그가 그렇게 모습을 드러내자 마유붕은 다시 한 번 회심의 미소를 지었다.

'그럴 줄 알았다. 그만큼 너는 그 여인을 아긴다는 말이 되겠지. 너는 나무 위의 여인과 같이 숨어 있다가 여인이 내게 들켰음을 짐작했다. 하지만 너의 존재는 알아채지 못한 것을 알았겠지. 그러니 내가 나무 위에 한 사람만 있다 여긴다고 봤겠지. 그래서 네가 모습을 드러낸 것이다. 네가 모습을 드러냄으로써 나무 위엔 아무도 없는 것이 되고, 나무 위에 여전히 숨어 있는 여인은 안전하게 되니까. 하지만, 그게 내 계략이었음을 네놈은 몰랐을 것이다!'

마유붕은 사내가 다가오기를 기다렸다가 크게 소리쳤다.

"당신은 누구인가?"

그와 동시에 그는 전음으로 부하들에게 소리쳤다.

[5, 6대! 지금이다!]

그의 전음이 끝나기 무섭게 5, 6대의 인원이 소리없이 사라져 버렸다. 그것을 죽립의 사내는 눈치 채지 못했는지 나직한 목소리로 대답했다.

“길을 가다 우연히 이 광경을 보게 된 유람객에 불과하오.”

하지만 누구도 그의 말을 믿지 않았다. 그 이유는 모두가 그의 정체를 알고 있었기 때문이다.

‘저, 절대자! 그가 이곳에!’

첫째는 눈앞의 저 죽립 사내가 누구인지 잘 알고 있다. 설지를 추적하며 알게 된 무시무시한 고수, 전설의 검강을 익힌 사내이며, 그 누구도 막을 수 없는 절대적인 존재. 이미 그의 무위는 흑죽림의 사건을 통해 확인한 바 있었다. 그런 그가 나타나다니…….

‘참으로 공교롭구나. 저 친구가 그 절대자란 아이인가?’

한영성 역시 그의 정체를 알고 있었다. 백팔빙룡단의 일원으로서 설지의 뒤를 추적할 때 존재가 드러난 자이니까. 또한, 그도 흑죽림에 들른 적이 있었다. 그 수많은 시체들을 그도 봤단 말이다. 해서 저 절대자의 무서움을 누구보다 실감하고 있었다. 한편 그때, 돌연 마유붕이 미친 듯한 광소를 터뜨렸다.

“으하하하핫! 하하하핫! 걸렸다! 하하하핫!”

모두가 의아한 눈으로 마유붕을 바라보았다. 하지만 마유붕은 그런 시선들을 모두 무시하고 죽립 사내를 응시하며 크게 웃어 젖혔다.

“하하하핫! 절대자! 당신은 걸려들었소! 하하하핫!”

그의 웃음이 심상치 않음을 느낀 위문은 반사적으로 뒤를 돌아보았다. 잔뜩 불안한 마음을 억누르며 말이다. 그런 그의 눈에 서서히 모습을 드러내고 있는 일단의 무리가 보였다. 복면으로 얼굴을 가린 백의인들, 그들의 가슴엔 은빛 용이 그려져 있었다. 그리고 그들의 중앙엔 한 여인이 몸이 제압된 듯 질질 끌려 나오고 있었다. 바로 화수수였다.

위문은 그대로 수수에게 달려가려고 했다. 하지만 어떤 목소리가 그의 걸음을 막았다.

"멈춰! 거기서 한 발짝만 더 움직이면 그 여인의 목숨은 보장할 수가 없소!"

바로 마유붕의 외침이었다. 어쩔 수 없이 위문은 그대로 멈출 수밖에 없었다. 다만 몸을 돌려 마유붕을 노려보았을 뿐이다.

"무슨 뜻인지 설명을 해주시겠소?"

"하하하하, 말이 통하는 사람이로군. 난 귀하가 내 부탁을 한 가지 들어줬으면 하오."

그의 외침이 끝나자 그의 사부인 옥성진이 마유붕의 어깨를 거칠게 잡으며 소리쳤다.

"네 이놈! 이게 무슨 짓이냐?"

하지만 마유붕은 그런 옥성진을 향해 냉소를 터뜨리며 그의 손을 뿌리쳤다.

"흥! 모든 것은 사부께서 자초하신 것입니다!"

"네, 네 이놈! 가, 감히! 그 따위 버릇없는 말버릇을……."

이 하극상에 너무도 놀란 옥성진은 말을 더듬으며 노기를 터뜨렸다. 하지만 마유붕은 다시 한 번 냉소를 터뜨렸다.

"흥! 아니, 이젠 사부라고 부르기도 힘들겠군요. 반역자란 호칭이 더 정확하겠지."

"뭐, 뭣이라!"

"흥! 내 말이 틀렸습니까? 궁주님의 명을 거역하는 건 바로 빙궁을 거역하는 것! 한 장로님은 분명 궁주님의 명을 거역해 반역자가 되셨습니다. 그리고 구대장로님들 역시 그런 한 장로님의 행동에 동조하였기에 반역을 한 것이나 마찬가지! 내 말이 틀렸습니까?"

구대장로와 한영성은 마유붕의 돌연한 말에 뭐라 대답을 하지 못하고 경악으로 입을 벌렸다. 그만큼 그들에게 마유붕의 말은 충격으로 다가왔던 것이었다. 그들이 뭐라 말을 하지 못하자 마유붕은 재차 입을 열었다.

"흥! 반역자에 대한 처벌은 모두 아시겠지요? 전 백팔빙룡단주의 신분으로 반역을 행한 원로원주님과 구대장로님들을 포박해 빙궁으로 압송해 갈 것입니다. 죄는 그때 가서 밝히면 되겠지요. 또한, 저는 궁주님의 명을 지켜야 하므로, 저기 있는 대월의 무사들은 보내줄 수가 없습니다!"

휘이이이잉잉~

그때 무시무시한 돌풍이 불어 닥쳤다. 그와 동시에 숨이 막힐 듯한 살기가 장내를 뒤덮어 버렸다. 바로 위문이었다. 그는 저들의 대화를 순순히 들어줄 생각이 없었다. 지금 그에게 중요한 건 자신의 실수로 인해 빼앗긴 수수의 생사였다. 아니, 목적을 위해선 반드시 필요한 존재인 수수의 생사라고 해야 옳으리라.

"그대! 죽고 싶은가?"

나직하지만 형언할 수 없는 압박감이 담겨 있는 말이었다. 그 무시무시한 모습에 마유붕은 공포가 엄습해 왔지만 이미 엎질러진 물이었다. 그는 내공을 끌어올려 위문의 살기에 대항하며 말했다.

"마, 말했을 텐데? 그대가 내 부탁을 한 가지 들어줬으면 한다고."

그의 말이 끝나자 장내를 뒤덮고 있던 살기가 순간적으로 더욱 크게 증폭되었다. 숨도 제대로 쉬지 못할 정도의 압박감이 장내의 모두에게 엄습해 들었다.

"날 협박하겠다는 것인가?"

더 이상 견딜 수 없을 정도로 숨이 가빠져 왔기에 마유봉은 발작적으로 위문의 물음을 무시하며 소리쳤다.

"제5대주!"

그러자 수수의 왼쪽을 부축하고 있던 제5대주가 왼손으로 수수의 가녀린 목을 거세게 움켜쥐었다. 그와 동시에 장내를 압박하고 있던 살기가 순식간에 씻은 듯이 사라져 버렸다.

"하하하! 말을 꽤 잘 듣는구먼."

살기를 지워 버린 위문을 보며 마유봉이 터뜨린 말이었다. 그는 제5대주를 보며 다시 외쳤다.

"5대주, 그녀를 내게 천천히, 아주 천천히 데려오게. 그리고 당신은 그 자리에서 꼼짝도 하지 마시오! 만약 조금이라도 움직이면 저 여인의 생사는 보장할 수가 없소!"

마유봉의 말이 끝나자 제5대주가 수수를 부축했고, 제5대원들이 그런 자신들의 상관을 원형으로 둘러싸고 호위했다. 그런 상태로 그들은 천천히 마유봉에게 다가갔다. 위문은 그런 그들을 그저 지켜볼 수밖에 없었다. 자칫 잘못하면 수수의 목숨이 위태로워질 것이므로. 이윽고 수수는 마유봉에게 인계되었다.

"하하하! 백팔빙룡단은 들어라! 지금 즉시 이곳을 중심으로 반경 50장을 물샐틈없이 포위하라! 개미 새끼 한 마리 지나가지 못하도록!"

그의 명령이 떨어지자 백팔빙룡단원들은 빠른 속도로 흩어져 이곳을 원형으로 포위해 버렸다. 그 광경을 보며 첫째는 절망감이 엄습해 들었다. 마유봉의 계략을 눈치 챈 것이었다.

'저 여인이 마유붕의 손에 있는 한 절대자는 마유붕의 부탁을 들어
줄 수밖에 없다. 끝인가? 여기서 난, 우린, 죽는 것인가?'

절대자가 마음만 먹는다면 여기에 있는 모두가 합심한다 해도 그를
이길 수는 없을 것이다. 그만큼 그의 무위는 절대적이므로. 그런 그를
마유붕은 제어했다. 그리고 그에게 한 가지 부탁을 할 수 있는 상황을
만들었다. 자신의 예상이 틀렸기를 빌어보는 그였지만 마유붕의 말은
그의 희망을 빼앗아가고 있었다.

"하하! 당신이 내 부탁을 들어준다면 난 이 여인을 털끝 하나 건드리
지 않고 당신에게 돌려주겠소. 어떻소?"

그의 말이 끝나자마자 어디선가 크나큰 외침이 터져 나왔다.

"야, 이 추잡한 놈아! 빙궁의 무사는 다 너같이 추잡하단 말이냐? 백
주 대낮에 여인을 미끼로 사람을 협박하다니 말이다!"

바로 셋째의 고함 소리였다. 하지만 마유붕은 안색 하나 변하지 않
고 고함을 친 셋째를 바라보며 유들유들한 어투로 말했다.

"하하하, 목적을 위해서라면 이 정도쯤은 감수해야지."

그런 그를 보며 위문은 나직한 목소리로 말했다.

"그렇게 하겠소. 내가 들어줄 수 있는 것이라면."

"하하하, 당신이라면 충분히 해낼 수가 있을 거요. 내 부탁은… 여
기 있는 10명의 노인들을 제압해 달라는 것이오."

마유붕의 말에 10명의 노인들은 노기가 치민 표정으로 마유붕을 노
려보았다.

"네, 네놈이 가, 감히!"

마유붕의 사부인 옥성진이 노기를 터뜨렸지만 마유붕은 눈 하나 깜
짝하지 않고 여전히 시선을 위문에게 고정시킨 채 물었다.

"어떻소?"

"으음… 내가 당신의 부탁을 들어주면 당신은 그녀를 내게 돌려줄 것이오?"

"하하하, 물론."

"그럼… 그렇게 하도록 하지."

내키지 않는 일이지만 수수를 돌려받기 위해선 어쩔 수가 없었다. 그럼 망설일 필요가 없는 것, 그는 말을 끝내자마자 내공을 끌어 모으기 시작했다.

위이이잉—

순식간에 주위의 공기가 압축되어 가고 그의 전신에 무시무시한 기의 회오리가 생성되기 시작했다. 그 광경을 보며 10명의 노인들은 숨을 죽였다. 그때, 자신의 품에 축 늘어진 설지를 안고 있던 한영성은 재빨리 머리를 굴렸다.

'힘들다. 저자의 무공이 내 예상대로라면 우린 저자를 당해낼 수가 없다. 마유봉의 계획은 우리를 제압한 뒤, 저 대월의 무사들을 처리하고 소궁주를 죽이려는 것. 우리만 제압당하면 그를 막을 수 있는 건 없으니 그의 뜻대로 될 것이다. 으음… 으음… 잠깐! 우리가 제압당하고 나면? 그 뒤에는? 절대자는 마유봉의 부탁을 들어주었으니 저 여인을 돌려받길 원할 것이다. 그럼? 아, 아니, 그보다 우리가 마유봉에게서 저 여인을 뺏으면? 아아… 불가능하구나, 그전에 우린 저 절대자에게 제압당하고 말 테니까. 그건 너무 늦었어. 으음… 여자를 돌려받고 나면 절대자가 가만있을까? 자신의 여인을 잡고 협박했던 자를 그냥 내버려 둘까? 아닐 것이다. 여인이 절대자의 손에 들어가는 순간 마유봉은… 죽는다. 그렇다면… 마유봉이 사내이길 빌어야겠군.'

마유붕이 사내라면, 자신이 한 말을 지킬 것이다. 그는 분명 자신들을 제압하면 여인을 돌려주겠다고 했다. 그러니 지금으로썬 그것을 믿는 도리밖엔 없는 것 같았다. 해서 한영성은 다른 아홉의 노인들에게 자신의 생각을 전음으로 전했다.

[…하니 우린 그냥 저자에게 제압당해 주도록 하세나. 지금으로썬 그 방법밖에 없을 것 같네.]

그러자 다른 노인들은 못마땅한 얼굴들이긴 했지만 그 방법밖에 없음을 알았기에 그의 뜻대로 하기로 했다. 그들은 일렬로 위문을 바라보며 섰고 그 상태로 그들은 가만히 서 있었다. 공격하면 그대로 당하겠다는 듯이. 그 광경을 보며 마유붕은 회심의 미소를 지었다.

'흐흐흐, 노인들이 제법 눈치가 있구먼. 저자에겐 이길 수 없다는 것을 알고 포기하다니 말이야. 흐흐흐.'

그는 쉽게 자신의 손에 잡혀 있는 여인을 돌려줄 생각이 없었다. 이 여인을 인질로 위문을 이용해 노인들을 제압하게 하고, 그 다음 대월의 무사들을 처리하게 한 다음 설지를 죽이게 할 생각이었다. 그리고 1년 후 여인을 찾으러 북해로 오라고 위문을 협박한 다음 여인을 데리고 북해로 돌아갈 것이었다. 아마 위문이 북해에 왔을 때 그는 탈명검법을 익힌 뒤일 것이다. 그럼 저 절대자도 그의 검을 막을 수는 없을 것이었다. 이게 그의 야무진 계획이었다. 하지만… 한 여인이 나타나면서 그의 계획은 틀어지기 시작했다.

슈슈슉! 푹!

"크악!"

"지금이에욧!"

흑의를 입고 있는 한 명의 여인, 그녀는 갑작스럽게 수수를 제압하고 있는 마유붕의 바로 앞에 나타나 그를 공격했다. 위문의 움직임에 모든 신경을 쏟아 붓고 있던 마유붕은 난데없는 기습에 미처 방비를 하지 못했다. 그는 오른손을 움켜쥔 채 잠시 빈틈을 보였고, 그 순간 마치 짜기라도 한 듯이 위문의 몸이 그에게로 짓쳐 들었다.

휘이잉~!

한줄기 바람 소리와 함께 위문의 신형은 수수에게로 다가가 그녀의 몸을 낚아채었다. 자신의 뼈저린 실수를 깨달은 마유붕은 기겁을 하며 위문보다 더 빨리 수수를 다시 붙잡으려 했지만, 애석하게도 위문의 손이 한 박자 빨랐다.

위문은 무사히 수수의 몸을 그의 품 안에 넣은 채로 마치 유령처럼 그가 서 있던 자리로 돌아왔다. 여인이 나타나 마유붕을 공격하고 위문이 수수를 빼내온 건 눈 깜짝할 새에 벌어진 일이었다. 장내에 있는 이들은 모두 순식간에 벌어진 일에 멍하니 입을 쩍 벌린 채 놀람을 금치 못하고 있었다. 그런 그들에 상관하지 않으며 위문은 그의 바로 앞에 서 있는 여인을 뚫어져라 바라보았다. 왠지 낯설지가 않았다. 그는 잠시 고민했고, 곧 어렴풋이 여인의 정체를 깨달을 수 있었다. 여인을 보는 그의 입가엔 한줄기 차가운 미소가 자리 잡기 시작했다.

‘이 기운은… 몇 번인가 느껴왔던 기운이다. 날 따라다니던 그 기운… 날 따라다니면서도 아무런 행동도 취하지 않았던 그 기운이다. 이 여인이었던가?’

그는 아미산을 내려와 화산으로 가면서 몇 번이나 눈앞의 여인에게서 느껴지던 기운을 느낀 적이 있었다. 그럴 때마다 미행당한다는 생각에 노기가 치밀어 상대를 추적해 제거할 생각을 했었다. 하지만 그에게 아무런 피해도 주지 않았기에 그저 내버려 두었었다. 더구나 조금의 살기도 내뿜고 있지 않았기에 굳이 쫓아가 죽이고 싶은 생각까지는 들지 않았었다.

그런 그녀가 이렇게 스스로 모습을 드러내었다. 여태까지의 그림자 같은 미행을 끝내고 이렇게 그의 눈앞에 모습을 드러낸 것이었다. 더구나 그를 도와주었다. 그가 느꼈던 적대감이 없다는 것이 사실로 증명된 것이었다.

“누구시오? 아니, 왜 날 도와준 것이오?”

그러자 흑의 여인은 조금 얼굴을 붉히며 수줍게 입을 열었다. 그녀의 입에선 의외라면 의외의 말이 새어 나왔다.

“전… 요희궁 소속 화접(花蝶) 전옥영(典玉燍)이라고 해요. 궁주님께서… 당주님의 신변을 염려하시어…….”

꽤나 그럴 듯한 말이었다. 하지만 위문은 못 믿겠다는 듯 의식적으로 살기를 물씬 날려 보내며 음산하게 입을 열었다.

“만약 거짓이라면?”

자신을 전옥영이라 밝힌 여인은 그 무시무시한 살기를 감당해 내기 어려웠던지 몸을 부르르 떨며 급히 외쳤다.

“제, 제 목숨을 걸겠어요. 저, 전! 전, 전…….”

얼굴에 핏기가 사라진 모습이 조금 애처로워 보였던 것일까? 위문은 살기를 조금 거두며 미심쩍은 어투로 물었다.

“빙장 어른도 알고 계시는 일이오?”

그러자 옥영은 재빨리 고개를 휘익 소리가 날 정도로 거세게 끄덕였다.

“예, 예. 수뇌 회의에서 결정된 사항이라… 사, 사 문주님도… 알고 계셔요.”

위문은 모든 살기를 거두었다. 그리고 경계의 눈빛마저도 모두 지워 버렸다. 옥영의 눈이 진실만을 담고 있다는 것을 확인하게 되자 의심이 모두 사라진 것이었다. 그 모습을 보며 옥영은 안도의 한숨을 내쉬었다.

'휴우우… 정말 소름이 다 끼쳤어. 조금만 더 했으면… 싸버렸을… 거야.'

그녀는 요희궁주의 명을 받고 위문의 행적을 보고하기 위해 그를 따라나섰다. 하지만 그의 경공을 따라잡을 수는 없어서 그를 놓치고 말았었다. 다행히 그를 찾았기에 망정이지 그렇지 않았다면 그녀는 지금도 아미산을 뒤지고 있을 것이었다. 그녀가 그를 따라다니기 시작한 것은 그가 막 아미산을 떠나려 할 때부터였다. 그때부터 그녀는 귀식대법(龜息大法)을 최대한 활용해 그가 자신의 존재를 알아차리지 못하게 노력하며 그를 따라다녔다. 그리고 사흘에 한 번씩 정기적으로 천리신응(千里神鷹)을 날려 그의 소재를 요희궁주에게 전했다.

원래라면 그녀는 위문의 앞에 나타나지 말아야 한다. 하지만 이대로라면 위문이 그와는 상관없는 이상한 일에 휘말릴 것이기에, 그래서 시간을 허비할 것이기에 할 수 없이 나서게 되었다. 또한 위문이 생각하는 것만큼 그에게 있어 수수란 여인이 그렇게 중요한 존재가 아니긴 하나, 그녀는 화산파 장문인의 외동딸, 인질로서의 가치는 매우 충분한 여자였다. 그러니 그녀가 여기서 죽게 둘 수는 없기도 했다. 옥영이 그렇게 자신이 나선 이유를 합리화하고 있을 때, 위문은 거추장스러운 죽립을 벗어 던져 맨 얼굴을 드러내었다. 그리곤 옥영에게 말했다.

"음, 아무튼 도와줘서 고맙소. 그리고… 아! 잠깐."

푹.

“으음……”

수수가 들어 좋을 것은 없다고 생각했는지 위문은 오른손을 번개같이 움직여 그녀의 수혈을 짚었다. 그러자 수수는 곧 깊은 잠에 빠져들었고, 위문은 한결 부드러워진 음성으로 옥영에게 물었다.

“그리고 혹… 내게 알려줄 새로운 소식은 없소?”

화산의 일이 궁금했던 것이리라. 그러자 옥영은 드러난 위문의 얼굴에 수줍음을 느꼈는지 눈을 아래로 내리깔며 잠시 고민했다. 그에게 알려줄 새로운 사항이 있긴 했다. 하지만 그 소식을 들은 그가 어떤 반응을 보일지 그녀는 두려웠다. 아니, 왠지 모를 질투심에 말해 주기가 싫었다는 것이 더 정확할 것이다. 그 정도로 눈앞의 이 사내는 멋있었으니까. 그리고 이 사내의 사랑을 한 몸에 받고 있는 여인에 관계된 소식이었으니까. 하지만 그를 조금이라도 더 빨리 화산으로 돌려보내기 위해선 말을 해주는 것이 나을 것이라는 판단이 들었다. 그래서 그녀는 고개를 들며 더듬더듬 입을 열었다. 원래는 똑똑하게 말하려 했지만 위문의 얼굴이 너무 신경 쓰여 더듬더듬 말이 새어 나왔다.

“예. 새로운 소식이 있는데… 그, 그것은… 그… 그, 그분의 소재가 파악되었어요. 지금 수뇌들께선 그, 그분을 구출하기 위해 머리를 짜내고 계십니다.”

“뭐, 뭐라고? 지, 지금 뭐라고 했소? 그녀를, 그녀가 있는 곳을 찾았다고? 그게 정말이오! 그게 정말이오?”

반응은 그녀의 예상보다 더 격렬했다. 옥영의 말이 끝나기 무섭게 위문은 재빨리 옥영의 면전까지 다가가 그녀의 두 어깨를 거칠게 잡으며 황급히 되물었다. 그의 얼굴은 흥분으로 상기되어 있었다. 옥영은 가까이서 본 위문의 얼굴에 얼굴을 붉히며 대답했다.

"예, 예. 저, 정말이에요."

"하! 하하! 아하하하! 거 참으로 잘된 일이구려. 하하하!"

위문은 호탕한 웃음을 터뜨렸다. 근심이 싹 사라지고 있었다. 한데 갑자기 손이 무겁다는 느낌을 받았다. 그는 천천히 웃음을 거두며 시선을 아래로 내려뜨려 보았다. 수수는 그의 품에 안겨 깊은 잠에 빠져 있었다. 왠지 모를 살심이 이는 것은 왜일까? 좀 전까지완 반대로 그녀를 보는 그의 시선은 차갑게 식어 있었다. 예청의 소재를 파악한 이상 그가 화산에 도착하기만 하면 사군악이 그녀의 소재를 알려줄 것이 분명하다. 그럼 구태여 수수를 이용해 화중문을 인질로 삼을 필요는 없었다. 그보다 더 확실한 방법이 생겼으니까. 그러니 이제 이 여인은 그에게 아무런 쓸모가 없는 존재가 되어버렸다. 그는 그렇게 생각했다.

'쓸모가 없다면… 죽여 버리자.'

마음이 충동질하고 있었다. 여태껏 들어왔던 수수의 천연덕스런 거짓말에 대한 분노가 그에게 수수를 죽이라 충동하고 있었다. 그는 고뇌했다. 하지만 그것은 아주 잠시였을 뿐이다. 승리한 것은 본능이었다. 그는 잠든 수수를 향해 자신에게 하는 것과도 같은 독백을 전음으로 날렸다. 이유없이, 단지 짜증나서 죽이는 게 아니라, 그럴 듯한 이유가 있다고 자기 자신을 합리화시키려는 것이었다.

[언젠가… 아설에게 장난삼아 물어본 적이 있었소. 내게 음약이 든 차를 준 것이 당신이었냐고 말이오. 그녀는 그렇다고 하더군. 하지만… 그다지 강한 것은 아니라고 했소. 여인을 접해야 풀리긴 하지만 그다지 강한 것은 아니라고 말이오. 난 다시 장난 같은 어투로 물었다오. 그럼 가장 지독한 음약은 뭐냐고 말이오. 내가 힘이 달리면 그 약을 사용해야겠다며 농조로 물은 것이었지. 그러자 아설은 이런 말을

하더군. 강한 음약들은 많지만 그보다 더 확실한 방법이 있다고 말이오. 그것은… 한 음약을 복용한 후에 다시 다른 음약을 복용하는 것이라고 하더군. 그렇게 되면 두 음약이 합쳐져 무시무시한 힘을 발휘하기에, 아마 몇 날을 고생해도 음약의 기운이 가시지 않을 것이라고 했소. 그때 나는 깨달았다오. 내게 음약을 먹인 건 아설뿐이 아니라 한 명이 더 있단 사실을 말이오. 그리고… 이제야 알 것 같소. 그 다른 한 명이 수수, 당신이란 것을 말이오. 그래서겠지… 그래서 당신은 날 찾아온 것이겠지… 당신이 날 좋아하니 거짓된 내 과거를 꾸며내 당신의 곁에 날 붙잡아두려고 그랬던 것이겠지? 난… 그런 당신을 원망하지 않는다오. 미안하게 생각하오. 사실 난 당신을 이용해 아청을 구하려고 했었소. 난… 기억을 잃지 않았으니까. 하지만 말이오. 이제 그럴 필요가 없어졌으니, 당신은 내게 있으나마나 한 사람이 되었다오. 물론 당신을 죽이고 싶은 생각은 없소. 하지만 이걸 아시오? 내 마음은 당신을 죽이라 하고 있다오. 그런 것이겠지… 어쩌면 난 이렇게 전음을 통해 당신을 죽일 이유를 만들고 있는 것인지도… 내가 기억을 잃지 않았다는 것은 그 누구도 알아서는 안 되는 일이니 말이오. 물론 그대가 지금 정신을 잃고 있긴 하나, 어쨌든 내 얘기를 들은 것이 아니겠소? 내가 그대에게 얘기를 하고 있으니 말이오. 미안하오. 미안하긴 하지만 난 당신을 죽여야 할 것 같소. 잘 가시오.]

　억지성이 다분했다. 하지만 위문은 그렇게 자기 자신을 합리화시켰다. 그리고 누가 말릴 새도 없이 우장을 들어 아래로 힘차게 내리쳤다. 하나 그는 손을 끝까지 내려치지 못했다. 그의 생각을 읽은 옥영이 재빨리 고함을 질러 그를 만류했기 때문이다.

　"머, 멈추세욧!"

수수는 여기서 죽어선 안 되는 존재다. 이용 가치가 무궁무진한 여자니까. 그녀가 모습을 드러낸 이유엔 수수가 죽는 것을 방관할 수만은 없다는 것도 포함되어 있었다. 다행히 위문의 손은 수수의 3촌 앞에서 멈추었다. 위문은 자신을 방해한 옥영을 날카롭게 바라보았다. 그는 두 눈으로 그 연유를 추궁하고 있었다. 옥영은 짧게 대답했다.

"그녀의 이용 가치는 무궁무진해요. 수뇌 분들께 데려간다면 쓸모있게 이용할 거예요. 그리고 한 가지 가능성을 더 만들어두는 것도 좋은 일이라 생각해요. 그러니… 부탁드려요."

잠시 생각하던 위문은 곧 고개를 끄덕였다. 옥영의 말이 그럴 듯했기 때문이다. 하지만 그래도 미련이 남는 듯 그는 입맛을 다시며 떨떠름한 표정을 지어 보였다. 이대로 더 데리고 있다간 살심이 일 수도 있다는 듯 그는 얼른 수수의 몸을 옥영에게 건넸다. 그래서 수수를 공격하지 않을 것이라 판단한 것이었다.

그렇게 일을 일단락 지은 그는 전방을 바라보았다. 장내의 모든 이들이 그를 주시하고 있었다. 하긴, 그의 행보에 따라 그들의 운명이 뒤바뀔 것이니 당연한 것이리라. 그의 시선은 수수를 빼앗긴 뒤 후환이 두려워 슬금슬금 백팔빙룡단원들 사이로 모습을 감춘 마유붕에게 고정되었다.

씨익.

소름 끼치도록 싸늘한 미소가 지어졌다. 장내의 모든 이들이 그 미소에 움찔하는 것이 느껴졌다. 수수를 죽이지 못해 마음 한구석에 미련이 조금 남아 있었다. 마음을 편하게 하려면 다른 곳에다 그걸 풀어야 할 듯싶었다. 그리고 마유붕은 그를 협박했다. 이유는 충분한 것 같았다. 볼일이 없긴 했지만, 이대로 이 자리를 벗어날 수는 없다는 생각이 강하게 들었다. 이유가 없다면 이유를 만들어서라도 저들에게 앙갚음을 하고 싶었다. 그게 그의 솔직한 숙마음이었다. 감히 그를 협박하다니 말이다. 감히.

또한… 몸이 근질거리기도 했다.

"다, 다가오지 마! 다, 다가오지 말란 말이야아!"

마유붕은 절규하듯이 외쳤다. 하지만 위문은 천천히 마유붕에게 접근하고 있었다. 그의 전신은 핏물로 덮여 있었는데 그 모두가 다른 이들의 피였다. 백팔빙룡단, 바로 그들의 피였던 것이다. 이번에도 그는 아무런 감정 없이 백팔빙룡단원 모두를 토막내 버렸다. 그저 죽이고 죽였을 뿐이었다. 이제 장내에 남아 있는 건 한쪽 구석에 멍하니 서 있는 대월의 무사 넷과 10명의 노인, 그리고 그중 한 노인의 품에 안겨 있는 설지와 그 옆에 무한한 흠모의 눈빛으로 위문을 바라보고 있는 옥영이 전부였다. 아니, 조만간 토막나게 될 운명의 소유자인 마유붕이 아직 살아서 악을 지르고 있긴 했다. 또한, 앞날이 불투명한 수수도 아직은 살아 옥영의 품에 안겨 있었다.

"다, 다가오지 말란 말이다아! 이 개 자식아!"

하지만 위문은 다시 한 발짝을 내디뎠다. 그와 동시에 그의 몸에서 나온 무형의 기운이 마유붕의 전신에 짓쳐 들었다.

"당신은 한 가지를 알아야 했소. 난 누가 나를 협박하는 걸 매우 싫어한다는 것을 말이오."

예청이 납치당한 이유를 너무도 잘 알고 있는 그였다. 자신을 협박하기 위해서, 예청은 그저 자신의 여인이란 이유로 납치를 당했다. 정파에선 그녀를 인질로 그를 협박할 것이다. 그러니 그가 협박이란 것에 증오를 품고 있는 것은 당연한 일일 것이다. 위문은 말을 끝냄과 동시에 오른손에 들린 백팔빙룡단원들 중 누군가에게 빼앗은 검을 하늘 높이 치켜 들었다.

위이이잉~

소름 끼치는 음향이 들리고 그의 검을 푸른빛이 감싸기 시작했다. 그 푸른빛은 막대기 형상으로 한없이 길게 늘어났다. 하늘을 꿰뚫으려는 듯이… 그리고 그 강기는 빠른 속도로 수직으로 하강했다.

휘유우웅~

바람을 가르는 소리가 들리고 막대기의 끝엔 마유붕이 뭐에 홀리기라도 한 듯 멍하니 서 있었다.

서걱.

비명도 없었다. 그저 뼈가 잘리는 서늘한 음향과 함께 마유붕은 그대로 세로로 두 토막이 나고 말았다.

풀썩.

마유붕의 시신이 반으로 쪼개진 채 바닥에 엎어졌다. 그 광경을 보며 위문은 손에 들고 있던 검을 저 멀리 내팽개쳐 버렸다. 그는 마유붕의 시신에 한 번 눈길을 돌리더니 그대로 미련없이 고개를 왼쪽으로 꺾어 옥영을 바라보았다.

"전 소저, 길을 안내해 주시겠소?"

그의 말이 무슨 뜻인지를 깨달은 옥영은 재빨리 수수를 등에 업곤 그의 곁으로 달려갔다.

"예. 그, 그럼."

자신을 따라오라는 시늉을 하며 그녀는 천천히 걸어갔다. 그리고 그녀의 뒤를 위문이 천천히 따라갔다.

“저… 죽립을…….”

옥영은 걸어가다 죽립을 발견하고는 위문을 보며 물었다. 그러자 위문은 고개를 한 번 끄덕였고, 옥영은 재빨리 달려가 죽립을 주워 가지고 왔다.

“바, 받으세요.”

“…고맙소.”

위문은 다시 죽립을 뒤집어썼고, 곧 옥영과 위문의 모습은 이곳에서 사라져 버렸다.

남겨진 자들은 위문과 옥영이 떠나고 나서도 한동안 말없이 그저 멍하니 서 있었다. 충격이 가시지 않았던 모양이었다. 그렇게 잠시 시간이 지나자 한영성이 침묵을 깨고는 신음을 터뜨렸다.

“중원에 저런 용이 있었을 줄이야… 으음…….”

그러자 옥성진이 그의 말을 받았다.

“놀랍소… 검강을 실제로 익힌 자가 정말 존재하다니…….”

그는 마유봉의 죽음보다 검강을 실제로 본 것에 더욱 놀라고 있었다. 축무외는 다른 의미로 신음을 쏟아내었다.

“으음… 중원은 넓구나… 너무도 넓은 곳이야…….”

그렇게 노인들이 위문을 보며 신음을 터뜨리고 있을 때, 첫째가 그들의 상념을 깨는 말을 했다.

“우리는 이만 가볼 생각이오.”

그에 한영성은 상념에서 깨어나 반사적으로 첫째를 바라보더니 곧 고개를 끄덕였다.

“으음, 그렇게 하게나.”

첫째의 일행은 천천히 떠나갔다. 떠나며 첫째는 한영성에게 들으라는 듯이 외쳤다.

"이것 한 가지만은 명심해 두시오. 우린 포기하지 않았소."

그의 말뜻이 무엇인지를 안 한영성은 그저 한숨을 내쉬었을 뿐이었다. 이제 장내엔 10명의 노인과 축 늘어져 있는 설지만이 남아 있을 뿐이다.

"한 형, 이제 어떻게 할 겁니까?"

축무외의 물음에 한영성은 한동안 말이 없었다. 그러다 그는 천천히 입을 열었다.

"돌아가야겠지. 가서… 궁주를 설득해 봐야겠지. 미우나 고우나 빙궁은 내 삶의 모든 것이니……."

"소궁주는 어떻게 하실 겁니까? 혹 궁주가……."

"그렇게까지는 하지 않을 것이네. 소궁주는 궁주의 하나뿐인 핏줄이 아닌가? 우리가 설득한다면 궁주도 마음을 돌릴 것이네."

그때, 옥성진이 물었다.

"정말 괜찮겠소? 궁주는 한 형의 아들을……."

"어쩔 수 없지 않나? 이미 그 아이는 죽었으니… 그보다, 성진. 내 부탁 한 가지 들어주겠나?"

"뭐요?"

"내 아들… 다정의 시신을 좀 거두어줄 수 있겠나? 그 아이를 북해에 묻고 싶다네……."

"…그렇게 하겠소."

그로부터 일각 후, 노인들은 떠날 차비를 마쳤다. 그런 그들을 보며 한영성은 등에 업혀 있는 설지를 한 번 더 확인한 뒤 소리쳤다.

"가세나. 우린 이제 할 일이 많다네."

궁주의 야망을 저지하고, 소궁주를 살리고, 이곳에서 일어난 일을 알려 궁주의 야망이 중원으로 확대되는 것을 막고, 안 그래도 찜찜한 문제였던 대월령패에 관한 일을 상의하고, 대월의 도발에 대비하고……. 이제 원로원은 바빠질 것이다.

하지만 한 가지 노인들도 모르는 게 있었으니… 그것은 설지의 의식이 마유붕이 첫째에게 소리칠 때부터 돌아와 있었다는 것이었다. 설지는 모든 것을 듣고 있었으면서도 잠든 척하고 있었던 것이다. 지금도 그녀는 잠든 척을 하고 있다.

휘이이잉~

한줄기 바람이 북으로 향하고 있는 그들의 육신을 휘감고 지나갔다. 한 여인의 증오로 이루어진 피의 폭풍의 서막을 알리는 듯한 싸늘한 바람이었다.

*　　　　*　　　　*

"절대적이라고 해야 할까?"

"아니, 그보단 무적이라고 하는 게 더 어울릴 것 같군요."

마중천자의 표현을 조용히 바꾸며 요희궁주 요마 우문혜미는 입을 열었다. 그리고 자신의 말에 설명을 시작했다.

"정파의 일류고수 오백을 단신으로 전멸시키고, 그 뒤 바로 대막의 공포라는 천랑대를 이백이 넘게 죽였으니까요."

"검강이라… 그토록 강한 무공이었다니……."

부러움이 섞인 말투로 수라회주 이수혈마 유철휘는 사군악을 바라보며 말했다. 그러자 무안해진 사군악은 헛기침을 터뜨리며 화제를 바꾸었다.

"험험, 그보다… 우문 궁주께선 왜 그 아이가 대막의 천랑대와 부딪치게 됐는지 알아내셨소?"

"아, 예. 알아냈어요. 자세한 것까진 밝혀내지 못했지만 대략 알아낸 정보를 통하면 그 아이는 낙일검객과 친구가 된 듯해요. 한데 그 낙일검객이 대막천궁의 흑살대주라는군요. 그런데 흑살대와 천랑대가 싸우게 된 것 같아요. 아마도 대막에 무슨 일이 일어난 것이겠죠. 그 아이는 친구를 돕기 위해 그 싸움에 끼어든 것으로 짐작돼요."

이렇게 우문혜미가 착각을 하게 된 것에는 화접 전옥영의 공이 컸다. 그녀는 모든 내막을 알고 있었지만 선우미하에 관해선 아무런 보고도 하지 않았던 것이다. 혹시 수뇌들이 위문과 선우미하의 사이를 오해할 수도 있다고 판단해서였다.

"으음… 그럼 그 아이의 지금 상태는 어떻소?"

"호호, 영아의 보고에 따르면 완전 회복이라고 해요. 운기조식을 한 번 하니까 저절로 모든 상처가 치유되더라고 하던데요?"

"세, 세상에… 그런 말도 안 되는……."

"어떻게 그럴 수가?!"

"믿을 수 없는 일이군."

우문혜미의 말을 믿을 수 없다는 듯이 여기저기서 신음 비슷한 탄성들이 터져 나왔다.

"그게 정말이오, 우문 궁주?"

마중천자의 물음에 우문혜미는 고개를 끄덕이며 말했다.

"믿을 수 없는 일이지만 사실이에요. 그 아이의 옆에 찰싹 달라붙어 있는 영아가 직접 봤다고 하니까요. 아마도 반박귀진의 경지에 오르면 그런 혜택도 가지게 되나 보죠.”

“으음… 놀라운 일이군… 그래, 그 아이는 언제쯤 여기 도착한다고 하던가?”

“아마도 내일이나 모레쯤엔 도착할 것이라고 봐요. 거의 화산에 다 왔다고 전해왔으니까요.”

“그럼, 그 아이가 오고 나서 구출 작전을 시행하면 되겠군.”

그러자 우문혜미가 마중천자의 말에 고개를 흔들었다.

“그건 좀 더 신중히 생각을 해봐야 할 것 같은데요.”

“그건 왜 그렇소?”

“뭔가 석연치 않은 부분이 있어서요.”

그녀의 말이 끝나자 가만히 앉아 있던 만수문의 문주 만수마제 혁련기가 무슨 소리냐며 외쳤다.

“그놈들의 간악한 간계는 이미 우문 궁주가 다 밝혀내지 않았소? 그런데 석연치 않은 점이라니?”

“그래요, 전 다 알아냈다고 생각했어요. 저흰 모든 곳을 다 찾아봤지만 정작 가장 중요한 곳은 찾지 않았어요. 바로 무림맹의 지하 감옥이죠. 그곳의 경비가 예청이 납치되기 전이나 후나 전혀 변동이 없었기에 그곳엔 없다고 판단했으니까요. 하지만 그게 놈들의 계략이었죠. 우리가 지하 감옥을 가장 먼저 의심할 것을 파악하고 그곳에 예청을 가두었으면서도 경비를 전혀 늘리지 않은 것 말이에요. 그로 인해 우린 여태껏 다른 장소만을 찾아다녔었죠. 하지만 한 가지 이상한 게 있어요. 정파의 움직임이 그것이에요.”

“정파의 움직임?”

마중천자의 의문에 우문혜미는 숨을 한 번 고르고는 다시 설명을 해

나갔다.

"예, 정파의 움직임이요. 그들도 오백의 고수들이 죽었다는 것을 알고 있을 것이에요. 그들에겐 개방이라는 정보 세력이 있으니까 말이죠. 한데 너무 조용해요. 충분히 분노할 만하건만 아무런 움직임도 없다는 것이죠."

"그건 그들도 비열하게 오백의 인원을 동원해 그 아이를 제거하려 하였으니 드러내고 밝히지 못하는 것 아니겠소?"

유철휘가 그렇게 말해 보았으나 우문혜미는 고개를 설레설레 저었다.

"물론 그럴 수도 있어요. 하지만 그들은 받은 것은 그대로 돌려주는 것을 좋아해요. 지난 역사가 그걸 증명하죠. 그러니 뭔가 움직임을 보일 만도 한데 너무 조용하단 말이에요. 마치 꾸며낸 것처럼요."

"그래서 하고 싶은 말이 무엇이오?"

마중천자의 약간은 짜증스런 어투에 우문혜미는 서둘러 결론을 말했다.

"전 그들이 음모를 꾸미고 있다고 생각해요. 지하 감옥에 갇혀 있는 건 우릴 유혹하는 미끼이거나, 교환 작전 때 우릴 습격하려 하고 있다고 생각해요."

"미끼?"

마중천자가 서둘러 물었다. 그러자 우문혜미는 재빨리 대답했다.

"우리가 예청을 구하러 갈 줄 알고 가짜를 그곳에 데려다 놓았을 가능성이 있다는 것이죠. 또한, 교환 작전 때 우릴 제거할 음모를 꾸미고 있을 수도 있어요."

"으음……."

"흐음……."

충분히 가능성이 있는 말이었기에 수뇌들은 저마다 신음을 흘리며 고개를 끄덕였다.

"하면 그대의 생각은 어떻소?"

마중천자는 우문혜미에게 뭔가 좋은 생각이 있을 걸로 짐작하고 그녀에게 물어보았다. 그에 그녀는 기다렸다는 듯이 서둘러 입을 열었다.

"전 예청을 구하러 가는 것보다 교환 작전 때 그녀를 돌려받는 게 더 좋다고 생각해요. 만에 하나 그들이 지하 감옥에 매복을 설치해 놓고 우릴 기다리고 있다면 우린 그들에게 약점을 잡혀주게 될 것이니까요."

"약점?"

"그래요. 만약 지하 감옥에 미끼가 있고 우리가 헛수고를 한 것이라면, 그들은 지하 감옥의 침입 사건을 우리에게 추궁할 것이에요. 그러면 우린 뭐라 반박할 말이 없게 돼요."

그러자 혁련기가 재빨리 외쳤다.

"그거야 놈들이 예청을 잡고 있으니……."

하지만 그의 말을 끊으며 우문혜미는 계속 말을 이어갔다.

"그들이 시치미를 뗀다면요? 무슨 소리냐고 한다면요?"

"그땐… 하지만 그들이 예청을 데리고 있는 건 사실이지 않소이까?"

"그걸 알고 있는 건 정파의 수뇌들뿐일 거예요. 그놈들은 자신들의 비열한 행동을 드러낼 정도로 멍청하지 않으니까요. 만약 지하 감옥에 침투한 우리 쪽 사람들 중 누군가가 잡힌다면 정파 측에선 어떻게 할까요? 보나마나 그 잡힌 자를 만인에게 공개하며 이렇게 말하겠죠.

'비무대회 도중 마도에서 비열하게 지하 감옥을 습격해 그곳에 잡혀 있는 마두들을 구출하려 했다. 이 얼마나 비열한 짓인가? 하지만 그들의 계획은 실패했다. 우린 지하 감옥을 습격한 마도의 무사들을 모두 잡아들였다. 이자도 그중의 하나이다. 하하하하.' 이렇게 되면 어떻게 될까요?"

"으음……."

"흐허엄……."

일리있는 말이었다. 잔머리를 잘 굴리는 정파의 놈들이라면 충분히 그러고도 남을 것이다. 그에 수뇌들은 저마다 신음을 흘리며 얼굴을 찡그렸다.

"그렇게 되면… 우리의 명성과 입지가… 타격을 받겠군……."

마중천자 역시 신음을 흘리며 말했다. 그 모습을 보며 우문혜미는 고개를 한 번 끄덕이고는 입을 열었다.

"그래요, 그렇게 되겠죠. 어차피 그들은 교환 작전 때 예청을 데리고 올 것이에요. 그들은 장 진인 일행이 죽었다는 것을 모르니까 말이죠. 우린 그때 예청을 돌려받으면 되지 않겠어요? 괜히 위험할 수도 있는 지하 감옥을 습격하는 것보다는 말이에요."

우문혜미의 말을 끝으로 한동안 장내엔 침묵이 감돌았다. 그 침묵을 깬 것은 마중천자였다.

"으음… 이 일은 표결에 맡기는 게 좋겠군. 모두 동의하오?"

그가 좌중을 둘러보자 모두들 고개를 끄덕였다.

"그럼 표결에 부치겠소. 지하 감옥 습격은 없었던 걸로 하고 교환 작전 때 예청을 돌려받는 게 좋다고 생각하면 손을 들어주시오."

우문혜미가 가장 먼저 손을 들었다. 그리고 유철휘가 그 뒤를 이어

손을 들었고, 하나둘씩 손을 들기 시작했다. 그리고 마지막으로 사군악이 손을 들었다.

"그럼 만장일치로 지하 감옥 일은 없었던 것으로 하겠소. 그러면 사흘 앞으로 다가온 교환 작전에 전력을 쏟도록 합시다."

마중천자는 결정된 사항을 말했고 그에 모두는 고개를 끄덕였다. 그때 우문혜미의 입이 열렸다.

"교환 작전 때는 어떻게 하는 것이 좋을까요? 그들이 암수를 계획하고 있다면……."

"으음, 그럼 이제 그 문제를 상의하도록 합시다."

다시 문제가 도출되었다. 교환 작전 때 정파 측이 암수를 쓸 수도 있다는 문제가 말이다.

『비연사애』 4권으로 이어집니다

外功
內功
Fantastic Oriental Heroes

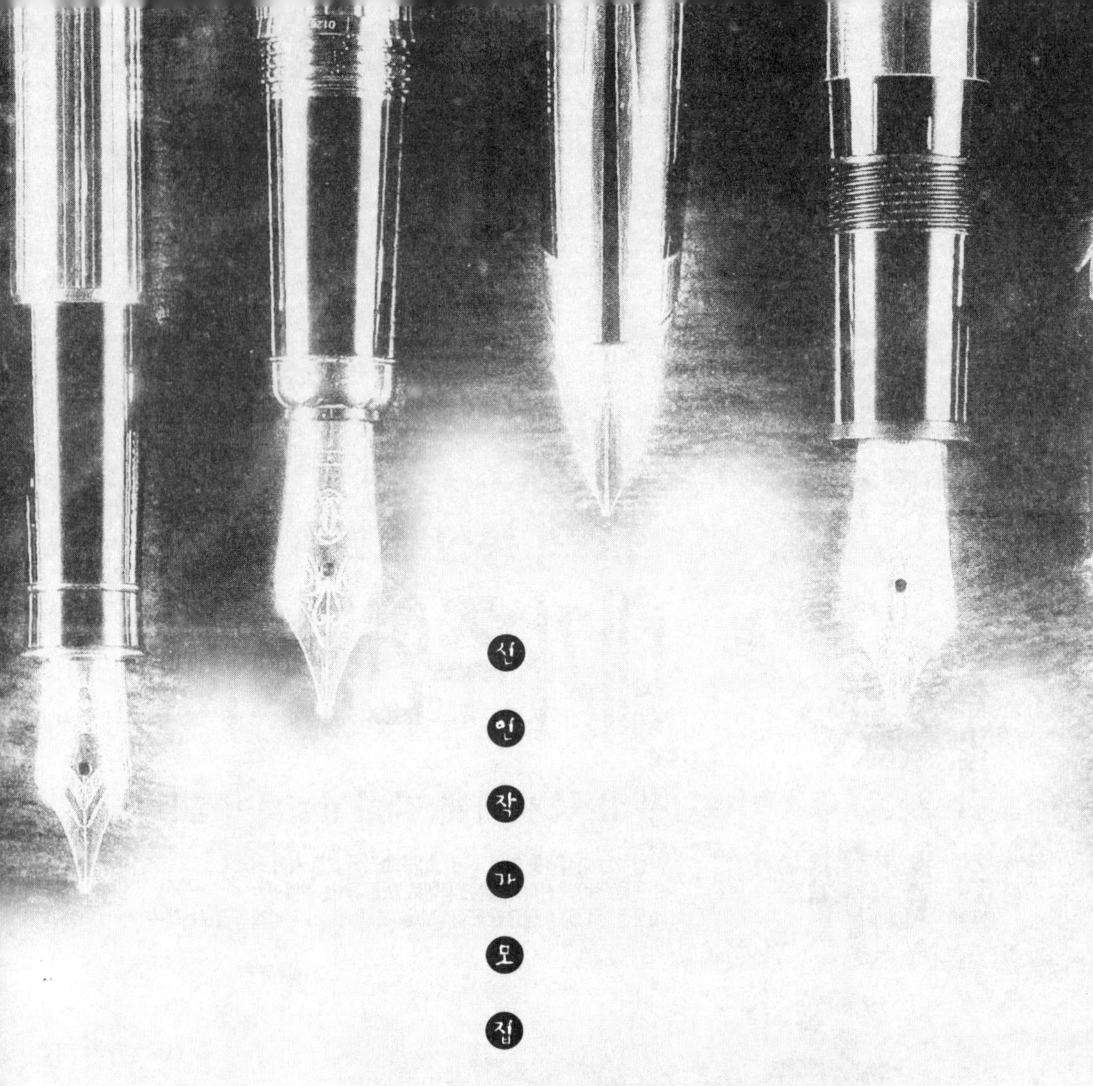
신
인
작
가
모
집